Piège pour une héritière

*

Les jeux de l'amour

BRENDA HIATT

Piège pour une héritière

HARLEQUIN

SÉRIE ROYALE

Si vous achetez ce livre privé de tout ou partie de sa couverture, nous vous signalons qu'il est en vente irrégulière. Il est considéré comme « invendu » et l'éditeur comme l'auteur n'ont reçu aucun paiement pour ce livre « détérioré ».

Cet ouvrage a été publié en langue anglaise
sous le titre :
DARING DECEPTION

Traduction française de
THIERRY MARTINON

83-85, boulevard Vincent-Auriol, 75013 Paris — Tél. : 42 16 63 63
ISBN 2-280-02148-X

1.

Gavin Alexander, comte de Seabrooke sixième du nom, jeta un coup d'œil furieux à son malheureux adversaire. Il avait pressenti que la chance insolente qui l'avait accompagné toute la soirée n'était pas de bon augure, et ses soupçons s'étaient confirmés : sir Thomas ne pouvait pas le payer... Mais, pour frustré qu'il fût, le comte n'avait pas l'intention d'humilier publiquement le jeune dandy.

— Bien sûr, je suis prêt à vous accorder un délai, assura-t-il. Vous honorerez vos dettes plus tard dans la semaine.

Thomas Chesterton observa avec embarras les membres du club qui s'étaient rassemblés pour assister à la dernière phase de la partie d'écarté la plus passionnante de la soirée. Puis, tout en se mordillant nerveusement la lèvre, il se passa la main dans les cheveux et porta de nouveau son regard sur lord Seabrooke.

— Pourrais-je vous parler en particulier? suggéra-t-il.

Le comte hocha la tête avec une désinvolture affectée.

— Le spectacle est terminé, messieurs, lança-t-il en se tournant vers leur public. Cette discussion ne vous concerne aucunement.

Bien que ses paroles n'eussent rien d'ouvertement menaçant, la foule des gentlemen se dispersa aussitôt.

— Je crains d'être confronté à un sérieux problème,

monsieur le comte, balbutia le jeune baronet dès qu'ils furent seuls.

— Vous n'êtes pas en mesure de payer vos dettes de jeu, c'est cela ? Je l'avais compris... Vous avez certainement conscience qu'un menteur n'a pas sa place dans un club respectable comme le White's, Chesterton ? Je pourrais vous faire exclure sur-le-champ !

Sir Thomas leva la tête avec indignation.

— Je n'ai pas menti ! s'insurgea-t-il. La fortune de ma famille est aussi considérable que je l'ai affirmé... Je n'y ai simplement pas accès pour l'instant, car ces capitaux ont été immobilisés dans divers placements fonciers à la mort de mon père.

— Mais cet argent vous appartient ?

— Evidemment ! A moi et à ma sœur, Frédérica. Cependant, je ne perçois dans l'immédiat qu'une petite rente qui ne me permettra pas de vous rembourser les douze mille livres que je vous dois...

Lord Seabrooke exhala un soupir rageur et serra les poings de colère. Dire qu'il avait cru que la chance lui souriait enfin !

Avant qu'il hérite de son titre, le major Gavin Alexander était déjà la coqueluche de la bonne société londonienne, et rencontrait auprès de la gent féminine un succès qui ne se démentait pas... Sa légère claudication, due à une blessure de guerre, ne semblait le rendre que plus séduisant aux yeux des hôtesses de Mayfair et des jeunes actrices à la mode qui se disputaient ses faveurs.

Sa notoriété grandissante lui avait ouvert les portes de cercles très fermés, où seule était admise une poignée d'élus, triés sur le volet. Grâce à ses influentes relations, Gavin, qui ne pouvait plus combattre, s'était vu offrir un poste de conseiller stratégique au ministère de la Guerre. Propulsé dans les arcanes du pouvoir et de la politique, il avait su, par sa remarquable expérience, acquérir la confiance des hauts dignitaires de Whitehall.

Ses émoluments assuraient à Gavin un train de vie sinon luxueux, du moins confortable... Mais récemment, son existence insouciante avait été complètement bouleversée par un événement inattendu — la mort de son oncle Edmund. Ce dernier était presque un inconnu pour lui, car le défunt père du major et le comte de Seabrooke, cinquième du nom, ne s'adressaient plus la parole depuis trente ans.

Dès qu'on l'avait informé du décès d'Edmund, Gavin s'était rendu à Brookeside Manor, le domaine qui lui conférait son nouveau titre. Là, il avait dû essuyer une sévère déconvenue. En effet, son oncle ne lui avait pas légué la fortune substantielle qu'il était en droit d'attendre, mais une montagne de dettes faramineuses !

Sommé de s'en acquitter séance tenante, Gavin avait dû mettre en vente ses biens aliénables pour purger les hypothèques, et avait payé de ses deniers certains des créanciers. Toutefois, cela n'avait pas suffi : il devait encore apurer un passif de plus de dix mille livres...

Sans pour autant perdre courage, il était rentré à Londres afin d'emménager à Seabrooke House, l'hôtel particulier de son oncle, situé à deux pas de Hyde Park. Puis il avait assidûment fréquenté le White's Club et le Jockey en espérant gagner de l'argent aux tables de jeu.

Après les escarmouches du printemps, la coalition avait remporté une victoire écrasante sur les troupes de Napoléon, à Waterloo. Ses analyses stratégiques n'étant désormais plus utiles au ministre des Armées, Gavin avait dû renoncer à ses fonctions...

Le crédit dont il jouissait commençait déjà à s'amenuiser, et il savait qu'il cesserait bientôt de trouver grâce aux yeux des mères de la haute société en quête d'un époux pour leurs filles. En outre, il devait assumer depuis peu une nouvelle responsabilité que l'honneur ne lui permettait pas d'esquiver, et qui rendait tout à fait essentiel l'assainissement de ses finances.

Lorsque le jeune Thomas Chesterton était arrivé au White's Club en se vantant d'être immensément riche, Gavin n'avait pas été le seul à penser qu'il serait aisé de duper ce jeune mirliflore. Mais alors que les autres membres du club avaient été simplement amusés par les grands airs du prétentieux baronet, Gavin avait cru voir en lui le miracle dont il avait désespérément besoin.

A l'évidence, il s'était réjoui trop vite...

— Quand disposerez-vous de votre capital ? demanda-t-il.

Sir Thomas s'empourpra et détourna les yeux.

— Dans presque quatre ans, à mon vingt-cinquième anniversaire. Frédérica, elle, touchera sa part lorsqu'elle prendra un époux.

Gavin dévisagea son interlocuteur avec un intérêt renouvelé.

— Votre sœur n'est pas mariée ? souligna-t-il. Parlez-moi d'elle...

Frédérica Chesterton avait passé une journée pour le moins mouvementée...

Elle avait été éveillée avant l'aube par les cris d'une domestique, pour s'apercevoir que la jeune fille avait simplement pris peur à la vue d'une des souris blanches de sa maîtresse. Cette femme de chambre venait d'entrer à Maple Hill et n'avait pas encore eu le temps de s'accoutumer à la surprenante ménagerie qu'abritait le domaine.

En descendant, Frédérica s'était rendu compte qu'on avait oublié de fermer la porte de l'arrière-cuisine, et qu'une chèvre angora en avait profité pour entrer dans le manoir. Quand, non sans mal, elle avait enfin réussi à chasser l'intruse, le régisseur était venu lui annoncer qu'un tiers des récoltes avait été détruit par les pluies torrentielles qui s'abattaient depuis trois jours sur la région...

Après avoir rattrapé son paon, qui s'était échappé sur la route du village, inspecté le manoir de fond en comble pour retrouver les clés de son intendante, puis renversé son encrier sur sa robe neuve en écrivant à un fournisseur, Frédérica avait pu se retirer dans le salon pour le thé...

A peine avait-elle siroté une première gorgée, cependant, qu'un visiteur fit tout à coup irruption dans la pièce.

— Bonjour, petite sœur!

Frédérica posa sa tasse et se leva en esquissant un sourire.

— Thomas! Je te croyais toujours à Londres.

La pâleur et l'agitation inhabituelle de son frère n'échappèrent pas à l'œil observateur de la jeune fille.

— Que se passe-t-il? T'es-tu attiré des ennuis?

— Non! affirma Thomas en s'avançant vers elle pour la prendre dans ses bras. En fait, je suis venu te féliciter.

A ces mots, Frédérica se crispa.

— Pourquoi me féliciterais-tu?

— Eh bien, pour tes fiançailles avec le comte de Seabrooke!

Frédérica se libéra et recula d'un pas.

— Comment pourrais-je être fiancée à un homme que je n'ai jamais rencontré? La vie à Londres t'aurait-elle rendu fou, Thomas?

— Non, Freddie, je n'ai pas perdu la tête. Je me suis simplement aperçu que je fuyais mes responsabilités depuis la mort de père — envers la propriété, et surtout envers toi. Je suis un homme maintenant, et je dois me préoccuper de ton avenir.

Muette de stupeur, Fréderica fixa son frère.

— Il est hors de question que tu continues à diriger Mapple Hill à ma place, ajouta-t-il. Tu es trop jolie et trop intelligente pour t'acquitter d'une tâche aussi ingrate. Il est temps que tu possèdes un domaine bien à toi, qui soit digne de ton mérite.

Sur ces bonnes paroles, Thomas se mit à arpenter le salon.

— Tout à l'heure, nous consulterons les comptes ensemble. Puis, je parlerai à notre régisseur. Euh... comment s'appelle-t-il, déjà ?

— Bridges, murmura Frédérica.

— Bridges, bien sûr... Bridges, donc, continuera à superviser les détails de tous les jours. Mais dorévanant, *je* donnerai les instructions. Je ne comprends pas pourquoi père a suggéré que tu prennes en charge les affaires familiales. Ce n'est pas le rôle d'une femme !

Frédérica, elle, savait très bien pourquoi lord Chesterton avait stipulé dans son testament qu'elle le remplacerait aux commandes du domaine. Elle avait à peine quatorze ans lorsqu'elle avait commencé de se passionner pour les méthodes d'exploitation de la propriété et des métairies. Patiemment, elle s'était initiée à tous les aspects de la gestion des terres ancestrales et elle avait peu à peu assumé les responsabilités qui auraient incombé à son père aussi bien qu'à sa mère, si celle-ci n'était pas décédée dix ans auparavant. Pendant ce temps, Thomas, qui n'avait jamais manifesté le moindre intérêt pour Maple Hill, avait fait ses études au Trinity College d'Oxford.

— Je suis ravie que tu daignes enfin t'occuper de ta propriété, remarqua Frédérica. Mais ce n'est pas une raison pour me fiancer à un inconnu ! Très franchement, je doute que tu aies pu prendre une décision aussi importante sans même juger utile de me consulter. Allons, Thomas, dis-moi qu'il s'agit d'une plaisanterie.

— Non, je t'assure que c'est très sérieux ! Je suis persuadé que lord Seabrooke sera pour toi le meilleur des maris. Sans doute me remercieras-tu lorsque tu te seras habituée à cette idée.

Une bouffée de colère envahit soudain Frédérica.

— Te remercier de régenter ma vie, comme si je

n'avais pas voix au chapitre? Non, je ne pense pas! Je vais d'ailleurs immédiatement écrire à ce lord Seabrooke pour tâcher de réparer tes sottises.

Thomas lança un coup d'œil embarrassé à sa sœur.

— Je crains qu'il ne soit trop tard : les contrats de mariage ont déjà été rédigés. Rendre ta parole susciterait un immense scandale à Londres. Et la chose serait fort embarrassante pour le comte.

Et encore plus pour lui! Il avait déjà fait prélever douze mille livres sur la part d'héritage de Frédérica et les avait versées à Seabrooke en paiement de sa dette de jeu... S'ils rompaient leurs fiançailles, Thomas devrait toujours cette fortune au major!

Sans quitter son frère des yeux, Frédérica inspira à fond, à plusieurs reprises, appliquant en cela les conseils de sa vieille gouvernante, qui lui avait toujours recommandé de procéder de la sorte pour recouvrer son calme. A l'évidence, Thomas tenait absolument à ce qu'elle respecte cet engagement contraire aux conventions... Mais Frédérica ne le laisserait pas lui imposer sa volonté de la sorte!

— Je ne t'ai jamais entendu parler de lord Seabrooke, déclara-t-elle d'une voix posée. Est-il un de tes camarades d'Oxford?

— Non, je l'ai rencontré la semaine dernière. Il a une trentaine d'années, et beaucoup de femmes rêvent de l'épouser... C'est un homme remarquable. Il a combattu Boney dans la péninsule ibérique.

Frédérica écarquilla les yeux.

— Tu ne le connais que depuis quelques jours? s'exclama-t-elle. En définitive, tu ne sais rien de lui, excepté son titre et ses états de service! Il pourrait fort bien s'agir d'un voleur ou d'un coureur de dots!

Thomas esquissa un léger sourire et étreignit affectueusement la main de sa sœur. Si elle était présentée à Londres — chose qu'elle avait toujours obstinément refusée jusqu'alors —, elle susciterait à n'en pas douter la jalousie de bon nombre de débutantes du même âge. Frédérica était en effet ravissante. Souple et menue, elle avait le teint clair des jeunes Anglaises et de longs cheveux roux qui ruisselaient sur ses épaules comme un torrent de soie. Quant à ses immenses yeux verts, ils ne laissaient aucun homme insensible...

— Crois-tu sincèrement que je consentirais à ce que tu épouses un vaurien? lui demanda Thomas. Le comte de Seabrooke est un gentleman fort estimé dans la meilleure société.

Frédérica soupesa rapidement ces propos.

— Tu ne me forcerais pas à épouser un intrigant, n'est-ce pas?

— Non, ton mari devra être au-dessus de tout soupçon.

— Si j'apprends que lord Seabrooke n'est pas aussi recommandable que tu le prétends, me permettras-tu de renoncer à ce mariage?

— Evidemment! assura Thomas. Je ne te cache pas qu'il a une petite réputation de séducteur, comme beaucoup de célibataires londoniens. Mais je te répète que c'est un homme des plus estimables.

— J'en jugerai personnellement! rétorqua Frédérica en se forçant au calme. J'ai la ferme intention de mener mon enquête sur le comte de Seabrooke... Et si je peux prouver qu'il s'est rendu coupable de quelque indignité, ou bien qu'il a plus qu'une « petite réputation » de séducteur, je saurai t'obliger à tenir ta promesse!

Les projets de sa sœur troublèrent Thomas, mais seulement un instant. Après tout, que pourrait-elle découvrir qu'il ne savait déjà? Il avait questionné ses amis, avant la signature des contrats de mariage, et tous avaient chanté les louanges de Seabrooke.

— Très bien, Freddie, murmura-t-il. Renseigne-toi sur le comte. Mais tu t'apercevras vite qu'il n'a rien à se reprocher.

— S'il était réellement honorable, il ne se serait pas fiancé à une jeune fille qu'il n'a jamais rencontrée ! Fais-moi confiance, Thomas : je finirai par découvrir que ton « vertueux » lord Seabrooke est un individu moins respectable que tu ne sembles le croire !

Sur ces mots, Frédérica sortit d'un pas furieux du salon.

Thomas l'observa s'éloigner en fronçant les sourcils. Tout bien considéré, l'entrevue s'était mieux déroulée qu'il l'avait prévu... Au moins, sa sœur n'avait-elle pas catégoriquement refusé ! Il ne pouvait cependant négliger le fait que jamais elle n'avait essuyé un échec quand elle s'était promis d'accomplir une tâche, si complexe fût-elle. Et cette fois, elle lui avait paru encore plus déterminée qu'à l'accoutumée !

2.

Tout à ses réflexions, Frédérica pénétra dans le bureau et prit son papier à lettres dans un tiroir de son secrétaire. Elle savait très bien pourquoi Thomas lui avait donné sa parole sans discuter : il la croyait incapable d'apporter la preuve de la malhonnêteté du comte de Seabrooke. Mais elle disposait d'une arme secrète dont il avait sous-estimé l'efficacité : Myrtle, sa gouvernante.

Engagée par lord Chesterton dix ans auparavant, après la mort de sa femme, Myrtle Milliken était la meilleure amie et la confidente de Frédérica. Elles s'étaient toujours entendu à merveille, d'autant qu'elles avaient en commun l'amour des arts et de la nature. Lorsque sa mère était décédée, Myrtle avait quitté le domaine pour tenir la maison de son père, dans les environs de Londres. Même si elles ne s'étaient pas revues depuis plus d'un an, Frédérica et elle n'avaient pas perdu le contact et entretenaient une affectueuse correspondance.

C'était essentiellement à sa dynamique gouvernante que la Frédérica devait son approche méthodique et rigoureuse des aléas et des défis de la vie. Myrtle, qui se passionnait pour l'étude des campagnes militaires de l'Antiquité, estimait qu'une stratégie minutieusement élaborée pouvait permettre de résoudre n'importe quelle difficulté — que ce soit un incendie dans les écuries, ou un fil de broderie qui s'emmêlait. En plus de ses théories personnelles, elle possédait un immense réseau d'amies à Londres et dans tout le pays. Lorsqu'elle vivait encore à Maple Hill, elle écrivait parfois à l'une ou l'autre de ces connaissances pour leur demander conseil sur certains points de l'éducation de sa protégée.

Si quelqu'un pouvait donc aider Frédérica à démasquer lord Seabrooke, c'était bien Myrtle ! Forte de cette conviction, la jeune fille se munit de son porte-plume et rédigea une courte lettre à l'intention de sa précieuse alliée.

Thomas paraissait réellement déterminé à se familiariser avec la gestion de Mapple Hill — ce qui ne manqua pas d'étonner sa sœur. Durant les jours qui suivirent, il s'entretint longuement avec Bridges, le régisseur, vérifia lui-même les comptes du domaine, et insista pour rendre visite personnellement à tous les métayers.

— Voici l'école dont je t'ai parlé, lui expliqua Frédérica lors d'une de leurs nombreuses promenades au village. Depuis que je l'ai ouverte, voilà presque deux ans, une dizaine de filles ont appris à lire, à écrire et à coudre. La petite Charlotte Stappler a même trouvé une place de vendeuse dans une épicerie de Broadgate.

— Leur fais-tu la classe toi-même ? demanda Thomas.

— Non, j'ai engagé des institutrices. Mais j'essaie de venir au moins deux fois par semaine pour apprendre le dessin et la musique à quelques-unes de nos élèves les plus douées.

La grande demeure aux murs de brique brune était située près de l'église qui datait de l'invasion des Normands. Ils entrèrent sans bruit par la porte de derrière et, aussitôt, des enfants de deux à six ans coururent à la rencontre de Frédérica pour l'embrasser.

— Bonjour, Mary ! lança celle-ci. Sarah, ta grippe est-elle guérie ?

Elle serra chacune des petites filles dans ses bras et finit par se redresser pour échanger quelques mots avec l'une de leurs enseignantes. Puis elle se dirigea vers la porte de la plus grande salle de l'école, et l'entrouvrit en silence.

— Les aînées étudient dans cette classe, expliqua-t-elle tout bas à son frère. Je ne te la fais pas visiter, car nous les dérangerions. Je voulais simplement que tu puisses jeter un coup d'œil.

En regardant par-dessus l'épaule de sa sœur, Thomas aperçut une douzaine d'élèves assises à des pupitres de bois. Elles écoutaient attentivement une femme vêtue d'une stricte robe noire, aux cheveux réunis en chignon, qui leur lisait un passage de *Robinson Crusoé*.

Frédérica ferma la porte et se tourna vers son frère.

— Cette école, pour modeste qu'elle soit, a changé la vie de ces fillettes et de leur famille... De toutes les réalisations que j'ai pu accomplir, c'est celle-ci qui me tient le plus à cœur.

Thomas attendit qu'ils soient sortis pour rétorquer :

— Ecoute, je te promets de continuer à financer l'éducation de ces enfants si tu... hum ! tu sais ce que je veux dire, n'est-ce pas ?

— Ta proposition est tout à ton honneur, repartit Frédérica en souriant. Néanmoins, j'ai la ferme intention de m'occuper moi-même de cette école ! Je n'ai pas oublié ta promesse, Thomas.

— A ce propos, j'ai bien réfléchi et...

La jeune fille s'immobilisa en retenant son souffle.

— Tu m'autorises à rompre les fiançailles ?

— Certainement pas ! Mais tu devrais m'accompagner à Londres pour la saison et les bals des débutantes. Je te présenterai Seabrooke, et tu t'apercevras peut-être que tu prends plaisir à sa compagnie.

Déçue, Frédérica lança un regard furieux à son frère.

— Le rencontrer à un bal ou dans le salon d'une des

hôtesses de Mayfair ne me permettra pas de déterminer à quel genre d'homme j'ai réellement affaire ! Son comportement en société est sans doute très différent de celui qu'il aura vis-à-vis de son épouse.

Thomas laissa échapper un profond soupir.

— Très bien. Fais comme bon te semble... Mais je te conseille de te presser si tu tiens à démontrer l'exactitude de ta théorie. Lord Seabrooke et moi sommes convenus que vous vous marierez à Noël.

— Ce Noël-ci ? balbutia Frédérica. Tu ne me l'avais pas dit, Thomas ! C'est dans à peine quatre mois !

— Si Seabrooke est aussi peu recommandable que tu le soupçonnes, il te faudra deux fois moins de temps pour le découvrir.

Au grand soulagement de Frédérica, une réponse de sa gouvernante l'attendait au manoir lorsqu'elle rentra, une heure plus tard. Elle décacheta impatiemment l'enveloppe, prit connaissance de la lettre, puis partit aussitôt à la recherche de Thomas. Elle le trouva dans la remise qui jouxtait les écuries, en train d'examiner le phaéton et les berlines qui avaient appartenu à lord Chesterton.

— Je viens de recevoir des nouvelles de Myrtle, lui apprit-elle, tout essoufflée d'avoir couru. Elle me propose de lui rendre visite chez son père... J'ai très envie d'accepter son invitation !

— Excellente idée, Freddie ! Cette brave demoiselle est de bon conseil et saura sans doute te faire entendre raison.

— Si tu n'y vois pas d'objection, je partirai tôt, demain. Elle habite à plus d'une demi-journée de route de Mapple Hill.

— C'est entendu, acquiesça Thomas. Pense à m'écrire au cas où tu changerais d'avis au sujet des bals des débutantes.

— Je n'y manquerai pas.

Et Frédérica tourna les talons en se félicitant de ne pas

avoir révélé à son frère le vrai motif de son séjour chez Mlle Milliken. Ne jamais dévoiler ses intentions à l'ennemi : tel était, selon sa gouvernante, le principe fondamental de toute bonne stratégie.

Le lendemain, juste avant l'heure du thé, le fiacre de Frédérica s'arrêta devant l'élégant petit cottage des Milliken. Alors que la jeune fille donnait des instructions au valet qui descendait ses malles et les cages de ses animaux — paon et souris seulement —, elle vit soudain sa fidèle amie paraître dans l'encadrement de la porte d'entrée. Aussitôt, elle courut à sa rencontre pour l'embrasser.

A quarante-sept ans, Mlle Milliken possédait toujours un charme indiscutable. Ses traits avaient une délicatesse aristocratique tandis que ses yeux bleus pétillaient d'humour et d'intelligence.

— Vous disiez dans votre lettre que vous aviez de graves ennuis, murmura-t-elle, et je vois que vous êtes préoccupée... Entrez, ma chérie, et exposez-moi tout de suite la situation.

Une fois ce préambule formulé, Myrtle Milliken précéda son invitée dans le salon.

Après avoir inspiré trois fois à fond, Frédérica s'assit sur le sofa et commença à relater les faits tels que Thomas les lui avait présentés. Lorsqu'elle conclut son récit, elle leva la tête et vit que sa gouvernante avait attaché sur elle un regard scrutateur.

— Souhaitez-vous vous marier ?

La jeune fille la fixa avec stupéfaction.

— Non ! C'est-à-dire... hum ! j'envisage évidemment de me marier un jour, mais pas avec un inconnu dans les bras duquel on me pousse !

Myrtle se laissa aller contre le dossier de son fauteuil.

— Je comprends votre indignation, Frédérica. J'ai

peine à croire que votre frère, même s'il estimait agir dans votre intérêt, ait pu vous fiancer sans votre consentement... En outre, j'avoue avoir moi aussi quelques soupçons quant à la moralité du comte de Seabrooke. Nous allons donc tâcher d'obtenir de plus amples informations sur lui...

— Oh ! je savais que je pouvais compter sur ton soutien, Myrtle ! s'exclama Frédérica. Par où allons-nous commencer ?

— Je vais écrire aujourd'hui même à Mme Pomfrey, ainsi qu'à deux ou trois autres de mes amies qui seront peut-être en mesure de nous communiquer des renseignements. Lorsque nous aurons plus de détails à notre disposition, nous pourrons préparer notre offensive.

Puis, elle accorda un sourire apaisant à Frédérica.

— Ne vous tracassez pas : chaque problème a sa solution... Venez, maintenant, ajouta-t-elle. Je vais vous montrer votre chambre, où vous pourrez vous rafraîchir avant que le thé soit servi.

Se levant sans discuter, Frédérica suivit Myrtle Milliken dans le hall, son pas beaucoup plus léger qu'à son arrivée.

Ravie de pouvoir se décharger provisoirement de ses innombrables responsabilités à Maple Hill, Frédérica passa une excellente soirée en compagnie de Myrtle et de son père — un vieillard charmant qui, au vrai, n'avait apparemment plus toute sa tête...

Le lendemain fut aussi très agréable. Les deux amies firent une promenade dans la campagne environnante, bavardèrent longuement et s'adonnèrent à une de leurs passions communes — la peinture.

En fin d'après-midi, alors qu'elles rangeaient leurs gouaches et leurs pinceaux, on apporta un pli pour Myrtle.

— Est-ce la réponse d'une de vos amies? s'enquit Frédérica.

Sa gouvernante parcourut la lettre et hocha la tête.

— Oui, mais ces informations ne nous seront d'aucune utilité, soupira-t-elle. Mme Pomfrey ne tarit pas d'éloges sur lord Seabrooke. Elle confirme qu'il a une réputation non usurpée de séducteur, et que les femmes n'ont que son nom à la bouche — même celles qui sont mariées, semble-t-il... Je crains que cela n'amène pas sir Thomas à changer d'avis.

Frédérica s'apprêtait à lui répondre quand elle fut interrompue par le valet, qui introduisit une femme élégamment vêtue.

— Ah, Becky! s'exclama Myrtle en souriant. Frédérica, je vous présente mon amie, Becky Long, qui est la dame de compagnie de la duchesse de Westover. Becky, voici Mlle Frédérica Chesterton, la jeune fille dont je vous ai parlé dans ma lettre.

Mme Long salua poliment Frédérica d'un signe de tête, embrassa son amie, puis prit place dans le fauteuil qu'elle désignait.

— J'ai interrogé plusieurs de mes sources, comme vous me l'avez suggéré, et vous avez peut-être raison au sujet de lord Seabrooke. Il se passe des choses étranges dans son hôtel particulier...

— Que voulez-vous dire, Becky?

— Eh bien, il cherche apparemment une aide-intendante. Jennifer Perkins, la femme de chambre de lady Melford, m'a confié que sa nièce s'était présentée pour cette place. Et c'est le comte lui-même qui l'a reçue, ce qui est, convenez-en, pour le moins inhabituel... De plus, il lui a posé des questions qui n'ont aucun rapport avec les fonctions dont est censée s'acquitter une intendante.

— Quel genre de questions? s'enquit Myrtle.

— Il a commencé par lui demander où elle avait fait ses études, et si elle savait peindre et jouer du piano.

Ensuite, il a exigé qu'elle lise plusieurs pages d'un roman à haute voix.

— A-t-il engagé la nièce de Mlle Perkins? voulut savoir Myrtle.

Mme Long secoua la tête d'un air désapprobateur.

— Lord Seabrooke a estimé qu'elle n'avait pas les qualifications nécessaires... Pourtant, elle a découvert depuis qu'il avait rejeté la candidature de certaines jeunes personnes encore plus expérimentées qu'elle! Je crois que c'est plus qu'un poste d'aide-intendante qui est à pourvoir, si vous voyez ce que je veux dire...

— Hum! je vous remercie infiniment, Becky, murmura Myrtle en se levant. J'apprécie que vous ayez pris le temps de me rendre visite. Vos renseignements se révéleront certainement très utiles.

Après le départ de Becky Long, Frédérica remonta un coussin dans son dos et se cala dans son fauteuil en exhalant un soupir.

— Nous piétinons... Le fait que le comte soit pointilleux sur le choix de ses domestiques ne fera pas progresser notre enquête!

— Peut-être pas, reconnut Myrtle. Néanmoins, je crois que nous avons moyen d'exploiter la situation. J'ai réfléchi aux différentes tactiques que nous pourrions mettre en œuvre, et il me semble que la meilleure, dans un cas comme celui-ci, est l'espionnage.

— L'espionnage? répéta Frédérica avec surprise.

— En effet. Nous avons besoin de quelqu'un qui puisse surveiller lord Seabrooke et interroger ses domestiques. L'efficacité de cette stratégie a été démontrée en maintes occasions dans le passé : César, notamment, avait recours à ses *exploratores*...

— A qui pouvons-nous confier cette mission? demanda Frédérica.

— Je l'ignore. Mais ce devra être une personne digne de foi qui ne pourra être corrompue par l'ennemi. Sans doute nous faudra-t-il un certain temps avant de trouver la candidate idéale...

— Du temps, nous n'en avons pas ! protesta Frédérica. Le mariage doit avoir lieu avant Noël et je t'assure que je n'ai aucune envie d'épouser un coureur de jupons... Pourquoi n'espionnerais-je pas le comte moi-même, Myrtle ? Après tout, il ne m'a jamais vue !

Myrtle Milliken ouvrit tout grands les yeux.

— Dois-je comprendre que vous envisagez de vous présenter pour cette place d'aide-intendante ? C'est hors de question ! Avez-vous conscience du scandale qui éclaterait si l'on venait à découvrir que vous vivez sous le même toit qu'un célibataire ?

— Personne n'en aura vent, assura Frédérica. Je n'ai que deux ou trois amies à Londres, et il est peu probable que je les rencontre ! Et puis, je pourrais me déguiser. Ainsi, si je croise certaines de mes relations, elles ne me reconnaîtront pas ! Oh ! donne-moi ton accord, s'il te plaît. Ce ne serait que pour quelques jours.

Myrtle considéra pensivement sa protégée.

— Je vous connais assez pour savoir qu'il est vain d'argumenter lorsque vous avez pris une décision, soupira-t-elle. C'est entendu, Frédérica. Nous allons passer à l'action !

3.

Myrtle adressa un coup d'œil préoccupé à Frédérica, puis ouvrit la malle poussiéreuse que son valet avait descendue du grenier.

— J'espère que nous ne commettons pas une erreur.

— Non, Myrtle, il s'agit de la seule solution !

Depuis deux jours, la jeune fille était sur des charbons ardents et ne parvenait à songer à rien d'autre qu'à leur audacieux projet. Sa vie avait été jusqu'alors si monotone et si prévisible qu'elle avait l'impression de se lancer dans une formidable aventure.

— A quelle heure lord Seabrooke doit-il me recevoir ?

— L'entretien aura lieu à 11 heures, ce matin, expliqua Myrtle. Mais assez bavardé : nous devons nous occuper de votre déguisement.

Frédérica examina avec surprise les accessoires que l'on avait jetés pêle-mêle dans le coffre aux poignées de cuivre.

— Où t'es-tu procuré ces perruques et ces fards ? s'étonna-t-elle.

— Une de mes connaissances, qui était actrice, me les a donnés. Asseyez-vous à la coiffeuse, et laissez-moi faire.

Frédérica s'installa devant le miroir et fronça les sourcils en voyant Myrtle sortir un gros crayon brun de la malle.

— Vas-tu me dessiner des rides ?
— Non, je pensais plutôt à des taches de rousseur...
Et elle entreprit de parsemer sur le nez et les joues de la jeune fille une multitude de petits points. Elle en estompa quelques-uns du bout des doigts, fit un pas en arrière pour juger du résultat et hocha la tête avec satisfaction. Selon elle, c'était plus vrai que nature !
— Quelle couleur de cheveux préférez-vous ? s'enquit-elle.
— La perruque blonde est superbe, mais je crois que je passerais plus inaperçue avec la brune. Qu'en dis-tu ?
— Je suis entièrement de votre avis, acquiesça Myrtle.
Sur ce, elle tira les boucles fauves de Frédérica en arrière, les fixa en chignon et les dissimula sous la perruque.
— Et maintenant, passons à la touche finale : vos yeux. Ils sont si splendides qu'aucun homme ne pourrait les oublier.
Etonnée par ce compliment inattendu, Frédérica étudia son reflet dans le miroir de la coiffeuse. Elle n'avait à la vérité guère prêté attention à ses yeux jusqu'ici, mais elle supposait que leur couleur, un vert aussi clair qu'un torrent de montagne, était en effet inhabituelle. Soulignés de longs cils sombres et changeants comme ceux d'un chat, ils semblaient manger son visage à l'ovale délicat.
— J'ai une idée ! s'exclama soudain Myrtle.
Elle fouilla dans la malle, s'empara d'un étui qu'elle se hâta d'ouvrir, puis tendit des lunettes à monture foncée à Frédérica.
— Chaussez-les ! suggéra-t-elle.
La jeune fille obtempéra et esquissa une grimace.
— Je me reconnais à peine !
— Je pense que cela fera l'affaire, affirma Myrtle, qui la scrutait d'un œil critique. Les références que je vous ai communiquées vous permettront certainement d'être engagée. Et si la place que lord Seabrooke vous propose

n'est pas exactement... hum ! *respectable*, ces taches de rousseur et ces vilaines bésicles devraient vous fournir une protection suffisante.

— Une protection contre quoi, Myrtle ?

La gouvernante se mordilla la lèvre avec embarras.

— Contre des avances inconvenantes, répondit-elle enfin. Mme Long soupçonne que le comte veut engager une employée qui devra assumer des obligations très différentes de celles d'une intendante. Selon elle, c'est une maîtresse dont il désire s'attacher les services.

Frédérica s'empourpra, mais se ressaisit très vite.

— Je... j'avoue que je n'y avais pas songé. Mais si tel est le cas, nous détiendrons un argument qui convaincra Thomas... Et sans doute as-tu raison, enchaîna-t-elle en considérant son reflet. Mes lunettes m'enlaidissent tellement que je n'ai rien à craindre !

— Je l'espère de tout cœur, chuchota Myrtle.

Munie de ses fausses références, Frédérica descendit prestement de son fiacre, et gravit les degrés du porche de Seabrooke House. Un majordome replet vint aussitôt lui ouvrir la porte.

— Je suis Erica Cherrystone, déclara-t-elle. J'ai rendez-vous à 11 heures avec lord Seabrooke pour la place d'aide-intendante.

— Ah ! M. le comte vous attend dans la bibliothèque.

Et le domestique lui fit signe d'entrer.

Cédant soudain à l'affolement, Frédérica hésita, et envisagea un instant de prendre le parti de la fuite. Mais elle recouvra presque immédiatement son sang-froid et pénétra dans le hall. Elle n'allait pas renoncer si près du but ! Tout en se rémémorant la raison de sa présence à Seabrooke House, elle inspira à fond, serra les dents avec obstination et frappa à la porte de la bibliothèque.

— Entrez !

Gavin posa la montre qu'il consultait sur son bureau et se leva. Au moins, cette candidate était-elle ponctuelle ! Comme elle s'avançait timidement vers lui, il l'examina avec attention. Ses cheveux bruns étaient rassemblés en chignon, et elle portait une robe grise aussi stricte que démodée. En dépit de ses lunettes qui lui donnaient l'air studieux et réfléchi d'une préceptrice, elle lui parut plutôt jeune pour un poste exigeant autant de dévouement et d'expérience...

— Asseyez-vous, mademoiselle Cherrystone, dit-il en désignant un fauteuil d'un geste de la main. Puis-je voir vos références ?

— Certainement, monsieur le comte.

Il prit les documents qu'elle lui tendait.

— Voulez-vous être assez aimable pour me lire un paragraphe du livre qui se trouve sur la petite table, à côté de vous ?

Contrairement aux précédentes postulantes, Mlle Cherrystone ne sembla pas le moins du monde surprise par l'inhabituelle requête. Elle hocha la tête avec calme et se saisit de l'ouvrage.

— Souhaitez-vous entendre un passage en particulier ?

— Le début. Je vous dirai quand vous pourrez vous arrêter.

Puis, Gavin étudia les recommandations de la candidate tandis qu'elle commençait à lire le prologue de *Waverley*, le dernier roman de Walter Scott.

— Bien, cela suffira, décréta-t-il avant qu'elle ait pu tourner la page. A en juger par votre accent, vous êtes plus instruite que votre environnement familial ne le laisse supposer...

Heureusement, Myrtle avait prévu que cette apparente anomalie ne manquerait pas d'échapper à lord Seabrooke ; elle avait songé à une explication que Frédérica s'empressa de fournir.

— Mes parents étaient les domestiques de propriétaires terriens du meilleur milieu qui se sont pris d'affection pour moi. Ils m'ont donné l'éducation d'une jeune fille de bonne naissance.

— Oh ! je vois.

Le comte se laissa aller dans son fautcuil et finit de parcourir les lettres de recommandations. En le fixant pensivement, Frédérica dut reconnaître qu'il était aussi séduisant que la rumeur le prétendait. D'épaisses vagues de cheveux châtains retombaient en désordre sur son front et ses yeux intelligents, d'un bleu extraordinairement clair, étaient pénétrants, presque hypnotisants, dans son visage racé.

Au même instant, il redressa la tête en lui souriant.

— Vous êtes exactement la personne que je cherche ! Je suis prêt à vous prendre à l'essai. Mais avant toute chose, vous devez me promettre de faire preuve de la plus grande discrétion.

— Je sais tenir ma langue, assura Frédérica.

Le comte se leva pour contourner son bureau en boitillant presque imperceptiblement. Il vint s'asseoir près d'elle, posa la main sur l'accoudoir de son fauteuil et murmura sur le ton de la confidence :

— Voyez-vous, mademoiselle Cherrystone, ce n'est pas précisément un emploi d'aide-intendante que j'envisage de vous confier.

— Oh ! Que... que voulez-vous dire ?

Si Frédérica sentait qu'elle était sur le point d'obtenir la preuve de l'immoralité du comte, elle ne se réjouissait point d'être parvenue si facilement à ses fins. La présence de cet homme éveillait en elle un trouble affolant qui l'empêchait de réfléchir clairement et de se concentrer sur son objectif.

— Il s'agit d'un poste... heu, beaucoup plus délicat, ajouta-t-il. Et je préférerais que les autres domestiques ne soient pas informés dans l'immédiat de la véritable nature de vos fonctions.

— En quoi mon travail consistera-t-il ?

— Vous allez devenir la mère d'un enfant illégitime.

Bouche bée, Frédérica se leva d'un bond.

— Il est déjà suffisamment scandaleux que vous vouliez engager une... courtisane ! protesta-t-elle. Mais que vous osiez de plus laisser entendre que des enfants naîtront de cette union coupable est tout simplement inconcevable ! Adieu, monsieur le comte.

Et la jeune fille se dirigea d'un pas furieux vers la porte. « Mission accomplie ! » pensa-t-elle. Après ce qu'elle venait d'entendre, Thomas n'aurait pas d'autre choix que d'annuler cet absurde mariage !

Lord Seabrooke la rejoignit en deux enjambées et lui barra la voie. Son regard glacial était impressionnant.

— Je ne sais pas quelle mouche vous pique, marmonna-t-il, mais je vous prie de retourner vous asseoir et de m'écouter !

Frédérica le considéra avec indignation.

— Laissez-moi passer, monsieur le comte, ou j'appelle à l'aide. Je ne tolérerai pas que vous continuiez à m'insulter !

A sa grande surprise, lord Seabrooke se mit soudain à rire. Puis il lui prit la main et l'entraîna jusqu'à son bureau.

— Je n'ai jamais eu l'intention de vous insulter, assura-t-il en la poussant doucement dans un fauteuil. Il y a de toute évidence un malentendu que je vais dissiper sur-le-champ.

— Pourtant, vous avez insinué que...

— J'avoue que je me suis mal exprimé. Je voulais simplement dire que vous devrez veiller sur cette enfant naturelle avec l'amour, le dévouement et la patience d'une mère.

Sur ce, il s'installa de nouveau à son bureau.

— Je suis depuis peu le tuteur d'une petite fille de quatre ans, Christabel. Ses origines sont assez... douteuses. Néanmoins, je voudrais lui donner l'éducation d'une jeune personne de qualité. Mon intendante, Mme Abbott, est déjà surchargée de travail et n'a guère le temps de s'occuper d'elle. En outre, bien que ce soit une femme tout à fait admirable, je crains qu'elle ne soit pas assez instruite pour élever convenablement cette enfant...

D'un geste machinal, le comte joua avec son porte-plume en ivoire.

— Il est essentiel que vous ne divulguiez pas le secret, ajouta-t-il, car *personne* ne doit découvrir l'existence de Christabel pour l'instant... Vous imaginez, dans ces conditions, à quelles difficultés je me suis heurté pour recruter une employée du niveau requis. Je ne pouvais pas chercher une nurse par voie d'annonce !

Frédérica hocha la tête. La vérité se révélait finalement moins répréhensible qu'elle le ne pensait — bien qu'elle ne soit pas non plus précisément « honorable » ! Sans doute le comte voulait-il cacher cet enfant à sa riche fiancée pour qu'elle ne se rétracte pas...

— Je vois que ma proposition vous choque, murmura-t-il, et je le conçois fort bien. Mais avant que vous ne partiez, mademoiselle Cherrystone, j'aimerais que vous rencontriez Christabel.

Frédérica réfléchit un instant. Thomas estimerait-il que le fait que cette petite fille demeure chez lord Seabrooke était une raison suffisante pour rompre les fiançailles ? Probablement pas, hélas ! Il pourrait arguer que le comte faisait preuve d'une grande générosité en offrant un foyer à cette enfant, plutôt que de la placer dans un orphelinat. Bien que l'idée lui semblât fort déplaisante, Frédérica devait donc continuer à mener son enquête...

Un sourire forcé aux lèvres, elle soutint le regard de son interlocuteur.

— Si vous insistez, monsieur le comte...

— Excellent ! Suivez-moi, s'il vous plaît.

Sans un mot, Frédérica lui emboîta le pas, remarquant

de nouveau sa légère claudication. Ils empruntèrent un escalier en chêne lambrissé au bout du hall et, après avoir monté deux autres volées de marches plus étroites, ils atteignirent le dernier étage de l'hôtel particulier.

— Voici la nursery, indiqua lord Seabrooke en ouvrant une porte sur la droite. Christabel? Je veux te présenter quelqu'un.

Une dame d'une soixantaine d'années, vêtue d'une impeccable robe de soie grise, vint au-devant d'eux pour les accueillir.

— Cette enfant est insupportable, monsieur le comte! Elle s'est cachée sous son lit depuis une demi-heure et refuse de sortir.

Lord Seabrooke ne put réprimer un sourire.

— Vous pouvez disposer, madame Abbott. Mlle Cherrystone et moi allons tâcher d'amadouer cette jeune demoiselle...

Il attendit que son intendante fût partie pour murmurer :

— Cette femme est une vraie perle, mais elle n'a plus l'énergie suffisante pour s'occuper d'une enfant aussi espiègle.

Frédérica acquiesça avec distraction, et examina la grande chambre avec curiosité. Elle était uniquement meublée d'un petit lit, d'une table et de deux étagères, sur lesquelles étaient disposés quelques jouets et des livres. L'endroit était d'une propreté irréprochable, mais il semblait vide, et peu accueillant pour une nursery.

— Viens immédiatement, Christabel! intima le comte.

Une sorte de grognement répondit à son injonction. Mais la fillette, quant à elle, demeura invisible.

— M'autorisez-vous à essayer, monsieur le comte?

— Certainement. Cela me permettra de vous voir à l'œuvre.

Frédérica s'avança alors vers le lit et s'agenouilla. Déjà, elle ressentait une certaine compassion pour cette enfant, contrainte de vivre dans un environnement aussi austère et dépouillé.

— Etes-vous là, Christabel ? appela-t-elle.

Elle fut accueillie par un autre grognement.

— Oh ! mais on dirait qu'un ourson a élu domicile sous ce lit ! plaisanta-t-elle. Peut-être vais-je réussir à l'appâter...

Attrapant un biscuit dans l'assiette posée sur la table, elle se pencha pour le montrer à Christabel.

— Notre ourson aurait-il faim ?

Un rire se fit alors entendre, et la petite fille sortit enfin de sa cachette. Elle repoussa ses boucles blondes en arrière, puis leva ses immenses yeux bleus vers Frédérica.

— Je suis un loup, pas un ours ! rectifia-t-elle.

Sur ce, elle prit le biscuit en souriant. Mais au lieu de le manger, elle tendit la main vers Frédérica.

— Dites, mademoiselle, allez-vous être ma nounou ?

Pouvait-elle accepter cet emploi ? se demanda pensivement Frédérica. Après tout, elle possédait les qualifications nécessaires. Depuis l'ouverture de l'école du village, elle était habituée à prendre soin d'enfants de cet âge et à les éduquer !

— Oui, Christabel, murmura-t-elle en la soulevant dans ses bras. Je suis votre nouvelle nurse... Je vais bien m'occuper de vous, et nous allons très vite devenir les meilleures amies du monde !

4.

Tôt, le lendemain matin, après avoir passé la nuit chez Myrtle, Frédérica revint à Seabrooke House avec une petite malle. Rassurée de savoir que la place de sa protégée était, sinon conventionnelle, du moins plus honorable qu'elle ne supposait, Myrtle l'avait aidée à constituer une garde-robe appropriée, et à choisir quelques jouets pour Christabel. En fin stratège, elle avait également tenté de modérer l'enthousiasme de la jeune fille en lui recommandant de redoubler de prudence et d'agir avec mesure pour ne pas se trahir.

Comme la veille, Frédérica fut accueillie par le majordome. Il s'effaça pour la laisser entrer en la détaillant avec insistance.

— J'ai appris qu'on vous avait engagée pour seconder Mme Abbott, déclara-t-il alors que le valet de pied portait les bagages dans le hall. Je suis enchanté d'avoir une collègue aussi ravissante.

D'un geste nerveux, Frédérica remonta ses lunettes sur son nez.

— Oh ! vous me flattez, monsieur...

— Coombes. Mais vous pouvez m'appeler George. J'ai l'impression que nous allons bien nous entendre, n'est-ce pas ?

— Je... oui, sans doute, balbutia Frédérica. Peut-être ferais-je mieux de vous laisser vaquer à vos occupations.

Tout en se promettant d'éviter le majordome à l'avenir, elle se hâta de tourner les talons et de rattraper le valet de pied.

Sa chambre, attenante à celle de Christabel, était peu spacieuse mais claire, et meublée avec goût. La fenêtre ouvrait sur un jardin à la pelouse bien entretenue, où des parterres de pensées, d'anthémis et de sauge formaient un séduisant décor.

Frédérica attendit quelques minutes que l'on vienne déballer ses affaires, avant de se rappeler tout à coup que les nurses n'avaient généralement pas de femmes de chambre. Sans doute n'était-ce pas le seul de ses privilèges aristocratiques auquel elle devrait renoncer durant son séjour ! Mais l'expérience lui serait bénéfique, décida-t-elle. Elle ouvrit sa malle et se mit immédiatement à l'œuvre.

Cinq minutes plus tard, alors qu'elle rangeait sa dernière robe dans la grosse armoire en chêne, Frédérica entendit frapper à la porte de communication. Intriguée, elle poussa le battant, et découvrit Christabel avec un petit bouquet de pâquerettes à la main.

— Elles sont pour vous, mademoiselle, chuchota-t-elle.

— Merci, Christabel. Les avez-vous cueillies vous-même ?

— Oui. Mme Abbott a bien voulu que je descende dans le jardin avant que tout le monde soit réveillé. Vous plaisent-elles ?

— Elles sont superbes ! Je vais les mettre dans ce vase, sur la commode. Voulez-vous m'aider à ranger mes affaires ?

— Vous me donnez la permission ? s'étonna Christabel en ébauchant un sourire. Mme Abbott refuse que j'entre dans sa chambre...

— Eh bien, vous pourrez venir dans la mienne aussi souvent que vous le voulez ! Cela me paraît normal entre amies, ne trouvez-vous pas ?

Puis, Frédérica fit asseoir la fillette au bord de son lit et commença à sortir de sa malle les livres et les jouets qu'elle avait apportés. Christabel ouvrit tout grands les yeux en découvrant ses cadeaux, puis embrassa spontanément sa nurse pour la remercier.

Ensemble, elles disposaient les livres d'images sur les étagères de la nursery quand Mme Abbott ouvrit la porte et entra sans bruit. La jeune fille s'avança aussitôt vers elle pour l'accueillir.

— J'ai à vous parler, mademoiselle Cherrystone.

— Je suis à vous tout de suite. Christabel, pourquoi ne faites-vous pas un dessin pendant que Mme Abbott et moi bavardons ?

Elle l'aida à s'installer à la petite table et posa devant elle une feuille de papier et une boîte de pastels. Elle rejoignit alors l'intendante, qui s'était assise à l'écart, près de la fenêtre.

— De quel sujet vouliez-vous m'entretenir, madame Abbott ?

— De certaines règles que M. le comte tient à vous exposer avant que vous ne les enfreigniez par inadvertance... Je pense qu'il vous a déjà indiqué que personne ne doit apprendre que Christabel habite à Seabrooke House. Aussi lui est-il défendu de sortir, excepté aux moments de la journée où il est peu probable qu'on la voie.

— Les autres domestiques ne sont-ils pas dans le secret ?

— Cet étage est réservé aux femmes de la maison, et nous sommes toutes au courant, expliqua Mme Abbott. En revanche, ni M. Coombes ni le valet de pied, qui viennent d'entrer à Seabrooke House, n'ont été informés de la présence de Christabel. Et ils ne doivent l'être sous aucun prétexte. Me suis-je bien fait comprendre ?

Frédérica acquiesça d'un signe de tête.

— Christabel prendra tous ses repas ici, ajouta l'intendante d'un ton sec. Lucy, la femme de chambre, les lui apportera.

— Très bien. Mais je suppose que M. le comte n'a pas l'intention d'enfermer éternellement cette enfant dans la nursery, n'est-ce pas ? A son âge, elle a besoin d'air et d'exercice !

— Pour tout avouer, je doute que lord Seabrooke ait eu le temps de prendre ce problème en considération... Voilà seulement dix jours qu'il a recueilli Christabel. C'était la seule solution, car Mme Stewart, l'ancienne nurse, a décidé de quitter sa place.

— Mais cette enfant a bien une mère, non ?

— Mlle Amity est morte.

— Oh ! j'ignorais que Christabel était orpheline...

Mme Abbott secoua la tête et exhala un profond soupir.

— M. le comte a toujours été très généreux envers Mlle Amity. Il mettait un point d'honneur à lui rendre visite, à la campagne, deux ou trois l'an. Quand elle est décédée, il y a six mois de cela, j'ai bien cru qu'il ne parviendrait pas à surmonter cette pénible épreuve.

Ainsi, songea Frédérica, lord Seabrooke était resté en relation avec sa maîtresse ! Et bien qu'elle lui eût donné un enfant, il ne l'avait jamais épousée. Sans doute était-elle trop pauvre pour trouver grâce à ses yeux...

— Lord Seabrooke aurait préféré continuer à employer la nurse de Christabel, poursuivit Mme Abbott, mais elle exigeait plus d'argent qu'il ne pouvait lui offrir. Après la disparition de Mlle Amity, il a même renoncé à entretenir ses... hum, « amies » pour payer les gages de Mme Stewart et le loyer du cottage où il l'avait installée avec Christabel. Quand la nurse lui a donné ses huit jours, il n'a pas hésité un instant et a pris les dispositions nécessaires afin que cette enfant soit amenée à Seabrooke House... Mais maintenant que sa situation financière est moins précaire, je suis sûre qu'il va très vite reprendre ses anciennes habitudes. Vous savez comment sont les jeunes hommes, n'est-ce pas, mademoiselle?

Frédérica frémit d'indignation à l'idée que lord Seabrooke ait pu avoir l'impudence de s'afficher avec ses conquêtes pendant que Christabel et sa mère se morfondaient au fin fond de la campagne! Grand Dieu, c'était encore pis qu'elle ne croyait!

— Vous disiez qu'il n'avait plus un sou vaillant?

Les yeux plissés, Mme Abbott se pencha vers elle.

— Le père de lord Seabrooke n'était pas fortuné et dilapidait au jeu le peu d'argent qu'il possédait... Son oncle Edmund n'avait pas non plus le sens des affaires! D'aucuns prétendent que M. le comte a hérité non seulement de son titre, mais aussi de ses dettes.

— S'il est ruiné, comment peut-il entretenir ce somptueux hôtel particulier, payer tous ses domestiques et...

— Rassurez-vous, vous percevrez vos gages! coupa Mme Abbott d'un ton réprobateur. Lord Seabrooke est à l'abri du besoin, maintenant: il est fiancé à une riche provinciale; on dit qu'il a touché plus de dix mille livres sur l'héritage de cette jeune fille pour que le mariage se fasse. D'une certaine manière, Christabel est le « secret honteux » de la famille... Aussi, comprendrez-vous pourquoi personne ne doit avoir vent de son existence. Sans doute M. le comte ne révélera-t-il la vérité à la demoiselle qu'après l'avoir épousée.

Frédérica écarquilla les yeux de stupeur. Tout portait à croire que cet homme était un coureur de dots, ainsi qu'elle le soupçonnait! Et qui, sinon Thomas, avait pu lui verser cette somme faramineuse? Curieusement, il avait oublié lui faire part de cet arrangement... C'eût été pourtant la moindre des choses, semblait-il!

— Trêve de bavardages! déclara Mme Abbott en replaçant une mèche sous sa coiffe. Je ne suis pas supposée colporter des rumeurs, mais vous communiquer les instructions de lord Seabrooke. Vous emmènerez Christabel dans le jardin tôt le matin, quand personne n'est levé. Vous disposerez d'une demi-journée de congé par semaine, le jeudi après-midi. Et lorsque vous ne serez pas occupée, vous devrez vous faire passer pour l'aide-intendante de la maison, car c'est officiellement pour cet emploi que l'on vous a engagée. Descendez me voir, je vous confierai quelques petits travaux de comptabilité... Enfin, si vous avez des questions à poser à M. le comte, ou bien des suggestions à lui soumettre, adressez-les-moi. Je les lui transmettrai.

— Des suggestions ? répéta Frédérica. Eh bien, j'en ai justement une, madame Abbott. Comme je vous l'ai expliqué, Christabel ne doit pas rester enfermée toute la journée. Dites à lord Seabrooke que je désire emmener régulièrement la petite au parc.

L'intendante se leva en lui décochant un regard sévère.

— Je doute qu'il approuve cette idée, mademoiselle !

— Si besoin est, je suis prête à le rencontrer pour lui exposer mes arguments. Mais je ne peux pas accepter que Christabel souffre uniquement pour protéger le comte du qu'en-dira-t-on !

Mme Abbott secoua la tête avec une expression réprobatrice et se hâta de sortir — sans nul doute pour faire un rapport peu favorable à son employeur au sujet de la nouvelle nurse... Quand l'intendante eut refermé la porte d'un coup sec, Frédérica haussa les épaules, puis s'approcha de Christabel pour examiner le dessin qu'elle lui tendait.

— C'est un éléphant ! lui apprit fièrement la petite fille. Il vous plaît, mademoiselle Cher... Chest... Chatterton ?

— Pourquoi ne m'appelez-vous pas simplement Cherry, Christabel ? Ce serait peut-être plus facile à prononcer.

— Cherry ? Oui, j'aime beaucoup ce nom !

— En effet, il est charmant, observa soudain une voix

masculine derrière elles. Me permettez-vous de vous appeler ainsi ?

Frédérica fit volte-face pour découvrir lord Seabrooke, qui entrait dans la pièce. Tout en s'efforçant de contenir la colère qui la submergeait, elle le détailla d'un œil critique. Ses vêtements étaient froissés, ses cheveux tout ébouriffés, et il n'avait pas encore pris le temps de se raser. Sans doute avait-il été convié par une de ses « amies » à quelque soirée qui s'était terminée fort tard !

Comme pour confirmer ses soupçons, il ajouta :

— Je vous prie d'excuser ma tenue pour le moins... négligée, mais je rentre à l'instant. J'ai croisé Mme Abbott dans l'escalier, et elle a insisté afin que je vous parle sur-le-champ. Il semble que nous soyons en désaccord sur les consignes à respecter...

Christabel se leva, alors, et se rua vers le comte. En partant d'un grand éclat de rire, il la souleva dans ses bras.

— Comment va mon rayon de soleil, aujourd'hui ?

Les sourcils froncés, Frédérica refusa de se laisser attendrir par la scène dont elle était le témoin. Cet homme n'était qu'un infâme vaurien et un coureur de dots ! se rappela-t-elle.

— J'ai simplement signalé à Mme Abbott qu'une enfant aussi jeune que Christabel a besoin d'air et d'exercice pour s'épanouir, répliqua-t-elle. Or, les règles que vous avez édictées ne...

— Je vois qu'il faut effectivement que nous discutions.

Et lord Seabrooke reposa Christabel à terre avant de réprimer un bâillement.

— Mais pas maintenant, enchaîna-t-il. Je crains de n'être trop fatigué pour pouvoir réfléchir clairement... Avant que j'aille me coucher, répondrez-vous à ma question ?

— Quelle question ? demanda Frédérica.

— Puis-je vous appeler Cherry, comme Christabel ?

Frédérica s'interdit de lui rendre son sourire.

— Si vous le souhaitez, rétorqua-t-elle d'un ton sec. J'espère que vous m'accorderez un entretien cet après-midi, n'est-ce pas ?

— Mon valet viendra vous prévenir dès que je serai disponible. N'ayez aucune crainte, Cherry, il connaît Christabel.

Sur ces mots, le comte se retourna et se dirigea vers l'escalier. Sa claudication était plus prononcée que la veille.

Tandis qu'il s'éloignait, Frédérica s'aperçut soudain que son cœur battait à coups sourds dans sa poitrine. Quel homme déconcertant ! Il parvenait à la désarmer, alors même qu'elle était au courant de ses scandaleuses manigances. Ce n'était pas étonnant que sa réputation en fasse un redoutable séducteur ! Si quelques mots aimables suffisaient pour la plonger dans un état de trouble aussi intense, Frédérica n'osait pas imaginer l'émoi que lord Seabrooke éveillerait en elle lorsqu'il déploierait tout son charme...

— Venez, Christabel, murmura-t-elle, déterminée à le chasser de ses pensées. Je vais vous apprendre à coudre des boutons.

5.

Gavin fut tiré en sursaut d'un sommeil de plomb par la lumière du jour. Il roula sur le dos, et vit que Metzger, son irremplaçable valet depuis maintenant cinq ans, avait tiré les rideaux.

— Je vous aurais volontiers laissé dormir, monsieur le comte, mais vous m'avez demandé de vous réveiller à 16 heures.

Gavin cligna les yeux et se souleva sur un coude.

— Merci, Metzger. Dites à Cherry... je veux dire, Mlle Cherrystone de me rejoindre dans la bibliothèque d'ici à une demi-heure.

Lorsque son valet eut tourné les talons, Gavin se glissa hors de son lit et examina son reflet dans le miroir d'un regard sévère. Il avait l'air d'un homme qui avait jeté la bienséance aux orties pour goûter toute la nuit aux plaisirs de Londres...

Quand ils avaient conclu leur accord, Gavin avait suggéré à Thomas Chesterton d'être officiellement présenté à sa fiancée à la fin de la saison; ainsi, pensait-il, il aurait tout loisir de s'habituer à l'idée du mariage. Toutefois, son équipée de la nuit passée l'avait conforté dans l'idée qu'il n'avait aucune envie de renoncer à certains privilèges de la vie de célibataire...

Il avait d'abord considéré ses fiançailles comme une véritable aubaine. En épousant une riche héritière, il résolvait en effet ses difficultés financières, et donnait du même coup une mère à Christabel... Mais avec le recul, il regrettait chaque jour davantage d'avoir pris cette décision pourtant nécessaire.

Une demi-heure plus tard, rasé, peigné et habillé, Gavin sortit de sa chambre et s'engagea dans l'escalier. Il était très intrigué par Cherry, cette étonnante jeune fille qui se révélait aussi douce avec Christabel qu'elle était autoritaire avec lui... Et comme elle semblait résolue à avoir gain de cause, il savait que leur entretien ne manquerait pas d'être stimulant.

— Je suis désolée, Christabel, répéta Frédérica. On a dû oublier votre poupée Molly au cottage lorsqu'on a empaqueté vos affaires. Je vous promets d'en parler à lord Seabrooke cet après-midi.

Elle écarta une boucle blonde du front de la fillette et la serra dans ses bras pour tenter de la réconforter.

— Oncle Gavin sait sûrement où est Molly Dolly ! insista la fillette. Il la connaît, car je la lui ai souvent montrée quand il venait voir maman.

— Je vous promets que nous allons vite la retrouver.

C'était la deuxième fois que Christabel appelait le comte « oncle Gavin ». Frédérica, cependant, jugea préférable de ne pas l'interroger sur ce sujet. Le comte et sa maîtresse avaient probablement décidé de ne pas révéler à leur enfant l'identité de son vrai père.

Au même instant, on frappa à la porte de la chambre.

— Entrez ! lança Frédérica en relevant la tête.

Un homme aux petits yeux malins, âgé d'une quarantaine d'années, se glissa sans bruit dans la nursery. Probablement s'agissait-il de Metzger, le valet de lord Seabrooke, songea la jeune fille.

— Bonjour, mademoiselle Cherrystone, dit-il. M. le comte vous fait savoir qu'il vous attend dans la bibliothèque.

Il la considéra avec une curiosité non dissimulée, et examina la pièce, indiscutablement plus accueillante : des jouets et des livres étaient éparpillés sur les tapis, et Frédérica avait aménagé un coin lecture près des étagères, avec des petites chaises, des coussins à même le sol et une coupe de verre remplie de sucreries.

— Très bien, murmura-t-elle. Je rejoindrai lord Seabrooke dès que Lucy aura apporté le goûter de Mlle Christabel.

Metzger s'inclina respectueusement et sortit.

Alors qu'elle descendait les étroites volées de marches, cinq minutes plus tard, Frédérica prit ses trois bouffées d'air habituelles et tenta d'agencer méthodiquement ses pensées. Il était difficile de ne pas s'attacher à une enfant aussi charmante et éveillée que Christabel ; elle était déterminée à user de tout son pouvoir pour que l'existence de sa protégée devînt plus agréable.

Au rez-de-chaussée, elle lissa sa stricte robe grise, prit une profonde inspiration et frappa à la porte de la bibliothèque.

Lord Seabrooke se leva dès qu'elle entra. Il semblait reposé et arborait avec une désinvolte élégance une redingote bleu foncé, le pantalon et le gilet assortis, et une cravate blanche. Il était si séduisant dans son impeccable costume que Frédérica sentit soudain un étrange frisson glisser le long de son dos. Cependant, elle se ressaisit vite et fixa le comte droit dans les yeux.

— J'espère que nous allons enfin pouvoir discuter, déclara-t-elle avant qu'il ait pu prendre la parole.

— Oui, Cherry. J'ai à présent recouvré toute ma clarté d'esprit. Vous désiriez me parler de Christabel, n'est-ce pas ?

Frédérica s'installa dans le fauteuil qu'il désignait.

— Effectivement. Vous devez comprendre qu'un enfant n'est pas un oiseau qu'on peut mettre en cage, et ignorer, monsieur le comte. En outre, si vous continuez à la cloîtrer dans sa chambre, Christabel va finir par s'imaginer que vous avez honte d'elle.

La stupeur se peignit sur le visage de lord Seabrooke.

— Je vous assure que tel n'est pas le cas !

— Je n'en doute pas. En fait, ma proposition est fort simple : j'entends emmener Christabel à Hyde Park tous les jours. Nous passerons discrètement par la porte de service pour ne pas attirer l'attention. Et une fois que nous serons dans la rue, je suppose que personne ne pourra soupçonner votre lien de parenté avec cette enfant puisqu'elle ne vous ressemble pas.

Lord Seabrooke esquissa un sourire amer.

— Non, elle est le portrait de sa mère, murmura-t-il. Votre idée me paraît tout à fait excellente, Cherry, mais avez-vous songé aux domestiques ? Je connais mal certains d'entre eux, comme M. Coombes et le valet de pied, que j'ai engagés récemment. Et je ne sais pas si je peux leur faire confiance autant qu'à vous...

Frédérica fut flattée de ce compliment implicite.

— De toute manière, souligna-t-elle, je ne crois pas que nous parviendrons à leur dissimuler longtemps la vérité... Mieux vaudrait trouver une excuse plausible afin d'expliquer la présence de Christabel. J'ai remarqué qu'elle vous appelle parfois « oncle Gavin ». Ne pourriez-vous pas la faire passer pour votre nièce ? La fille de votre sœur, peut-être ?

La colère durcit soudain les traits de lord Seabrooke, et une lueur dangereuse apparut au fond de ses yeux.

— Il n'en est pas question ! Si on vient à apprendre l'existence de Christabel, je préfère encore dire qu'elle est ma propre fille ! Et je ne veux plus jamais entendre ce genre d'insinuation au sujet de ma sœur. Ai-je été assez clair, mademoiselle Cherrystone ?

Frédérica sentit ses joues s'embraser.

— V... veuillez me pardonner, monsieur le comte. J'ignorais que vous aviez une sœur. Je... je n'avais pas l'intention de l'insulter.

Il parut se détendre quelque peu.

— Nous sommes donc d'accord : vous emmènerez Christabel au parc, mais vous devrez veiller à ne pas vous faire remarquer.

— Nous nous montrerons extrêmement prudentes ! promit Frédérica, ravie d'avoir remporté cette victoire.

Quand lord Seabrooke se leva, attendant à l'évidence qu'elle prenne congé, elle s'éclaircit la voix et ajouta :

— Je n'ai pas terminé, monsieur le comte. Il y a une ou deux autres questions dont j'aimerais m'entretenir avec vous.

— Encore ? s'exclama-t-il d'un ton plaisant. Je vous écoute, Cherry.

— Eh bien, Christabel a peu de distractions, excepté le dessin et la lecture. Pour qu'elle s'ennuie moins, j'aimerais lui apporter mes souris blanches. Je suis sûre qu'elles l'amuseraient.

Le comte haussa les sourcils.

— Des souris, dites-vous ? Vous êtes encore plus surprenante que je n'imaginais... Naturellement, vos animaux seront les bienvenus. Cette demeure est aussi la vôtre, après tout...

— Merci, monsieur le comte, murmura Frédérica. L'autre problème que je voulais vous signaler concerne une poupée, qui a été égarée pendant le changement de domicile de Christabel. Elle m'a dit que vous la connaissiez et que vous sauriez peut-être où elle est.

— Il doit s'agir de la fameuse Molly Dolly... Je me la rappelle très bien, en effet. Christabel ne la retrouve pas ?

— Non, et moi non plus. Pourtant, je vous assure que nous avons inspecté minutieusement chaque coin de la nursery !

Le comte exhala un soupir.

— Les affaires de la mère de Christabel ont été empaquetées dans des malles qu'on a livrées à Seabrooke House. Elles sont restées au grenier sans que personne n'y touche, et il n'est pas impossible que Molly se trouve dans l'une d'elles. Je vais demander à mon valet de pied de les descendre pour que vous puissiez inspecter leur contenu.

— C'est très aimable à vous.

— S'agit-il de votre dernière requête, cette fois ?

Frédérica ne put s'empêcher d'esquisser un sourire.

— Oui... Tout du moins, pour l'instant. Mais sans doute vous en présenterai-je de nouvelles dans les jours prochains.

— Très franchement, Cherry, cela ne me surprendrait pas !

Et le comte lui rendit son sourire.

— A présent, je ferais mieux de retourner à la nursery, murmura Frédérica en se levant. Je vous remercie de m'avoir reçue.

Lord Seabrooke contourna son bureau et lui ouvrit la porte.

— N'hésitez surtout pas à venir me trouver si vous voulez me parler de Christabel — ou de n'importe quel autre sujet, d'ailleurs.

Un instant, leurs regards se croisèrent, et la jeune fille sentit un nouveau frisson la parcourir.

— T... très bien, monsieur le comte.

Puis, le cœur battant à coups désordonnés, elle sortit de la bibliothèque en toute hâte et monta précipitamment l'escalier.

Le reste de l'après-midi fut consacré à l'exploration des malles que lord Seabrooke avait fait porter dans la nursery moins d'une heure après l'entretien. Frédérica avait redouté que la vue des effets de sa mère ne perturbe Christabel, mais ses inquiétudes avaient été de courte durée... En fait, la seule préoccupation de la petite fille, qui fouillait avec impatience dans l'assortiment de chapeaux et de robe à falbalas, semblait être de retrouver sa poupée.

Au fond d'une malle, entre une brosse à cheveux en argent et un flacon de parfum, Frédérica découvrit soudain des lettres attachées ensemble par un ruban de soie rouge. Etaient-ce des lettres d'amour du comte ? Il lui vint à l'esprit que ces plis pouvaient constituer la preuve formelle que Thomas exigerait qu'elle fournisse...

En dépit de ses scrupules à l'idée de s'ingérer dans la vie du comte et de Mlle Amity, elle se glissa dans sa chambre, et rangea les missives dans un tiroir de sa commode.

— Ah ! te voilà enfin, Molly Dolly ! s'exclama Christabel lorsque Frédérica regagna la nursery. Ta robe est toute froissée ! Je suis navrée que tu aies dû rester aussi longtemps dans une malle...

Elle pressa le visage de sa poupée contre son oreille.

— Que dis-tu, Molly ? Ah ! Elle vous trouve très jolie, Cherry, et elle est enchantée de faire votre connaissance.

— Moi aussi, répondit Frédérica avec le plus grand sérieux.

— Pourra-t-elle partager mon dîner, ce soir ?

— Bien sûr. Pour fêter le retour de votre amie, je vais demander à la cuisinière de vous confectionner un gâteau.

— Au chocolat, Cherry ?

Amusée par le regard implorant de sa protégée, Frédérica lui ébouriffa affectueusement les cheveux.

— Oui, Christabel. Avec beaucoup de chocolat.

Durant les jours qui suivirent, elles commencèrent à établir une agréable routine. Tôt, le matin, elles se promenaient une heure ou deux dans les jardins de Hyde Park avant qu'ils ne fussent envahis par les élégantes accompagnées de leurs chaperons. Comme Seabrooke House était située dans Upper Brooke Street, à environ dix minutes de marche des grilles du parc, elles s'y rendaient à pied, plutôt que d'attirer inutilement l'attention en prenant un fiacre.

Sitôt le déjeuner achevé, Christabel faisait habituellement la sieste pendant que Frédérica, elle, descendait aider Mme Abbott qui avait en effet beaucoup de travail. Elle regagnait ensuite la nursery pour donner ses leçons de lecture et d'écriture à Christabel, et jouait avec elle jusqu'à l'heure du dîner. Puis, elle la couchait et lui lisait une histoire avant de se retirer dans sa propre chambre.

Frédérica n'oubliait pas que sa « mission » n'était supposée durer que quelques jours. Mais elle prenait un tel plaisir à la compagnie de Christabel qu'elle ne pouvait se résoudre à partir...

L'un des signes révélateurs du désir qu'elle avait de prolonger son séjour à Seabrooke House était qu'elle n'avait toujours pas lu les lettres cachées dans sa commode. Chaque soir, Frédérica se répétait qu'elle était trop épuisée pour les parcourir, ou que sa bougie n'éclairait pas assez... Autant de raisons qui, curieusement, ne l'empêchaient pas de dévorer les livres passionnants que lord Seabrooke l'avait invitée à choisir dans son impressionnante bibliothèque.

Un après-midi, alors qu'elle rapportait un des superbes ouvrages pour en prendre un autre pendant la sieste de Christabel, la jeune fille décida soudain d'explorer la vieille demeure. Elle savait que le comte était sorti car, en jetant fortuitement un coup d'œil par la fenêtre de la nursery, un quart d'heure auparavant, elle l'avait vu monter dans son phaéton...

Sans bruit, elle se glissa dans le hall et commença à visiter les autres pièces du rez-de-chaussée.

Dans le grand salon aux fenêtres ogivales, Frédérica put admirer un piano et une harpe. Elle qui jouait fréquemment de ces instruments à Mapple Hill dut réprimer son envie de les toucher... La salle à manger était assez spacieuse pour accueillir une trentaine de convives ; sur le manteau de la cheminée de marbre étaient disposés de superbes girandoles et une collection de vases en porcelaine chinoise. Située au bout du couloir, enfin, la salle de bal aux boiseries sombres était elle aussi superbe — encore que les peintures du plafond fussent quelque peu défraîchies...

En examinant chaque pièce, Frédérica dressa l'inventaire des modifications qu'elle aurait apportées au décor si elle avait été la maîtresse de maison : de nouvelles tapisseries, des moulures dorées, des couleurs plus claires... Il aurait suffi de peu de chose pour que Seabrooke House devienne l'une des plus belles résidences de Londres !

Plongée dans ses réflexions, Frédérica poussa une autre porte et se glissa dans une salle tout en longueur — la galerie de famille. Elle la parcourut lentement en s'arrêtant de temps en temps pour étudier un portrait, ou lire la plaque qui identifiait le modèle.

Le tableau baigné de lumière d'une ravissante jeune femme retint tout à coup son attention. Il était récent, à en juger par la facture de l'œuvre et par la robe que portait le modèle. Intriguée, Frédérica s'arrêta pour contempler le visage délicat et mélancolique de l'inconnue. Où avait-elle déjà vu ces yeux bleus pensifs et ces boucles couleur de soleil ?

La réponse ne tarda pas : Christabel, bien sûr ! Le comte ne lui avait-il pas dit qu'elle ressemblait étonnamment à sa mère ? Quelle audace, tout de même, que d'accrocher le portrait de sa maîtresse dans la galerie de famille ! Pour confirmer ses suppositions, Frédérica se pencha et déchiffra la plaque.

Amity Alexander.

Alexander ? C'était le nom de famille du comte ! S'était-il marié avec Amity ? Frédérica se souvint alors de leur entretien dans la bibliothèque, de l'indignation de lord Seabrooke quand elle avait suggéré de faire passer Christabel pour sa nièce et, soudain, elle comprit...

Non, il n'avait pas épousé cette femme. Mlle Amity n'était pas la maîtresse du comte. Il s'agissait de sa sœur !

6.

Frédérica fixa le tableau avec stupéfaction. De toute évidence, elle s'était fourvoyée ! Le comte n'était pas un homme méprisable et indigne de figurer parmi les pairs du royaume... Contrairement à ce qu'elle croyait, il n'essayait pas de cacher *son* enfant illégitime, mais celui de sa sœur disparue pour lui éviter d'être accablée de propos infamants et d'encourir l'opprobre ! A la lumière de cette étonnante révélation, sa conduite semblait presque honorable...

Honorable ? Frédérica secoua la tête. Quand il l'avait rejointe dans la nursery, trois matins auparavant, le comte revenait à l'évidence de chez une de ses maîtresses. Et il y avait pire ! N'avait-il pas dupé un jeune homme crédule pour s'approprier la fortune de sa sœur ? Non, vraiment, en dépit de son indiscutable générosité envers sa nièce, on ne pouvait pas considérer lord Seabrooke comme un homme « honorable »...

Quoi qu'il en soit, Frédérica se retrouvait maintenant au point de départ. Puisque la piste d'Amity se révélait inexploitable, elle devait orienter son enquête dans une autre direction pour prouver à Thomas la déloyauté du comte. Bien sûr, Mme Abbott lui avait appris qu'il était un coureur de dots, mais la jeune fille doutait que les confidences d'une intendante suffisent pour invalider un contrat de mariage ! Il existait certainement des documents — livres de comptes ou registres — qui lui permettraient d'établir de façon irréfutable que lord Seabrooke était criblé de dettes avant ses providentielles fiançailles... Où pourrait-elle se les procurer? Peut-être devrait-elle commencer par inspecter les tiroirs du bureau de sa seigneurie.

Quelques minutes plus tard, Frédérica était sur le point de se glisser dans la bibliothèque quand elle distingua soudain un bruit de pas derrière elle. Le comte, sans aucun doute. Elle fit volte-face, un sourire nerveux aux lèvres, et écarta une mèche de son front.

— Je... venais choisir un livre, expliqua-t-elle, et je...

Elle fut interrompue par la voix de Christabel, qui se fit tout à coup entendre depuis le palier du premier étage.

— Où êtes-vous, Cherry? Je suis réveillée!

— Oh! je suis navrée, monsieur le comte, balbutia Frédérica en s'empourprant. Je croyais que Lucy la surveillait.

Et elle courut vers l'escalier en espérant parvenir à minimiser l'incident. Sans dire un mot, lord Seabrooke la suivit.

— Vous savez que vous ne devez pas sortir de la nursery toute seule, Christabel! lança-t-elle à la fillette.

Celle-ci descendit une première marche.

— Mais je m'ennuyais, Cherry, et vous ne...

Au même moment, elle perdit l'équilibre et tomba en criant.

Lord Seabrooke s'élança immédiatement, mais Frédérica fut plus rapide. Avec une vitesse qu'elle ignorait posséder, elle monta les degrés deux à deux et rattrapa prestement Christabel avant qu'elle n'ait atteint la troisième marche. Puis, elle s'assit et serra la fillette apeurée dans ses bras pour la réconforter.

— Oh! pardonnez-moi, mademoiselle Cherrystone! s'exclama Lucy, tout essoufflée, en dévalant à son tour l'escalier. Je ne me suis absentée qu'une minute, mais...

Elle se figea en apercevant le comte.

— Il n'y a pas de mal, Lucy, lui assura-t-il tandis qu'elle le saluait d'une révérence. Ramenez Christabel dans sa chambre et donnez-lui des biscuits. Je crois qu'elle l'a mérité...

Déjà, Frédérica s'était levée pour suivre la femme de chambre. Mais la voix de lord Seabrooke l'arrêta net.

— Vous tenez réellement à elle, n'est-ce pas?

Elle fit volte-face. Son cœur battait encore à coups désordonnés après cette chute qui eût pu se révéler dramatique. Il battait peut-être pour une autre raison, qu'elle jugea cependant préférable d'ignorer.

— Oui, Christabel est une enfant très attachante, répondit-elle. Je suis soulagée qu'elle ne soit pas blessée.

— Grâce à vous, Cherry. Je ne saurais assez vous remercier.

Lord Seabrooke plongea son regard dans celui de Frédérica, qui fut alors la proie d'émotions étranges et troublantes. Les joues en feu, elle tressaillit et lança, sans réfléchir :

— Il semble que je vous doive des excuses, monsieur le comte.

Ces paroles n'avaient pas plus tôt franchi ses lèvres qu'elle les regretta. Pourquoi n'avait-elle pas tenu sa langue?

— Des excuses, Cherry? A quel propos?

— Eh bien, je me suis aperçue que je m'étais trompée sur vous et... heu, la mère de Christabel.

Aussitôt, le voile de la méfiance assombrit le visage du comte.

— Que diable voulez-vous dire?

— Je... je suis entrée dans la galerie de famille, et j'ai vu le portrait de votre sœur. La ressemblance entre Christabel et elle est tout à fait frappante, comme vous l'aviez signalé.

Lord Seabrooke lui décocha un coup d'œil glacial.

— Je savais que vous finiriez par découvrir la vérité... Ma nièce elle-même vous aurait d'ailleurs sans doute mise au courant, tôt ou tard.

— Il est admirable que vous souhaitiez élever Christabel comme votre propre fille, monsieur le comte, et que vous vous efforciez de tout mettre en œuvre pour protéger la mémoire de Mlle Amity.

— C'est le moins que je puisse faire, croyez-moi ! Pour tout avouer, je suis autant fautif envers ma sœur que le père de Christabel, puisque *je* lui ai présenté ce traître.

— S'agissait-il d'un de vos amis ?

— Oui, un camarade officier, qui servait comme capitaine dans la cavalerie de la Maison Royale. Amity menait une vie tranquille à la campagne, dans le petit manoir de notre père... Elle n'avait jamais eu l'occasion de rencontrer un prétendant sérieux, car nous n'étions pas assez fortunés pour qu'elle puisse faire sa saison à Londres, avec d'autres débutantes de son âge. Or, j'étais sûr que Peter Browning serait un excellent mari pour elle ; je pensais sincèrement faire mon devoir lorsque je l'ai invité chez nous. En vérité, je me suis même félicité de voir qu'ils s'entendaient si bien...

— A-t-il refusé d'épouser Mlle Amity ?

— Oh ! peut-être en avait-il l'intention. Mais il a été tué en Espagne par les troupes de Boney.

Frédérica porta une main tremblante à son front en imaginant les terribles souffrances qu'avait dû endurer la jeune Amity.

— Comment votre sœur a-t-elle pris la nouvelle ?

— Très mal... Je crois qu'en perdant son amant, elle a aussi un peu perdu la raison. Voyez-vous, elle a insisté pour donner le nom de Browning à Christabel ; et elle prétendait qu'ils étaient mariés, bien qu'elle n'ait jamais pu m'en apporter la preuve... Je faisais mine de la croire pour ne pas l'offenser, tout en essayant de subvenir à ses besoins — en dépit de mes difficultés financières.

Pensif, le comte s'appuya à la rampe de l'escalier.

— Jusqu'ici, Christabel n'a pas été très heureuse, ajouta-t-il. Amity était souvent souffrante et restait alitée des semaines entières, sans avoir la force de s'occuper de sa fille. J'ai engagé plusieurs nurses, mais elles ne restaient jamais longtemps par peur du scandale. Et aucune n'avait votre dévouement... Je suis réellement ravi d'avoir trouvé une personne de votre valeur pour prendre soin de ma nièce, Cherry. Vous êtes une vraie perle!

— Oh! je l'ignore, balbutia Frédérica, embarrassée. Mais je crois que Christabel a beaucoup de chance de vous avoir...

— Moi? s'étonna le comte. Je ne connais rien aux enfants! Vous, en revanche, saurez la guider et l'aider à franchir les obstacles qui ne manqueront pas de se présenter devant elle. Si quelqu'un est à même de relever ce défi, c'est bien vous, Cherry! J'ai l'impression que vous pourriez venir à bout de n'importe quelle difficulté. Me trompé-je?

— Je ne pense pas, reconnut Frédérica en se rappelant la raison de sa présence à Seabrooke House. Lorsque je me fixe un objectif, je vous assure que rien ne peut m'empêcher de l'atteindre...

« Et certainement pas votre sourire charmeur et vos compliments! » songea-t-elle avant de se hâter vers la nursery.

Le lendemain était un jeudi, sa demi-journée de congé. Frédérica passa l'après-midi chez Myrtle Milliken et parla longuement avec elle des progrès de leur plan. Sa fidèle confidente lui suggéra une fois de plus de manœuvrer avec circonspection pour que le comte ne découvre point la supercherie; elle lui prodigua aussi de judicieux conseils qui lui seraient sans doute fort utiles. Après le thé, la jeune fille alla chercher ses souris blanches, qu'elle avait promis de rapporter à Christabel, puis se remit en route pour Londres.

Lorsque son fiacre s'arrêta devant l'hôtel particulier, elle s'aperçut qu'une voiture attendait dans la rue. Le cabriolet léger et élégant appartenait indubitablement à une femme... Intriguée, Frédérica se glissa dans le hall et se dirigea à pas feutrés vers le salon.

— Je patiente depuis une demi-heure ! s'exclama une voix féminine à l'intérieur. Etes-vous certain de ne pas savoir où il est ?

— Je n'en ai pas la moindre idée, mademoiselle.

Frédérica reconnut immédiatement la voix de M. Coombes.

— Je vais interroger Jim, le palefrenier, ajouta-t-il d'un ton apaisant. Peut-être sera-t-il en mesure de me renseigner.

— Je l'espère, ou bien Gavin aura affaire à moi !

Le majordome, exaspéré, sortit alors en trombe du salon.

— Oh ! vous êtes là, mademoiselle Cherry, dit-il en l'apercevant. Je ne sais plus que faire pour me débarrasser de cette... personne !

Un sourire illumina son visage rose et dodu tandis qu'une lueur égrillarde passait dans ses yeux.

— Je me rendais aux écuries. Voulez-vous m'accompagner ?

— Non, merci, monsieur Coombes, répondit Frédérica d'un ton sec. J'ai cru comprendre que M. le comte était sorti, n'est-ce pas ?

— Oui, et il a de la chance d'avoir pu échapper à cette jeune demoiselle, à mon avis ! Encore qu'elle soit très séduisante...

Et le majordome lui fit un clin d'œil avant de s'éloigner.

Frédérica haussa les épaules, puis fixa la porte du salon en se mordant la lèvre. Etait-il indispensable qu'elle entre ?

Finalement, la curiosité eut raison de ses hésitations. Elle cacha la cage de ses souris derrière elle, poussa timidement le battant et pénétra dans la pièce.

Une femme des plus séduisantes était assise sur l'ottomane. Un coup d'œil à sa robe scandaleusement décolletée et à son visage trop fardé indiqua à Frédérica qu'il ne s'agissait pas d'une dame de qualité.

— Je suppose que vous êtes l'intendante, n'est-ce pas? demanda l'inconnue en la gratifiant d'un regard dédaigneux.

— L'aide-intendante, rectifia Frédérica.

Se dirigeant vers un coin du salon, elle observa discrètement son interlocutrice. Voilà donc à quoi ressemblait une femme galante! Celle-ci était en tout cas ravissante... Une cascade de boucles brunes ruisselait sur ses épaules, ses grands yeux soulignés de longs cils étaient aussi bleus qu'un ciel d'été, et la vie n'avait pas encore flétri son visage de poupée de porcelaine. Frédérica posa sa cage derrière un fauteuil, puis fit mine d'épousseter un guéridon sans cesser d'observer la maîtresse de lord Seabrooke.

— Peut-être me serez-vous plus utile que le majordome, fit soudain remarquer la beauté brune. Gavin était supposé me rejoindre chez moi pour le thé. Il me l'a promis hier soir, quand il est venu dans ma loge après la représentation. Savez-vous où je pourrais le trouver?

Frédérica écarquilla les yeux. Cette femme était une actrice? Sa curiosité céda bientôt la place à un profond dépit, à l'idée qu'une telle créature puisse avoir une liaison avec le comte — son fiancé! Et soudain, alors qu'une bouffée d'indignation l'envahissait, elle oublia complètement qu'elle n'avait aucune intention de l'épouser. Comment pouvait-il lui manquer à ce point de respect?

— M. le comte avait rendez-vous avec Mlle Dominique, déclara-t-elle d'un ton doucereux. Peut-être l'a-t-il invitée à dîner...

La colère durcit tout à coup le visage de la demoiselle.

— Dominique ? Voulez-vous parler de cette *vipère* de Dominique de Gaspard ? Elle sait pourtant que Gavin est à moi !

Frédérica demeura silencieuse, ravie que ce nom, qui était celui de l'héroïne d'un roman qu'elle avait lu récemment, ait suscité le courroux de sa « rivale »... Elle devait maintenant la convaincre de partir avant le retour du comte — ou bien celui-ci apprendrait qu'elle lui avait inventé une maîtresse et exigerait des explications pour le moins délicates !

— Gavin me le paiera ! s'emporta l'actrice. Il va vite comprendre qu'Ariel Sheehan ne supporte pas qu'on lui soit infidèle !

Sans la quitter des yeux, Frédérica se dirigea vers le fauteuil derrière lequel elle avait dissimulé la cage. Puis, se penchant, elle ouvrit la petite porte et fit rapidement sortir ses souris en les poussant vers la jeune femme — laquelle était trop occupée à monologuer furieusement pour s'apercevoir de son manège.

— Faut-il que j'aie été stupide de croire à ses serments et à ses belles promesses ! Pendant ce temps, il me... Oh ! D'où viennent ces horribles animaux ? glapit soudain Ariel en ramenant les jambes sur le divan. Chassez-les tout de suite, ma fille !

— Seabrooke House en est infestée, répondit Frédérica. Je suis surprise que vous ne l'ayez pas encore remarqué...

L'actrice ouvrit tout grands les yeux et poussa un cri lorsque les petits rongeurs commencèrent à s'approcher du sofa.

— Oh ! mon Dieu ! Je... je déteste les souris ! s'exclama-t-elle. Quelle maison ! Je ne resterai pas ici une minute de plus !

« Et ce n'est certainement pas moi qui vous retiendrai », songea Frédérica en réprimant un sourire. Avec la grâce d'une danseuse, Ariel se leva d'un bond et se rua vers la porte.

— Dites à Gavin que je l'attendrai dans ma loge ce soir, lança-t-elle. Je peux compter sur vous, n'est-ce pas ?

— Oh ! mais certainement, mademoiselle Sheehan...

Sans rien ajouter, la beauté brune se glissa dans le hall tout en surveillant nerveusement le plancher.

« Bon débarras » ! pensa Frédérica lorsqu'elle entendit la porte d'entrée se fermer derrière elle. Puis, satisfaite d'avoir expulsé cette importune, elle rattrapa ses souris blanches, les enferma dans leur cage, et s'engagea dans l'escalier.

Le lendemain après-midi, après s'être assurée que lord Seabrooke était absent, Frédérica sortit en silence de la nursery dès que Christabel se fut endormie, et descendit dans la bibliothèque.

L'incident de la veille l'avait confortée dans sa résolution de prouver à son frère la duplicité de lord Seabrooke. Jamais elle ne pourrait être heureuse en épousant un homme pareil !

Elle préférait ne pas se demander pourquoi, inquiète de ne pas le voir rentrer, elle avait guetté son retour jusqu'à 2 heures du matin, cachée sur le palier du dernier étage... Et elle refusait d'admettre qu'elle était furieuse parce qu'elle se sentait bafouée, trahie même, par cet homme qui la trompait ouvertement.

Quand elle se glissa dans la bibliothèque, quelques minutes plus tard, elle poussa prudemment une chaise contre la porte, de façon à être alertée au cas où quelqu'un essaierait d'entrer. Ensuite, elle s'avança vers le bureau et entreprit d'inspecter les tiroirs.

Frédérica eut tôt fait de s'apercevoir que le comte

n'avait pas son penchant pour l'organisation — loin s'en fallait ! Les factures étaient mélangées avec les lettres et les reçus... Ses recherches allaient se révéler plus difficiles qu'elle n'avait prévu !

Enfin, dans le dernier tiroir du caisson gauche, la jeune fille découvrit un gros registre de cuir noir. En le parcourant, elle vit qu'il contenait les renseignements dont elle avait besoin. On avait soigneusement consigné dans ce livre les profits et les dépenses de Brookeside Manor depuis dix ans... A l'évidence, le domaine coûtait plus aux Seabrooke qu'il ne leur rapportait, bien que la situation financière du comté semblât s'être améliorée sous la tutelle de Gavin. Frédérica fronça les sourcils en décelant ici et là certaines irrégularités récurrentes. Il était dommage qu'elle n'ait pas le temps de les étudier !

Puisqu'elle ne pouvait évidemment pas emporter le registre, elle décida de dresser une liste des emprunts et des dettes faramineuses de lord Edmund pour montrer à Thomas que la famille Seabrooke était complètement ruinée... Comme elle ouvrait le tiroir central pour y prendre du papier, elle déplaça une petite feuille qui tomba en tourbillonnant sur le tapis. Elle la ramassa et l'examina, machinalement.

Il s'agissait d'une lettre d'Amity, datée de l'année précédente. La signature attira aussitôt l'attention de Frédérica : *Votre sœur dévouée, Amity Browning.* Browning ? Elle se rappela alors que le comte lui avait expliqué que sa sœur, cruellement éprouvée par la mort de son amant, prétendait qu'ils s'étaient mariés.

Peut-être Amity disait-elle la vérité ! songea alors Frédérica. Il n'était pas impossible que son officier l'ait épousée en secret, à l'insu de Gavin ! A supposer qu'il ait effectivement eu lieu, leur mariage induirait des changements considérables dans l'existence de Christabel... Lord Seabrooke n'aurait plus besoin de la cacher, et elle pourrait peut-être hériter quelque argent de son père !

Le cœur battant d'une singulière impatience, Frédérica rangea le registre et la lettre exactement comme elle les avait trouvés. Il lui semblait soudain que son enquête sur les agissements du comte pouvait attendre. Il était plus important de découvrir si Christabel était ou non la fille légitime d'Amity et de Peter Browning...

7.

Gavin sortit de l'étude de son notaire et descendit pensivement les marches du perron.

Quelques jours auparavant, il avait compris une fois encore à quel point la fortune de Mlle Chesterton lui était indispensable quand il s'était aperçu que ses nouvelles ressources lui permettaient de prendre contact avec Me Kenwood, afin que celui-ci procède à un contrôle minutieux des finances et des investissements de lord Edmund. Et voilà qu'il quittait ce même bureau humilié et profondément honteux de sa conduite... Un homme devait être capable de gérer ses affaires et de s'acquitter de ses dettes sans empocher la dot d'une jeune héritière qui ne se doutait de rien ! En fait, il était étonnant que le remords ne l'ait pas tourmenté plus tôt...

S'il n'avait toujours pas rencontré la sœur de Thomas Chesterton, il était curieusement persuadé qu'elle ressemblait à Cherry — petite, menue, peu séduisante, portant des robes démodées et des lunettes d'institutrice de village... Mais sans doute était-elle moins accorte que la charmante nurse de Christabel !

Gavin se souvint alors de sa conversation avec Mme Abbott, le matin même. En vérifiant les références de Cherry, elle avait détecté des anomalies suffisamment troublantes pour qu'elle juge nécessaire de les lui signaler sans tarder : sur les cinq précédents employeurs de la jeune fille, elle n'avait réussi à joindre que les derniers — les Launton. Or, ceux-ci n'avaient jamais entendu parler d'elle...

L'intransigeante Mme Abbott avait suggéré le renvoi immédiat de la nurse; Gavin, lui, préférait ne pas attacher d'importance à la nouvelle. Cherry était discrète, efficace, responsable, et elle avait peut-être même sauvé la vie de Christabel lorsque celle-ci était tombée dans l'escalier! Il était convaincu qu'elle n'avait rien à se reprocher et que de solides raisons l'avaient poussée à leur fournir cette fausse recommandation.

Tout en traversant Oxford Street, il se prit à espérer que la jeune fille les lui confierait un jour, sans qu'il ait besoin de l'amener à s'expliquer... Il avait l'impression qu'une sorte de fragile amitié s'était nouée entre eux, qu'il ne tenait pas à remettre en cause en effarouchant Cherry par ses questions.

Bien sûr, il savait qu'il perdrait tout son crédit auprès d'elle si elle venait à apprendre qu'il faisait un mariage d'intérêt. Elle serait indignée, et il soupçonnait qu'elle n'hésiterait pas à lui faire part de sa désapprobation. Cette jeune personne avait des opinions très tranchées et ne mâchait pas ses mots! Gavin n'avait pas oublié leur première entrevue — quand elle avait cru qu'il cherchait à « engager » une maîtresse...

Les sévères récriminations que Cherry lui avait alors adressées lui rappelèrent soudain celles d'Ariel, la veille au soir. Après le spectacle, il l'avait rejointe dans sa loge pour lui présenter ses excuses et lui offrir un bouquet de camélias, ses fleurs préférées. Mais avant qu'il ait eu le temps d'expliquer qu'il n'avait pu passer chez elle, retenu qu'il avait été par un rendez-vous d'affaires, elle avait commencé à proférer de virulentes invectives.

Décontenancé par la colère de sa maîtresse, Gavin avait d'abord pensé qu'elle avait eu vent de son futur mariage. Mais la diatribe d'Ariel ne comportait aucune allusion à sa fiancée. Elle lui avait parlé d'une autre actrice, de son intendante, et, chose qui n'avait pas manqué de le surprendre, de souris blanches !

L'ingratitude de la comédienne avait profondément irrité Gavin. Ne s'était-il pas toujours montré exceptionnellement généreux à son endroit ? Il l'avait couverte de bijoux, l'avait installée dans un somptueux appartement, lui avait offert un magnifique équipage, une calèche... En s'efforçant au calme, il avait interrompu Ariel pour lui apprendre qu'il lui coupait les vivres.

— Vous devriez chercher un autre protecteur, avait-il conseillé en sortant. Il n'est pas nécessaire que nous nous revoyions...

Sur ce, il avait fermé la porte derrière lui, évitant ainsi de justesse le poudrier que sa maîtresse lui avait lancé à la tête. Du théâtre, il était allé au Jockey Club pour noyer son amertume dans le brandy et discuter avec ses amis de l'incapacité masculine à percer les mystères de la versatilité du beau sexe...

Ce n'était pas la première fois qu'il affrontait pareille déconvenue. Les femmes de l'engeance d'Ariel parvenaient à acquérir un semblant d'élégance et de savoir-vivre, mais le vernis finissait toujours par se craqueler, pour révéler leur perfidie et leur manque d'éducation. En réalité, Gavin ne regrettait pas cette rupture. Puisqu'il devait bientôt se marier, il était plus raisonnable qu'il ait mis un terme à ses relations avec sa maîtresse...

Sans peine, il chassa la volcanique artiste de ses pensées pour réfléchir au problème que Me Kenwood avait soulevé. Son notaire lui avait indiqué qu'il avait tout lieu de croire que le précédent lord Seabrooke, des années durant, avait détourné une part importante des bénéfices de la propriété... Dans quel but, Gavin n'en avait pas la moindre idée. Mais il avait la ferme intention de le découvrir. Dès ce soir, il étudierait les comptes de Brookeside Manor.

Cette résolution prise, il s'avança dans la ruelle latérale où l'attendait son palefrenier. Lorsqu'il s'installa sur le siège avant de son phaéton flambant neuf, il fut de nouveau tenaillé par le remords en se rappelant qu'il n'aurait jamais pu se l'offrir sans le marché qu'il avait conclu avec sir Thomas Chesterton. Vainement, il essaya d'ignorer la sensation de malaise qui lui nouait le ventre... Alors, il s'empara des rênes, et lança ses deux superbes alezanes dans Bayswater Road pour regagner l'hôtel particulier.

Après avoir donné ses leçons de lecture, d'écriture et de calcul à Christabel, cet après-midi-là, Frédérica la laissa jouer avec ses souris blanches jusqu'à l'heure du dîner. Elle se félicitait de les lui avoir apportées car la petite fille semblait les adorer.

Une fois le repas achevé, elles rangèrent la nursery ensemble en attendant que Lucy vienne récupérer le plateau. Puis, Frédérica mit sa protégée au lit, l'embrassa, souffla sa bougie, et put enfin se retirer dans sa chambre pour méditer son projet.

Elle n'ignorait pas combien il lui serait difficile d'établir que les parents de Christabel s'étaient mariés. En effet, le seul véritable indice dont elle disposait étaient les affirmations de Mlle Amity — que le comte semblait d'ailleurs tenir pour extravagantes. Ce fut alors qu'elle se souvint des lettres qu'elle avait trouvées... Peut-être était-ce le capitaine Browning et non lord Seabrooke, ainsi qu'elle le croyait, qui les avait écrites ! Frédérica ouvrit le tiroir de la commode où elle avait dissimulé les missives, et les saisit impatiemment.

Lorsqu'elle s'assit au bord de son lit pour les parcourir, elle hésita. Pouvait-elle prendre une telle décision sans en référer préalablement à Gavin ? Cette affaire le concernait plus qu'elle, tout bien considéré ; il était donc normal qu'elle obtienne son accord avant de lire ces lettres !

Frédérica décida d'aller le trouver sans attendre. Elle se leva, examina son reflet dans le miroir pour s'assurer qu'elle n'avait pas effacé ses taches de rousseur, puis se glissa sur le palier.

Alors qu'elle parvenait au rez-de-chaussée, elle aperçut M. Coombes dans le hall brillamment éclairé. Il la remarqua et la rejoignit, un sourire insolent aux lèvres.

— M. le comte est-il sorti ? s'enquit Frédérica.

— Non, mademoiselle Cherry. Il a dîné à la maison, et je viens de lui apporter son brandy dans la bibliothèque.

Sur ce, le majordome l'étudia avec insistance.

— Vouliez-vous lui parler, ma jolie ? demanda-t-il. Expliquez-moi de quoi il retourne, et je tâcherai de vous renseigner...

— Je préfère m'adresser directement à M. le comte !

La jeune fille décocha un regard noir à Coombes, avant de se hâter vers la bibliothèque. Devant la porte, elle lissa nerveusement les plis de sa robe, prit une grande bouffée d'air et frappa.

— Entrez ! lança le comte.

Frédérica poussa le battant. Un verre de vieux cognac à la main, lord Seabrooke était assis dans un fauteuil, devant la cheminée.

— Cherry ! s'exclama-t-il. Je suis ravi de vous voir.

— J'ai à vous parler, monsieur le comte.

— Certainement ! Asseyez-vous, je vous prie.

Lui adressant un sourire amical, il désigna d'un geste le siège en face du sien. Flattée de cet accueil chaleureux, Frédérica prit place dans le fauteuil et s'éclaircit la voix.

— J'aimerais vous poser une question au sujet de Christabel, monsieur le comte. Plus particulièrement de ses parents.

— Que désirez-vous savoir ?

— Je me suis rappelé notre précédente conversation. Vous m'avez indiqué que votre sœur affirmait que le capitaine Browning l'avait épousée, mais que vous ne la croyiez pas.

— Pauvre Amity ! soupira lord Seabrooke. Elle se raccrochait à cette idée incohérente pour ne pas sombrer dans le désespoir.

— Supposez que ce ne soit pas une « idée incohérente », mais la vérité... Ont-ils pu se marier sans vous en aviser ?

Le comte secoua la tête.

— Ma sœur savait que je ne me serais pas opposé à leur union ! objecta-t-il. Et pourquoi aurait-elle attendu le décès de Peter Browning pour m'exposer les faits ?

— Eh bien, il est possible qu'ils n'aient pas eu l'occasion de vous prévenir plus tôt... Et peut-être ont-ils dû garder le secret parce que la famille du capitaine désapprouvait leur mariage.

— Cela n'a pas de sens ! Amity n'avait à rougir ni de son excellente éducation, ni de ses origines !

— Je n'en doute pas, monsieur le comte. Mais vous m'avez confié que les Seabrooke n'étaient pas fortunés ; peut-être les parents de M. Browning auraient-ils préféré que leur fils jetât son dévolu sur une demoiselle susceptible d'apporter de l'argent, voire un titre, dans la corbeille de mariage. Je suis navrée d'insister, ajouta Frédérica, mais vous n'avez pas répondu à ma question : le capitaine aurait-il pu mener Mlle Amity à l'autel à votre insu ?

Une moue dubitative incurva les lèvres de lord Seabrooke.

— Le domaine de notre père était dans le Northumberland à moins d'une journée de route de la frontière, reconnut-il. Néanmoins, il est impensable que Browning ait emmené ma sœur en Ecosse pour l'épouser !

— Cela ne me paraît pas si « impensable », observa Frédérica. Je crois que le capitaine était un de vos amis, n'est-ce pas ? Ne vous a-t-il fait aucune confidence qui aurait pu éveiller vos soupçons ?

Le comte posa son verre sur l'accoudoir de son fauteuil.

— Browning et moi avons été affectés dans des unités différentes lorsque j'ai été promu major. Et je n'ai plus entendu parler de lui jusqu'à ce que j'apprenne sa mort, en Espagne... J'ai découvert que ma sœur attendait un enfant de lui, deux mois plus tard, quand je suis rentré chez nous après le décès de mon père.

L'amertume altéra les traits de lord Seabrooke.

— A présent, Amity a disparu, elle aussi. Tous ceux que j'aimais sont morts. Alors, à quoi bon exhumer le passé ?

— Pour Christabel, répondit Frédérica. Pour qu'elle ne soit plus une enfant de la honte, mais une petite fille comme les autres.

Le comte la considéra d'un regard inquisiteur, presque tendre.

— Vous tenez beaucoup à elle, n'est-ce pas ?

— Oui, monsieur le comte, acquiesça Frédérica sans détourner les yeux. Et je suis prête à faire tout ce qui est en mon pouvoir pour que son existence soit heureuse.

— C'est très généreux de votre part, Cherry... Cependant, je ne vois pas comment nous pourrions démontrer que votre théorie est exacte — en admettant qu'elle le soit, ce dont je doute.

— Je crois que ceci devrait nous y aider, déclara Frédérica en prenant les missives qu'elle avait posées sur ses genoux. Je les ai trouvées lorsque j'ai cherché Molly Dolly dans les malles de votre sœur. Si elle a épousé le capitaine Browning, il est possible que ce fait soit révélé dans une lettre, non ? Je ne les ai pas encore lues. J'ai préféré attendre d'avoir votre permission...

Gavin plongea son regard dans les grands yeux verts de Cherry et sentit une sourde émotion étreindre sa poitrine. Elle n'était pas jolie, c'était le moins que l'on puisse dire. Et pourtant, elle le troublait plus, d'une certaine façon, que les ravissantes jeunes femmes, artistes ou épouses esseulées, parmi lesquelles il choisissait habituellement ses maîtresses. Mlle Cherrystone possédait en effet une qualité que Gavin n'avait décelé chez aucune de ces dames : une sorte de beauté intérieure, subtile combinaison de sensibilité, de détermination, d'intelligence et de douceur.

— Très bien, Cherry, murmura-t-il sans la quitter des yeux. Nous allons lire ces lettres ensemble — pour Christabel.

8.

Sur les quelque quarante lettres que Frédérica avait découvertes, une douzaine étaient écrites de la main de Peter Browning. Le comte et elle commencèrent à les parcourir, et en arrivèrent très vite à la même conclusion : le capitaine avait éperdument aimé Amity Alexander. Les épanchements de cet officier mort au combat depuis cinq ans devinrent bientôt si embarrassants que la jeune fille sentit ses joues s'enflammer. Comme elle posait la missive qu'elle venait de lire et levait les yeux vers son compagnon, elle s'aperçut qu'il semblait lui aussi mal à l'aise.

— Ce que nous faisons est excessivement indiscret, murmura-t-il. J'ai l'impression de me mêler de ce qui ne me regarde pas.

Frédérica acquiesça d'un signe de tête.

— Je comprends, monsieur le comte. Nous n'aurions aucun droit de nous ingérer dans l'intimité de votre sœur et de M. Browning si ce n'était pas aussi important pour l'avenir de Christabel.

Elle marqua une légère pause avant de proposer :

— Préférez-vous que je lise ces lettres moi-même et que je vous signale les informations intéressantes qu'elles contiennent ? Elles ne me rappelleront aucun souvenir douloureux — contrairement à vous.

Lord Seabrooke parut hésiter un instant.

— Sans doute est-ce la meilleure solution, reconnut-il enfin. Asseyez-vous ici, à cette petite table. Si vous trouvez des indices susceptibles de faire progresser nos recherches, vous pourrez m'en donner connaissance immédiatement.

Frédérica cligna des yeux. Lord Seabrooke désirait qu'elle reste avec lui dans la bibliothèque? Malgré sa surprise, elle se contenta de hocher la tête, avant de rassembler les lettres d'Amity et de s'installer à la place qu'il lui avait indiquée.

Gavin fut lui aussi étonné par sa décision.

Pourquoi n'avait-il pas demandé à Cherry de disposer? La seule explication était qu'il appréciait sa compagnie... Cette idée lui sembla étrange, car elle n'était pas du tout le genre de femme qui lui plaisait — loin s'en fallait! Peut-être se sentait-il simplement à l'aise avec elle, songea-t-il. Comme auprès d'une sœur, d'une mère ou d'une amie.

Tout à ses réflexions, Gavin s'assit à son bureau, et prit le registre de cuir qui se trouvait dans le dernier tiroir du caisson de gauche. Quand le nouveau régisseur du domaine le lui avait envoyé pour qu'il mette à jour les comptes, il avait feuilleté les pages précédentes sans les étudier en détail. Mais après ce que son notaire lui avait indiqué, il savait qu'il avait intérêt à les examiner très minutieusement.

Dans ce livre étaient récapitulés l'ensemble des dettes contractées par lord Edmund, ainsi que les paiements qu'il avait perçus depuis dix ans. Pressentant que ses recherches lui poseraient maints problèmes, Gavin se pencha sur le registre et commença de le parcourir.

Gérer le petit domaine de son père ne l'avait jamais intéressé, presque toutes les terres ayant été vendues avant qu'il en hérite. La tâche de Gavin avait essentiellement consisté à essayer d'accroître la productivité de la seule ferme restante, afin de pouvoir continuer à entretenir le manoir et à payer les domestiques — autant dire que la bataille était perdue d'avance !

Brookeside Manor, en revanche, était une immense propriété, une des plus vastes de l'ouest du pays, disait-on. Elle comprenait des métairies, une écurie de louage, des laiteries, un élevage de pur-sang, et englobait un village entier dont les habitants étaient la principale source de main-d'œuvre. Où était passé l'argent qui, à en croire Me Kenwood, avait disparu ? Gavin fronça les sourcils, et laissa échapper un soupir agacé. Selon toute évidence, ce registre n'était pas suffisamment détaillé pour le lui apprendre.

— Bon sang ! grommela-t-il tout bas.

Mlle Cherrystone lui adressa un regard surpris.

— Quelque chose ne va pas ? demanda-t-elle.

— Pardonnez-moi, Cherry... J'essaie simplement de déchiffrer les comptes de mon oncle. Son régisseur utilisait apparemment une sorte de code pour inventorier les gains et les pertes du domaine.

— Peut-être pourrais-je vous aider, proposa la jeune fille en se levant. J'ai une certaine expérience de la comptabilité.

— Libre à vous d'essayer... Vous me rendriez un grand service si vous parveniez à m'éclairer. Ces calculs sont incompréhensibles !

Et Gavin poussa le registre vers elle.

Frédérica fut étonnée de n'éprouver aucune satisfaction à l'idée de consulter à loisir les comptes de Gavin. Elle savait que c'était une occasion inespérée de prouver qu'il s'était fiancé avec elle dans le seul but de rétablir sa situation pécuniaire. Mais au lieu de se réjouir de toucher au but, elle se surprit à espérer qu'elle pourrait réellement être utile à lord Seabrooke — non seulement pour lui retirer une épine du pied, mais aussi pour gagner son estime.

En examinant les colonnes de chiffres plus attentivement que la dernière fois, où le temps pressait, elle répéra de nouveau un certain nombre d'irrégularités. Comme les notations du régisseur — le « code » dont avait parlé le comte — ressemblaient beaucoup à celles qu'elle employait pour la tenue des livres de Mapple Hill, elle put les décrypter sans la moindre difficulté.

Tournant une page, elle jeta un coup d'œil aux soldes des années précédentes afin de tenter de déceler à quand remontaient les premières anomalies.

— Regardez, monsieur le comte, dit-elle au bout d'un moment. Il y a trois ans, d'importantes sommes d'argent ont été soustraites du produit des récoltes de cette métairie. Et six mois plus tard, on a prélevé une partie des bénéfices réalisés par les laiteries et les écuries... Votre oncle n'était-il pas un joueur, par hasard ?

— Cela me paraît peu probable. Mon père avait la passion du jeu, et il a perdu beaucoup d'argent aux dés et au whist... C'est d'ailleurs pour cette raison que mon oncle s'est brouillé avec lui. Lord Edmund n'avait pas de mots assez durs pour fustiger ce qu'il considérait comme le « vice » de son frère.

— Cette hypothèse est donc à exclure, murmura Frédérica.

Elle désigna alors une notation sur une page du registre.

— Ce symbole signifie en général qu'un placement a été effectué. Si tel est le cas, je doute qu'il ait été rentable : lord Edmund n'a semble-t-il pas réinvesti de capitaux dans le domaine.

Gavin observa la jeune fille du coin de l'œil. En effet, elle avait une « certaine » expérience de la comptabilité !

— De quel genre de placement s'agit-il, Cherry ?

— Je l'ignore. Il faudrait consulter les registres trimestriels pour le déterminer. Et il est possible que cela n'apparaisse dans aucun des livres de votre oncle, car il désirait peut-être ne pas révéler à quoi, ou à qui, il destinait cet argent... Oh !

La main plaquée sur sa bouche, Mlle Cherrystone semblait ébranlée.

— Que se passe-t-il ? questionna Gavin.

— Monsieur le comte, est-il envisageable... supposez-vous... que votre oncle ait pu apporter son soutien à l'ennemi ?

Il dévisagea la nurse avec stupeur. Bon sang, elle avait raison ! Quand on l'avait nommé conseiller stratégique au ministère de la Guerre, il avait souvent entendu parler de ces personnages influents qui avaient épousé la cause de Napoléon et faisaient don de sommes considérables à l'armée française.

La jeune fille détourna les yeux avec embarras.

— Je suis navrée. Ma remarque était stupide, et je...

— Non, c'est moi qui suis stupide de ne pas avoir songé à cette explication ! Voyez-vous, je n'ai rencontré mon oncle qu'une ou deux fois dans ma vie et je ne l'ai pas assez connu pour pouvoir assurer catégoriquement qu'il aurait été incapable de trahir son pays.

Gavin se leva et fit quelques pas devant son bureau.

— Il ne s'agit évidemment que d'une simple conjecture, reconnut-il. Néanmoins, je vais mener discrètement mon enquête... Merci de m'avoir ouvert les yeux sur cette possibilité, Cherry.

Son regard se porta vers la pendule de la cheminée.

— Je ne m'étais pas rendu compte qu'il était aussi tard... Pourquoi ne finiriez-vous pas de lire les lettres demain tandis que je me livrerai à mon travail de détective ? Nous pourrions nous retrouver ici, après le dîner, pour discuter du résultat de nos recherches.

Sans hésiter, Frédérica accepta cette proposition d'un signe de tête.

— C'est entendu, monsieur le comte.

Elle prit alors congé, et quitta la pièce en emportant la correspondance d'Amity.

Resté seul, Gavin se surprit à esquisser un léger sourire. Déjà, il avait hâte d'être au lendemain soir... Mais il devait d'abord se mettre à l'œuvre ! Prenant de nouveau place à son bureau, il se massa pensivement les tempes et commença d'élaborer un plan d'action afin d'apporter toute la lumière sur les dépenses substansielles, et suspectes, de son oncle Edmund.

Frédérica s'aperçut qu'elle frissonnait lorsqu'elle sortit de la bibliothèque. Comment le comte — sans même chercher à la séduire — pouvait-il provoquer un tel émoi en elle ? En inspirant trois fois à fond, elle leva la tête, et vit que M. Coombes, à son poste près de la porte d'entrée, l'examinait d'un air entendu. Trop troublée pour inventer une excuse qui pût dissiper ses évidents soupçons, elle le salua d'un signe de tête et se hâta de monter l'escalier.

Une fois qu'elle eut regagné sa chambre, Frédérica jeta un coup d'œil dans la nursery pour s'assurer que Christabel dormait, puis elle s'installa dans un fauteuil, à côté de sa bougie. Mais au lieu de continuer à lire les lettres, elle s'adossa contre les coussins de son siège, et se remémora chaque chaleureux regard, chaque sourire, chacun des mots affectueux que lord Seabrooke lui avait adressés durant leur entretien. A l'exception de Mlle Milliken, c'était en fait la première fois qu'elle se nouait d'amitié avec quelqu'un...

Cette pensée fit tout à coup tressaillir Frédérica. Considérait-elle Gavin comme un *ami* ? Oui, elle devait bien l'admettre ! Comment était-ce possible ? Comment aurait-elle pu imaginer qu'elle s'attacherait à cet homme lorsqu'elle avait pour la première fois franchi l'entrée de l'hôtel particulier ? Quelles incidences sa sympathie pour lui allait-elle avoir sur ses projets ? Pouvait-elle entamer la réputation d'un ami ?

Bien sûr que non ! pensa Frédérica, le cœur battant à se

rompre. En vain, elle essaya de raviver la colère et l'indignation que lui inspiraient les manigances du comte. Elle était presque certaine à présent qu'il n'avait pas agi ainsi uniquement pour éponger ses dettes, mais aussi pour subvenir aux besoins de Christabel...

Elle ne pouvait nier que Gavin était un homme non seulement intelligent, mais bon. Elle discernait en lui une grande générosité, un courage exceptionnel et une volonté farouche... Cependant, elle n'avait toujours pas l'intention de devenir son épouse ! Elle était trop fière et trop obstinée pour accepter qu'on lui force la main sans se rebeller.

Mais comment pouvait-elle empêcher ce mariage ?

Si Edmund avait réellement trahi le royaume, Thomas permettrait sans aucun doute à sa sœur de rendre sa parole au comte. Lui qui était un fervent patriote refuserait de s'allier à la famille d'un renégat, Frédérica en était persuadée.

Dans ces conditions, elle aurait dû espérer que ses soupçons se confirmeraient. Mais tel n'était pas le cas. Si l'oncle du comte avait soutenu les troupes de Napoléon, la honte rejaillirait sur Gavin, qui risquait de perdre toute l'estime et la faveur dont il jouissait. Et l'idée qu'il puisse tomber en disgrâce attristait profondément Frédérica. Une telle humiliation constituerait une réelle injustice !

Comme elle tentait de nouveau de se concentrer sur les missives de Peter Browning, elle s'aperçut que ses troublantes réflexions lui avaient donné la migraine. Les lettres attendraient ! Elle n'avait envie que d'une seule chose à cet instant : d'une bonne nuit — sans rêves.

Le lendemain matin, après avoir jeté du pain aux nuées de cygnes et de canards du lac Serpentine, lors de leur promenade quotidienne dans Hyde Park, Frédérica et Christabel retournèrent sans se presser à Seabrooke

House. Elles passèrent comme d'habitude par l'entrée de service, se glissèrent dans les cuisines, encores désertes à cette heure, puis se dirigèrent vers l'escalier.

— J'ai une idée qui devrait vous amuser, Christabel, murmura la jeune fille. Si nous faisions la course jusqu'à la nursery ?

En éclatant de rire, la nièce du comte commença de gravir les marches. Frédérica s'élança aussitôt à sa suite, prenant soin de ne pas la rattraper pour la laisser gagner.

Une désagréable surprise les attendait sur le palier du deuxième étage. Alors que Christabel regardait un instant sa poursuivante par-dessus son épaule, elle heurta de plein fouet M. Coombes, qui venait du quartier des domestiques mâles...

Stupéfait, le majordome recula d'un pas, puis scruta tour à tour la petite fille essoufflée et sa nurse, laquelle l'avait maintenant rejointe.

— Apparemment, les rumeurs que j'ai entendues aux cuisines sont exactes, déclara-t-il. M. le comte héberge une de ses bâtardes. Et vous lui apportez votre concours, mademoiselle Cherrystone !

Scandalisée, Frédérica lança un regard noir au majordome.

— J'ai à vous parler, monsieur Coombes. Je descendrai vous voir dès que j'aurai raccompagné Mlle Christabel à la nursery.

— Je vous attends ici. Dépêchez-vous.

Haussant les épaules avec indignation, Frédérica prit la main de sa protégée et monta avec elle la dernière volée de marches.

— Vous devriez me faire un dessin pendant que je discute avec M. Coombes, suggéra-t-elle quand elles entrèrent dans la chambre.

Frédérica tremblait à l'idée que la fillette lui demande ce qu'était une « bâtarde ». Mais Christabel se contenta de hocher la tête, avant de se hisser sur la pointe des pieds pour prendre une feuille et la boîte de pastels sur une étagère. Elle s'assit alors sagement à la table.

— Je n'en aurai pas pour longtemps, lui promit Frédérica.

Sur ce, elle sortit de la nursery et dévala l'escalier.

— Monsieur Coombes, vous êtes impardonnable d'avoir utilisé un tel vocabulaire devant un enfant! protesta-t-elle en se dirigeant vers lui. Je vous prie de surveiller désormais votre langage.

— Il faudra bien qu'elle s'habitue aux quolibets, marmonna-t-il. Ni vous ni M. le comte ne pourrez la cacher éternellement.

— Nous en sommes conscients, mais lord Seabrooke préfère éviter que la nouvelle s'ébruite dans l'immédiat. Si vous voulez garder votre place, je vous conseille de respecter le silence.

— Oh! je tiendrai ma langue — à condition que vous vous montriez très... compréhensive envers moi, mademoiselle Cherrystone.

Avant que Frédérica n'ait pu deviner ses intentions, M. Coombes s'empara de sa taille et l'attira contre lui.

— Votre conduite est inqualifiable! s'emporta-t-elle. Je pourrais vous faire chasser de cette maison sur-le-champ!

Son interlocuteur partit d'un éclat de rire moqueur. Puis il approcha son visage de celui de Frédérica en resserrant son étreinte.

— Je ne crois pas, ma jolie! Il est plus difficile de trouver un bon majordome qu'une nurse délurée... Car en dépit de votre air de demoiselle vertueuse, vous êtes la maîtresse du comte, non? Je l'ai compris hier soir en vous voyant sortir de la bibliothèque...

Se rappelant un des conseils que Mlle Milliken lui avait donnés pour faire face à ce genre de situation, Frédérica inspira alors à fond, et envoya un coup de pied dans la cheville du majordome. Il la libéra aussitôt en laissant échapper un juron.

— Je vous défends de me toucher ! le prévint-elle d'un ton glacial. J'espère que ceci vous aura servi de leçon.

Rouge de colère, M. Coombes la foudroya du regard.

— Vous ne perdez rien pour attendre, petite cruche ! lui lança-t-il d'un ton menaçant. Nous verrons bien qui de nous deux sera congédié.

Puis il pivota furieusement sur ses talons.

Frédérica l'observa s'éloigner avec un profond soulagement. Elle doutait qu'il aille voir Gavin pour lui relater l'incident. A côté de cela, elle supposait qu'elle n'aurait à l'avenir plus à subir les avances de cet homme. Elle ne redoutait qu'une chose : qu'il cherche à propager des rumeurs malveillantes sur le comte...

Mais si elle parvenait à établir que Christabel était une enfant légitime, les médisances de Coombes ne constitueraient en aucun cas une menace... Forte de cette certitude, Frédérica résolut de lire les lettres du capitaine dès cet après-midi, pour faire part de ses découvertes à lord Seabrooke dans la soirée.

Réconfortée par cette idée, elle s'engagea prestement dans l'escalier et regagna la nursery.

9.

Frédérica descendit rejoindre lord Seabrooke à l'heure convenue. Elle n'avait découvert dans les lettres aucune indication de nature à accréditer sa thèse ; néanmoins, elle espérait convaincre Gavin de la nécessité de poursuivre leurs recherches. Et si elle essuyait un refus, elle était farouchement résolue à continuer seule.

Elle frappa à la porte de la bibliothèque, et ouvrit lorsqu'on lui ordonna d'entrer. La stupeur la paralysa quand elle découvrit M. Coombes auprès du bureau du comte, les bras croisés sur le torse, l'air fort satisfait de lui. Très vite, elle se ressaisit et s'avança.

— Nous vous attendions, Cherry, déclara lord Seabroke en lui adressant un coup d'œil soucieux. Coombes vous accuse d'un grave délit, et je lui ai dit que je préférais avoir entendu votre version des faits avant de prendre les mesures qui s'imposent.

— De quoi m'accuse-il, monsieur le comte ?

— De vol, mademoiselle ! intervint le majordome. Regardez ce qu'on a découvert dans votre chambre !

Avec une moue méprisante, il désigna les objets rassemblés sur le bureau de lord Seabrooke.

Sans même lui accorder un regard, Frédérica fit un pas en avant pour examiner de quoi il s'agissait. Il y avait là un collier, une broche argentée sans valeur et une paire de pendants d'oreilles en jais.

— Coombes prétend avoir trouvé ces bijoux, qui appartiennent à deux des bonnes, dans votre commode, expliqua Gavin.

Il admira le remarquable sang-froid dont la jeune fille faisait montre. Quand le majordome avait demandé à lui parler, après qu'il eut terminé de dîner, Gavin avait été profondément surpris par ses incriminations. Il lui semblait inconcevable que de telles accusations pussent être fondées. Bien qu'il eût d'excellentes références, Coombes ne lui avait jamais paru précisément digne de confiance ; tout de suite, il avait soupçonné qu'il lui mentait au sujet du prétendu vol dont la nurse se serait rendue coupable. Pourquoi cet homme cherchait-il à jeter le discrédit sur elle ? Gavin n'en avait pas la moindre idée, mais il avait la ferme intention de le découvrir...

— C'est la première fois que je vois ces bijoux, lui assura Mlle Cherrystone. Et M. Coombes n'est jamais entré dans ma chambre... Je suis certaine qu'il ne sait même pas où elle se trouve.

— Elle est au troisième étage, repartit le majordome. A côté de celle de cette enfant avec laquelle vous couriez dans l'escalier, ce matin, en faisant un bruit à réveiller les morts !

— Vous avez rencontré Christabel aujourd'hui, Coombes ? demanda Gavin en plissant les yeux. L'aviez-vous déjà vue auparavant ?

— Non, monsieur le comte. J'avais entendu des rumeurs, mais j'ai pour principe de ne jamais me mêler de ce qui ne me regarde pas. Si vous voulez que personne n'apprenne que cette petite fille réside à Seabrooke House, vous devriez engager une nurse plus discrète !

Gavin se laissa aller dans sa chaise et porta son regard vers Mlle Cherrystone. Celle-ci avait levé un menton tremblant d'indignation.

— Je tiens à préciser que, pour M. Coombes, une nurse « discrète » est une demoiselle qui consent à devenir sa maîtresse en échange de sa promesse de garder le secret, expliqua-t-elle. Pour tout avouer, il a menacé de me faire renvoyer quand j'ai refusé de céder à ses avances. Et voici apparemment la méthode qu'il a choisie...

Elle désigna les bijoux.

— Vous ne manquez pas d'audace ! s'insurgea M. Coombes. Vous, la nurse d'une bâtarde, osez mettre en doute la parole d'un majordome qui a travaillé dans les maisons les plus respectables de Londres ! Croyez-moi, monsieur le comte, ajouta-t-il en pivotant vers Gavin, je n'ai jamais touché cette menteuse. Je vous en fais la promesse solennelle !

Gavin hocha la tête en se forçant au calme.

— Bien, laissez-nous, Cherry, murmura-t-il.

La jeune fille obtempéra sans discuter.

Dès qu'elle eut disparu dans le hall, Gavin se leva d'un bond et s'approcha du majordome. L'idée que cet homme se soit montré irrévérencieux envers Cherry suscitait en lui une colère qu'il parvenait difficilement à réprimer.

— Vous allez partir sur-le-champ, Coombes ! Laissez à Mme Abbott une adresse où elle pourra vous contacter. Demain matin, elle vous fera parvenir vos affaires, et les gages que je vous dois.

Stupéfait, le majordome écarquilla les yeux.

— Je vous demande pardon, monsieur le comte ? Voulez-vous dire que vous croyez cette voleuse ? Mais elle a essayé de me...

Il fut interrompu par le coup de poing que Gavin lui décocha à la mâchoire, et s'effondra en grognant de douleur.

— Ne dites plus un mot, Coombes ! Disparaissez !

Vaguement inquiet, le majordome se releva en hâte et se dirigea vers la porte. La main sur la poignée, il fit volte-face vers Gavin.

— Je puis vous assurer que tout Londres aura entendu

parler de votre bâtarde avant la fin de la semaine, grommela-t-il d'une voix haineuse. Nous verrons bien ce qu'en pensera votre future épouse !

Sur ces mots, il sortit de la bibliothèque.

Ce fut seulement quand il entendit claquer la porte d'entrée que Gavin recouvra son sang-froid. Que lui était-il arrivé ? Il n'avait jamais été enclin à la violence ! Bien sûr, Coombes était un vaurien, mais il n'en restait pas moins que sa réaction avait été tout à fait excessive.

Pourquoi avait-il agi ainsi ?

Il songea alors aux grands yeux, doux et compréhensifs, de Mlle Cherrystone. Que cet odieux majordome ait pu essayer de... Une vague de colère submergea de nouveau Gavin. Etait-il possible qu'il se fût épris de la nurse de Christabel ? se demanda-t-il alors. Etait-ce pour cette raison qu'il avait corrigé M. Coombes ? Les sourcils froncés, il effectua quelques pas devant la fenêtre. Cette idée lui semblait peu probable : Cherry n'était pas du tout le genre de femme qui lui plaisait ! Sans doute s'était-il simplement senti obligé de la protéger, comme il aurait défendu une sœur ou une amie...

Plongé dans ses réflexions, Gavin tira le cordon de la sonnette, près de la cheminée. La porte s'ouvrit quelques instants plus tard, et son valet passa la tête par l'entrebâillement.

— Metzger, dites à Mlle Cherrystone que je l'attends.

Après tout, il était normal qu'elle fût avisée de l'issue de son entretien avec Coombes. De plus, ils devaient parler du résultat de leurs investigations. Gavin prit le tisonnier et l'agita pensivement dans le feu en attendant l'arrivée de Cherry.

En proie à une certaine nervosité, Frédérica suivit Metzger dans l'escalier. Les accusations que Coombes avait proférées contre elle étaient tout à fait grotesques, bien sûr. Néanmoins, il était logique que le comte croie plus volontiers un majordome qualifié, qu'il avait à son service depuis quelque temps, qu'une simple nurse engagée moins d'une semaine auparavant! La jeune fille inspira profondément quand le valet lui ouvrit la porte de la bibliothèque, puis pénétra sans hésiter dans la pièce, prête à protester de son innocence.

— Vous m'avez fait demander, monsieur le comte?

— Oui, murmura-t-il en se dirigeant vers elle. Je voulais que vous sachiez que Coombes ne vous importunera plus. Je l'ai congédié.

Frédérica le dévisagea avec surprise. A l'évidence, elle n'aurait même pas besoin d'argumenter pour prouver son honnêteté!

— Eh bien... merci, monsieur le comte. Mais ne craignez-vous pas qu'il essaie de se venger? Il connaît votre nièce, maintenant.

— De toute façon, nous ne pourrons pas l'en empêcher...

— Si M. Coombes colporte Dieu sait quelles rumeurs au sujet de Christabel, ne risquent-elles pas de venir aux oreilles de votre... fiancée?

Le comte eut un sourire énigmatique.

— Je me demandais justement si vous aviez entendu parler de mon futur mariage. Et dans un sens, je suis heureux que vous abordiez le sujet... Si nous coopérons pour mener l'enquête, nous ne devons pas avoir de secrets l'un pour l'autre, n'est-ce pas?

Soudain envahie par une bouffée d'inquiétude, Frédérica secoua la tête. Lord Seabrooke avait-il découvert sa véritable identité? Se doutait-il de la supercherie?

Elle fut rassurée l'instant d'après, quand il ajouta:

— Je me suis fiancé parce que je n'avais pas d'autre choix. En fait, je n'ai jamais rencontré celle qui doit devenir ma femme.

— Pourquoi vous êtes-vous engagé à épouser une

jeune personne que vous ne connaissez pas, monsieur le comte ?

Peut-être allait-elle enfin avoir la réponse à cette question qui l'intriguait depuis le début !

— Par nécessité, expliqua-t-il. Après m'être acquitté des arriérés de mon oncle Edmund, j'étais moi-même criblé de dettes. Le domaine ne me rapporte pas d'argent, les bénéfices suffisant à peine pour couvrir les frais d'entretien... Puis ma sœur est morte, et j'ai recueilli Christabel, ce qui a occasionné des dépenses imprévues. Epouser une héritière m'a paru être la meilleure solution.

Le comte fixa alors Frédérica dans les yeux, comme pour jauger sa réaction. Troublée, elle avala péniblement sa salive.

— Mais je me demande à présent si je n'ai pas commis une erreur, reprit-il. Il m'arrive même de regretter ma décision...

La jeune fille le considéra avec étonnement.

— Voulez-vous dire que vous préféreriez que votre fiancée ait vent de ces rumeurs et qu'elle refuse de vous épouser ?

— Non, car je me retrouverais au point de départ. J'espère simplement que ma future femme et moi nous nous plairons... Après tout, bon nombre de mariages de convenance finissent par devenir de vrais mariages d'amour, n'est-ce pas ?

Pour la première fois, Frédérica imagina qu'elle s'unissait à lord Seabrooke, qu'elle portait son nom et partageait sa vie. Ces pensées firent naître en elle une délicieuse chaleur, qui la submergea jusque dans les profondeurs les plus secrètes de son être. Redoutant qu'il ne décèle son émoi, s'ils poursuivaient sur ce sujet, elle s'empressa de dévier la conversation.

— J'ai fini de lire les lettres de votre sœur, annonça-t-elle.

— Ah ! Et qu'avez-vous trouvé ?

— Pas de preuve directe qu'ils se soient mariés... Toutefois, dans sa dernière missive, le capitaine explique qu'il envisage de rendre visite à Amity ; il fait allusion à une fugue amoureuse. Il semble aussi que sa famille souhaitait le voir épouser une autre demoiselle — ce qui expliquerait pourquoi ils ont gardé leur liaison secrète.

Le comte s'appuya au manteau de la cheminée.

— De quand date cette lettre ?

— Du mois de juin 1810, précisa Frédérica.

— Un an avant la naissance de Christabel. Apparemment, Browning a bien rendu visite à Amity ! Cependant, nous ne disposons toujours pas d'éléments concrets qui nous permettent d'affirmer qu'elle l'a épousé. Et je crains que nous n'en découvrions jamais, du reste.

— Peut-être pourrions-nous essayer de glaner des renseignements en Ecosse, suggéra Frédérica. S'ils se sont mariés, sans doute est-ce consigné dans quelque document...

Lord Seabrooke ébaucha un sourire amusé.

— Vous ne vous découragez pas facilement ! Très franchement, je doute que cette démarche aboutisse... Néanmoins, si vous voulez écrire les lettres nécessaires, je les affranchirai et les ferai envoyer. Ma nièce a beaucoup de chance d'avoir une nurse aussi tenace...

A ces mots, Frédérica sentit ses joues s'embraser.

— Les... les recherches que vous avez menées de votre côté ont-elles été fructueuses, monsieur le comte ? balbutia-t-elle.

— Eh bien, j'ai commencé à interroger discrètement certaines de mes relations — sans résultat pour l'instant. J'ai aussi demandé à mon notaire de me faire parvenir tous les registres du domaine. A ce propos, je vous saurais gré de m'aider lorsque je les recevrai.

— Avec plaisir ! Je comprends que vous tenez à procéder à votre enquête avec la plus grande prudence...

— Oui. Si ma fiancée apprend que mon oncle a peut-être pris fait et cause pour l'ennemi, elle renoncera certainement à m'épouser. Quoique je ne puisse pas dire que cela me peinerait...

— Vous ne devriez pas parler ainsi ! s'insurgea Frédérica. Songez que c'est non seulement la réputation de votre famille qui est en jeu, mais aussi votre bonheur... Après tout, il est possible que cette jeune fille réponde à votre attente et vous rende très heureux.

Elle s'interrompit en comprenant que c'étaient ses propres espérances qu'elle avait ainsi exprimées.

— Je... hum ! bonne nuit, monsieur le comte, murmura-t-elle en se tournant vers la porte. Je dois rédiger les lettres.

Le cœur battant à coups précipités, Frédérica sortit de la bibliothèque. Dans une aveuglante révélation, elle avait entrevu la vérité. L'inimaginable s'était produit : elle était tombée amoureuse de l'homme qu'on la forçait à épouser !

10.

Frédérica s'efforça d'éviter lord Seabrooke durant les jours qui suivirent. Il lui semblait plus raisonnable de garder ses distances tant qu'elle n'aurait pas fait le point sur ses sentiments...

Elle écrivit aux autorités administratives et religieuses d'une trentaine de petites villes écossaises proches de la frontière. Mais plutôt que de remettre elle-même les lettres au comte, elle les posa sur son bureau, un matin où Metzger lui avait appris que sa seigneurie assistait à une vente de pur-sang arabes.

Le jeudi après-midi, Frédérica prit un fiacre et se rendit chez Myrtle Milliken. Si elle se faisait une joie de la revoir, sa fidèle confidente avait de mauvaises nouvelles à lui annoncer.

— Vous devriez quitter cette place au plus vite, ma chérie, lui conseilla-t-elle dès qu'elles se furent assises dans le salon. On commence à jaser à propos de lord Seabrooke. Il est de notoriété publique qu'un enfant illégitime vit sous son toit.

— Je vois que M. Coombes n'a pas perdu de temps ! s'exclama Frédérica avec humeur. Je savais qu'il divulguerait le secret...

Rapidement, elle fit le récit des événements qui avaient conduit au renvoi du majordome. Myrtle hocha la tête d'un air compatissant et se cala contre les coussins de son fauteuil en murmurant :

— Il y a plus grave, Frédérica. On parle aussi de vous — de Mlle Cherrystone, devrais-je dire. Certaines mauvaises langues laissent entendre qu'elle est très... proche de son employeur.

— C'est encore M. Coombes qui doit être à l'origine de ces insinuations !

— Sans aucun doute. Mais peut-être vous a-t-il rendu service, en l'occurrence... Ces rumeurs devraient persuader sir Thomas d'annuler ce mariage dont vous ne vouliez pas entendre parler. A moins, bien sûr, que vous ayez changé d'avis depuis la dernière fois.

Frédérica porta une main tremblante à son front.

— Oh ! je ne sais plus que penser, Myrtle. Vois-tu, le comte et moi sommes devenus amis, d'une certaine façon.

— C'est merveilleux !

— Je crois que cela m'effraie, en réalité... Quoi qu'il en soit, je refuse toujours de me conformer aux exigences de Thomas ! Je vais continuer à me faire passer pour Mlle Cherrystone pendant quelque temps. Puis, au moment voulu, je révélerai qui je suis.

Myrtle secoua la tête avec désapprobation.

— Si l'on vient à savoir que vous avez vécu chez cet homme sans chaperon, votre réputation sera ruinée, que vous l'épousiez ou non ! Je vous en prie, Frédérica, ne retournez pas à Londres. Restez ici, et écrivez à lord Seabrooke afin de lui avouer la vérité.

— Partir, pour que M. Coombes pense que ce sont ses scandaleuses médisances qui m'ont fait fuir ? Il n'en est pas question ! En outre, Christabel se sentira trahie si je disparais aussi soudainement ; et je ne puis supporter l'idée de lui causer de la peine.

— Très bien, Frédérica, acquiesça Myrtle avec un profond soupir. Je n'insisterai pas — même si vos projets me semblent pour le moins hasardeux... Faut-il que j'aie été inconsciente pour vous suggérer de poster un espion dans cette maison !

D'un mouvement impulsif, la jeune fille se pencha afin de prendre la main de sa précieuse conseillère et l'étreindre avec affection.

— N'aie aucune crainte, Myrtle : je vais redoubler de prudence. J'ai bien retenu tes leçons, et je te promets d'agir comme tu me l'as toujours enseigné : avec ordre, méthode et circonspection.

Après s'être livré pendant presque une semaine à de minutieuses recherches qui l'avaient conduit à fréquenter toute sorte de cabarets et de maisons de jeu mal famées, Gavin n'avait toujours pas découvert le moindre indice concernant les opinions politiques de son oncle Edmund.

Cet après-midi-là, il s'était longuement entretenu avec Jean, un Français qu'il avait rencontré alors qu'il travaillait au ministère de la Guerre. Ils s'étaient donné rendez-vous au White Lily, un club bien connu dans certains cercles pour les sombres intrigues antigouvernementales qui s'y tramaient... Mais contrairement à ce qu'il espérait, son informateur n'avait pas été en mesure de l'éclairer ; et en sortant de l'établissement, Gavin se demanda s'il devait se sentir frustré, ou bien soulagé, que son enquête piétine de la sorte.

Vêtu comme il l'était, d'un vieux carrick gris et d'un pantalon en toile brune, sans gants ni chapeau, il savait qu'il ne risquait pas d'attirer l'attention des filles de petite vertu et des mauvais garçons qu'il croisa en s'engageant dans la ruelle étroite où était arrêtée sa voiture. Personne à l'exception de Jean, qui connaissait son identité, n'aurait pu deviner qu'un pair du royaume fréquentait ce quartier peu recommandable de la ville. Tout en observant prudemment les alentours, Gavin ordonna à Samuel, son cocher, de le déposer chez Me Kenwood ; après quoi, il monta dans sa vieille berline, plus discrète que le phaéton qu'il venait d'acheter.

Il se changea en chemin, et se laissa aller contre sa banquette en s'absorbant dans ses réflexions. Comme il le redoutait, Coombes avait tenu parole et faisait déjà courir d'odieuses rumeurs sur la prétendue « bâtarde » de son ancien employeur. De toute évidence, le majordome semblait aussi résolu à se venger de Mlle Cherrystone et s'efforçait d'entacher sa réputation. Maintes fois, Gavin entendit des on-dit infamants à propos de la nurse... Certains murmuraient même qu'elle était sa maîtresse, et Christabel leur fille naturelle !

Gavin avait tenté — en vain — de mettre un frein à ces cancans, dont les Londoniens, tous milieux confondus, étaient extrêmement friands. Et plus que jamais, il espérait que la théorie de Cherry sur le mariage d'Amity et du capitaine Browning se révélerait exacte. En annonçant publiquement que Christabel n'était pas sa fille, mais sa nièce, il pourrait mettre un terme définitif aux rumeurs.

Son notaire l'informa que John Trent, le nouveau régisseur de la propriété, apporterait les livres de comptes à Seabrooke House dans la soirée. Gavin doutait qu'ils lui apprendraient quoi que ce soit d'utile ; néanmoins, il demanderait à Cherry de les consulter. Les chiffres ne semblaient pas avoir de secret pour elle !

Quand il sortit de l'étude de Me Kenwood, il décida de s'arrêter dîner au White's Club. Après s'être aventuré durant plusieurs jours dans les bas-fonds de la ville, il prendrait plaisir à se retrouver dans un environnement aussi policé et respectable.

En pénétrant dans la salle du bar, Gavin s'immobilisa un instant pour inspirer profondément et s'imprégner de l'ambiance élégante et feutrée de ce havre de paix. Une demi-douzaine de jeunes dandies de sa connaissance étaient assis près du bow-window. Comme ils étaient en pleine conversation et qu'il n'avait de toute façon aucune envie de se joindre à eux, le comte les salua distraitement, puis s'installa à une petite table à l'écart.

Mais il n'avait pas fini de retirer ses gants qu'on l'accosta jovialement.

— Seabrooke ! Quelle chance de vous rencontrer ici !

Thomas Chesterton lui assena une petite claque amicale sur l'épaule avant de s'asseoir en face de lui.

— Je sors des bureaux du *Times*, expliqua-t-il. Le faire-part de vos fiançailles avec Freddie sera publié demain !

Tant bien que mal, Gavin parvint à ébaucher un sourire. Il avait l'impression que les murs d'une prison s'étaient soudain refermés autour de lui.

— Dois-je en déduire que votre sœur a donné son accord ?

— Plus ou moins... La nouvelle l'a prise au dépourvu, bien sûr, mais Frédérica est une jeune fille sensée et raisonnable qui sait qu'on ne lui fera pas de meilleure proposition de sitôt.

— Quand me la présenterez-vous ?

— J'espérais la convaincre de venir à Londres pour la saison des bals, répondit Thomas, mais il semble qu'elle ne...

— Gavin ! lança alors un gentleman qui venait d'entrer dans la salle. Voilà des mois que je ne t'ai vu !

Le comte se leva pour serrer la main de lord Garvey.

— Comment vas-tu, Barry ? Es-tu en ville pour longtemps ?

— Jusqu'à la fin du mois. Tu as certainement appris que je vais être père, et Elizabeth tient absolument à ce que notre premier enfant naisse à la campagne. A propos d'enfant, j'ai entendu une curieuse rumeur à ton sujet. Le bruit court que...

— Ne prends pas ces balivernes pour argent comptant, le coupa Gavin en se rasseyant. Tu connais sir Thomas Chesterton, n'est-ce pas ?

Après avoir conversé quelques minutes avec le comte et le jeune baronet, Garvey prit congé d'eux pour rejoindre la table du duc de Ravenham, dont la propriété était voisine de la sienne. Quand il se fut éloigné, Gavin se retourna vers son compagnon. Il craignait que d'autres membres du club n'aient eu vent de la même rumeur que Barry, et viennent lui demander de la démentir ou de la confirmer.

— Avez-vous dîné, Thomas ? s'enquit-il.

— Non, pas encore.

— En ce cas, je vous invite chez moi ! J'ai engagé une excellente cuisinière, dont tous mes convives font l'éloge.

Comme il était inévitable que Thomas Chesterton apprenne l'existence de Christabel, autant que ce soit de sa propre bouche, pensa Gavin. Et loin des oreilles indiscrètes... Il se leva et précéda le jeune homme dans la salle, ignorant les sourires ironiques que suscitait son passage.

Frédérica revint à Seabrooke House à l'heure où, habituellement, Christabel se couchait. Elle borda le lit de sa petite protégée, l'embrassa et attendit qu'elle se fût endormie pour se glisser dans sa chambre. Mais tandis qu'elle fermait doucement la porte derrière elle, la jeune fille se souvint soudain qu'elle n'avait rien à lire pour la soirée. La veille, elle avait dévoré les derniers chapitres du récit de voyage qu'elle avait choisi, quelques jours auparavant, parmi les nombreux ouvrages de la bibliothèque. Bien sûr, elle aurait pu rapporter son livre et en prendre un autre, mais elle savait qu'elle risquait de rencontrer lord Seabrooke si elle descendait...

Pensivement, Frédérica s'appuya à son écritoire de bois de rose. Rester cachée dans la nursery n'était pas une solution ! Elle devait s'armer de courage, décida-t-elle, surmonter ses craintes et cesser de fuir le comte. Une telle poltronnerie ne lui ressemblait pas ! Réprimant la peur qui lui nouait le ventre, elle s'assura qu'aucune boucle rousse ne dépassait de sa perruque, remonta ses lunettes sur son nez, s'empara de son livre, puis sortit de sa chambre.

Quand elle parvint au rez-de-chaussée, Frédérica se dirigea vers la bibliothèque et frappa. Personne ne répondit. Elle ouvrit alors la porte et s'aperçut que Gavin n'était pas là. Sans doute n'avait-il pas encore fini de dîner, songea-t-elle. Légèrement déçue, elle entra, replaça son livre sur le rayonnage où elle l'avait pris, et commença à parcourir les titres des autres volumes.

Quelques minutes plus tard, elle entendit les portes de la salle à manger s'ouvrir. Le comte bavardait avec un autre homme, remarqua-t-elle. Sans doute Jeffries, le valet de pied, qui remplacerait M. Coombes jusqu'à ce qu'un nouveau majordome rejoigne les rangs du personnel. Très vite, cependant, Frédérica comprit bientôt que ce n'était pas lui. En fait, cette voix lui rappelait étrangement celle de...

Les yeux écarquillés de stupeur, la jeune fille sentit un frisson glacé la parcourir lorsqu'elle vit le bouton de la porte tourner. Instinctivement, elle bondit derrière un grand fauteuil, dans un coin de la pièce, et se recroquevilla en retenant son souffle. L'instant suivant, Gavin et son invité entrèrent, puis s'installèrent devant la cheminée. En se penchant prudemment sur le côté, Frédérica constata avec soulagement qu'ils lui tournaient le dos et ne pouvaient donc l'apercevoir... Un coup d'œil aux longs cheveux blonds du compagnon de lord Seabrooke lui suffit pour la convaincre qu'elle ne s'était pas trompée. Il s'agissait bien de Thomas ! Nul doute qu'il s'était rendu chez Gavin pour discuter des fiançailles avec lui ! N'aurait-il pas pu attendre qu'elle l'ait avisé des progrès de son enquête avant de prendre une telle initiative ?

En tentant, non sans mal, de contenir sa colère, Frédérica prêta l'oreille à leur conversation.

— Très franchement, mon cher Seabrooke, je crois que perdre ces douze mille livres contre vous était la meilleure chose qui puisse arriver. Sans cela, Frédérica ne se serait peut-être jamais mariée. Sa vie à Mapple Hill la satisfaisait, et elle n'aurait vu aucun inconvénient à rester vieille fille...

— Etes-vous sûr qu'elle ne me rendra pas sa parole lorsqu'elle apprendra que ma nièce est une enfant naturelle ?

Le fait que le comte ait révélé l'existence de Christabel à Thomas ne provoqua même pas la surprise de Frédérica. En effet, son attention était concentrée tout entière sur ce que son frère venait d'expliquer. L'avait-il fiancée avec lord Seabrooke pour que sa dot serve à rembourser ces douze mille livres dont il avait parlé ? Ses joues s'enflammèrent à l'idée d'une telle infamie.

— Non, ma sœur adore les enfants, rétorqua Thomas, et je...

Il s'interrompit tout à coup quand on frappa.

Frédérica entendit alors la porte de la bibliothèque s'ouvrir, et reconnut la voix du valet de pied lorsqu'il déclara :

— Un certain M. Trent demande à vous voir, monsieur le comte. Je l'ai fait passer dans le petit salon.

— Très bien, Jeffries, répondit lord Seabrooke. Dites à Lucy de lui préparer une chambre pour la nuit. Servez-vous un autre brandy, Thomas, ajouta-t-il. Je reviens tout de suite.

Tremblante d'indignation, Frédérica ne perdit pas une seconde : à l'instant où le comte ferma la porte derrière lui, elle sortit de sa cachette et se dirigea furieusement vers son frère. Il se retourna en l'entendant et plissa les paupières avec méfiance. A l'évidence, il se demandait comment elle était entrée.

— Vous êtes Mme Abbott, n'est-ce pas ? s'enquit-il.

Je crois que lord Seabrooke a des instructions à vous donner.

Frédérica lui décocha un coup d'œil glacial.

— Et moi, Thomas, j'ai quelques questions à te poser au sujet de mon mariage !

11.

Thomas considéra sa sœur avec stupéfaction.

— Que fais-tu ici, Freddie ? Et pourquoi es-tu affublée d'une perruque et de lunettes aussi ridicules ?

— Il me semble que c'est plutôt toi qui devrais me fournir des explications ! Ainsi, tu veux me marier avec le comte pour éponger une de tes *dettes* ? C'est tout simplement impardonnable, Thomas !

Au prix d'un effort évident, le jeune homme détacha ses yeux du visage de Frédérica et étudia le bout de ses bottines.

— Je n'avais que cette solution, avoua-t-il d'un ton amer. J'ai joué à l'écarté avec Seabrooke, le mois dernier, et j'ai perdu une fortune. Comme ma part d'héritage doit demeurer bloquée jusqu'à mes vingt-cinq ans, je ne pouvais pas le payer. Incidemment, je lui ai parlé de toi, et t'épouser a tout de suite paru l'intéresser. Je t'ai caché la vérité, car je me doutais que tu serais scandalisée.

Thomas leva la tête en fronçant les sourcils.

— A ton tour de m'éclairer, Freddie ! Que fais-tu à Seabrooke House ? Comment as-tu pu t'introduire ici ?

— Je suis venue mener ma petite enquête sur le comte. Myrtle m'a aidée à obtenir une place dans cette maison.

— Tu veux dire que tu *travailles* pour Seabrooke ?

— Parfaitement ! Je suis la nurse de Christabel.

La colère, soudain, durcit les traits de Thomas.

— Si je comprends bien, tu vis sous le même toit que cet homme ! s'emporta-t-il. Depuis combien de temps, au juste ?

— Environ dix jours, mais...

— Et tu as l'audace de me chapitrer ! Serais-tu devenue folle, Frédérica ? As-tu seulement songé à ta réputation ?

— Chut ! Ne parle pas si fort, Thomas : on risque de t'entendre... Pour ce qui est de ma conduite, je trouve un peu fort que tu oses me donner des leçons, toi qui m'as littéralement vendue !

Résolus à camper sur leurs positions, le frère et la sœur se défièrent du regard pendant quelques secondes. Jusqu'à ce qu'ils entendent un bruit de pas dans le hall.

— Retrouve-moi à Hyde Park vers 7 heures, demain matin, suggéra Frédérica. Nous pourrons discuter plus longtemps.

Au même instant, lord Seabrooke ouvrit la porte et entra.

— Bonsoir, monsieur le comte, murmura Frédérica. J'étais venue chercher un livre. J'ignorais que vous receviez.

Gavin s'immobilisa et haussa légèrement les sourcils en découvrant son futur beau-frère et Cherry face à face.

— Sir Thomas, permettez-moi de vous présenter Mlle Cherrystone — la nurse de Christabel. Elle nous est d'une aide inestimable.

Frédérica effectua une révérence en souriant. Son frère avait l'air si embarrassé qu'elle eut du mal à garder son sérieux.

— Je suis enchantée de faire votre connaissance, sir Thomas. Je vais maintenant prendre mon livre, et vous laisser à votre brandy. Veuillez m'excuser de vous avoir importunés, messieurs.

Saisissant un volume au hasard, Frédérica se hâta de sortir. Grand Dieu, quelle situation absurde ! Lorsqu'elle se glissa dans le hall, elle exhala un profond soupir et jeta un coup d'œil au titre de l'ouvrage — *Thèse sur les racines des équations géométriques*. Eh bien, voilà qui promettait d'être passionnant !

Le lendemain matin, après avoir préparé un sac de pain pour les oiseaux du lac, la jeune fille emmena Christabel au parc. Arrivé le premier au rendez-vous, Thomas les attendait devant les grilles ; il vint à leur rencontre quand elles traversèrent la rue.

— Bonjour, monsieur, dit Frédérica. Quelle charmante surprise de vous voir ici... Aimeriez-vous nous accompagner au Serpentine ?

Se sachant observé par Christabel, Thomas adressa un sourire forcé à sa sœur et la salua poliment d'un signe de tête.

— Volontiers, mademoiselle Cherrystone.

Ils s'engagèrent dans l'allée qui menait au lac. Ils bavardèrent de sujets banals jusqu'à ce que la fillette commence à lancer du pain aux canards et aux cygnes affamés.

— Peut-être vas-tu enfin m'expliquer ce qui se passe ! chuchota alors Thomas. Tu étais censée rendre visite à Myrtle, non ?

— Je suis allée chez elle, en effet. Et nous avons vite abouti à la conclusion que le meilleur moyen de réunir des informations sur le comte était de le surveiller discrètement.

Puis, Frédérica exposa rapidement la manière dont elle s'y était prise pour être engagée comme nurse à l'hôtel particulier.

— Ton entreprise a-t-elle été couronnée de succès ? s'enquit Thomas. As-tu pu démontrer que Seabrooke était un vaurien ?

— Il n'est pas un saint, bien sûr, mais je dois admettre

que tu disais vrai. Le comte est un homme tout à fait digne d'estime... que notre mariage semble fort peu enthousiasmer !

— Ce n'est pas l'impression que j'ai eue... Il a paru ravi, hier, quand je lui ai dit que j'étais passé aux bureaux du *Times* pour que le journal publie le faire-part de vos fiançailles.

Un instant, Frédérica demeura muette de stupeur.

— Tu as osé prendre une telle décision alors que je n'ai même pas terminé mon enquête? protesta-t-elle enfin. J'aurais très bien pu t'apporter des preuves formelles de l'immoralité du comte !

— Mais tu n'en as découvert aucune. Et je ne peux que m'en réjouir... Jamais je ne t'aurais permis de renoncer à l'épouser maintenant que je sais que tu as vécu dans la même maison que lui. J'espère simplement que personne n'en saura rien. Cela dit, ajouta Thomas, ta tactique était aussi remarquable qu'audacieuse. Tu as fait montre d'un courage dont je ne t'aurais pas crue capable, Freddie !

La jeune fille hocha distraitement la tête, et porta son regard sur Christabel, qui nourrissait les canards en riant aux éclats.

— Ma « tactique », comme tu dis, comporte un sérieux inconvénient : je ne sais comment dévoiler ma véritable identité, maintenant. Lord Seabrooke sera furieux quand il apprendra que je l'ai berné.

— Quitte ta place, et laisse-moi te le présenter à un bal ou à une réception... Peut-être ne fera-t-il pas la relation.

Frédérica décocha un coup d'œil exaspéré à son frère.

— Je ne doute pas que *tu* puisses être dupe d'une telle tromperie, ironisa-t-elle. Mais le comte, lui, est plus observateur. Il me reconnaîtra à l'instant où je lui adresserai la parole.

— Comment vas-tu procéder, dans ce cas?

Frédérica porta pensivement la main à son front.

— Accorde-moi encore quelques jours, Thomas, suggéra-t-elle. Ce serait bien le diable si je ne trouve pas une solution d'ici là ! En attendant, tâche d'organiser mon arrivée officielle à Londres : loue une maison à Mayfair, envoie chercher mes robes à Mapple Hill... Je vais dresser une liste des tâches que tu devras accomplir, et je te l'enverrai demain matin. Dans deux semaines, si tout se passe comme prévu, Mlle Chesterton fera son entrée dans la belle société !

Lorsque Frédérica revint à Seabrooke House, une demi-heure plus tard, elle vit que Lucy l'attendait devant la porte de service.

— M. le comte vous demande de le rejoindre de toute urgence dans la bibliothèque, lui apprit-elle, les yeux pétillants de curiosité. Je surveillerai Mlle Christabel jusqu'à votre retour.

Frédérica la remercia, et rentra sans perdre une seconde. Gavin l'accueillit d'un chaleureux sourire qui lui fit soudain mesurer à quel point il lui avait manqué durant ces derniers jours.

— Vous aviez raison, Cherry ! s'exclama-t-il. J'ai reçu ce matin une lettre d'un aubergiste de Coldstream qui me certifie que Peter Browning a épousé Amity dans sa taverne, le 11 juin 1810 ! Ce brave homme a inscrit leurs noms sur son registre des mariages ainsi que celui du pasteur qui a célébré la cérémonie.

— C'est merveilleux ! Vous pouvez déclarer publiquement que Christabel est votre nièce, à présent !

— Grâce à vous, Cherry. Je ne saurai trop vous remercier.

Le comte s'avança vers elle, et la prit impulsivement dans ses bras. Sans réfléchir, Frédérica se blottit plus près de lui. Un long frisson la parcourut quand, soudain, il s'empara de ses lèvres. En proie à des sensations étourdissantes, ivre du soulagement que suscitait l'excellente nouvelle, elle rendit son baiser à Gavin, et effleura timidement son visage du bout des doigts.

Lorsqu'il resserra son étreinte, sans cesser de l'embrasser, la jeune fille recouvra tout à coup sa lucidité et émit une faible plainte. « Mon Dieu, songea-t-elle, que m'arrive-il ? » Bien que le fait de se trouver ainsi dans les bras du comte fût encore plus merveilleux qu'elle n'aurait osé l'imaginer, elle se crispa.

Il la relâcha aussitôt et s'écarta.

— Je... suppose que vous allez d'abord avertir le personnel, balbutia-t-elle en osant à peine croiser son regard.

— En effet. Je vais laisser Mme Abbott s'en occuper. Voulez-vous être assez aimable pour lui dire que j'ai à lui parler ?

— Certainement, monsieur le comte.

Déjà, Frédérica se dirigeait vers la porte.

— Oh ! j'allais oublier, Cherry, lui dit encore lord Seabrooke. Le régisseur de Brookeside Manor est arrivé hier soir et m'a apporté les livres de comptes annuels et trimestriels. Cela vous ennuierait-il de les examiner avec lui cet après-midi, ou peut-être demain ?

— Bien sûr que non, monsieur le comte.

Et Frédérica sortit, le cœur battant à se rompre.

Pour tenter de conjurer l'effet inattendu que leur baiser avait eu sur lui, Gavin essaya tant bien que mal de se concentrer sur son entretien avec la vieille intendante, qui ne tarda pas à le rejoindre. S'asseyant sur le devant de son bureau, il lui indiqua comment la persévérance de Cherry allait non seulement permettre de sauver la réputation de sa sœur, mais aussi d'assurer à Christabel un avenir plus radieux que celui qui attendait habituellement les enfants naturels.

— Il vaudrait mieux que nous fassions mine d'avoir toujours su que Christabel est la fille légitime d'Amity, conclut Gavin.

— Très bien, monsieur le comte. Il ne me faudra sans doute pas plus d'une journée pour convaincre les domestiques que j'étais au courant dès le début... Je pourrais leur dire que Christabel était un peu souffrante, et que vous avez préféré attendre qu'elle se soit rétablie avant de faire savoir qu'elle résidait ici.

— Excellent ! Je savais que je pouvais m'en remettre à vous.

Et Gavin gratifia Mme Abbott d'un large sourire. Il n'avait désormais plus rien à craindre des bruits que Coombes faisait courir. Si ses amis du White's ou du Jockey l'interrogeaient sur le sujet, il pourrait expliquer qu'il s'agissait uniquement de mensonges que proférait un domestique furieux d'avoir été congédié.

La voix de Mme Abbott arracha Gavin à ses pensées.

— Allez-vous renvoyer Mlle Cherry ? s'enquit-elle.

— La renvoyer ? Pourquoi cela ?

— N'oubliez pas que ses références se sont révélées fausses pour la plupart. Or, la nurse de la nièce légitime d'un comte se doit d'être irréprochable, non ?

— En effet, rétorqua Gavin. Néanmoins, vous ne pouvez nier que Cherry fait preuve d'une compétence et d'un dévouement admirables. Songez à tout ce qu'elle a accompli pour Christabel... En outre, ma nièce l'adore et serait très peinée de la voir partir.

Mme Abbott acquiesça d'un signe de tête.

— J'admets que je n'aimais guère Mlle Cherrystone quand elle est entrée à Seabrooke House. Cependant, j'ai appris à la connaître, et j'ai à présent beaucoup d'estime pour elle. Entre nous, monsieur le comte, ajouta malicieusement l'intendante, je crois qu'elle serait la recrue idéale pour un autre poste, qui est d'ailleurs à pourvoir...

— Un autre poste, madame Abbott ? Lequel ?

— Celui de comtesse, bien sûr !

Sur ces mots, elle sortit de la bibliothèque.

Les sourcils froncés, Gavin l'observa refermer la porte

derrière elle. Qu'avait-elle voulu dire? Qu'il devrait épouser Cherry plutôt que son héritière? Curieusement, l'idée ne le choqua pas; elle lui parut même séduisante, à la réflexion... La jeune fille avait en effet toutes les qualités pour faire de lui le plus heureux des maris: l'intelligence, la douceur et des manières élégantes mais simples, contrairement à ces débutantes à la mode qui minaudaient et posaient pour la galerie.

Gavin se tourna vers la fenêtre en jurant tout bas. Qu'importait si Cherry était une femme parfaite pour lui! Il était légalement et moralement tenu de mener Frédérica Chesterton à l'autel, et rien ne pouvait plus le soustraire à cette obligation...

L'estomac noué, en proie à une insidieuse impression de malaise, Gavin s'approcha de la petite table sur laquelle étaient disposées les carafes d'alcool. Il se servit une généreuse dose de cognac.

Il était sensiblement plus détendu, une heure plus tard, quand il reçut la visite de Thomas Chesterton. Les premières paroles que prononça son futur beau-frère suffirent toutefois pour dissiper le léger réconfort que le brandy lui avait apporté.

— Bonjour, Seabrooke! lança-t-il joyeusement en s'asseyant face au bureau. Je voulais vous annoncer que Frédérica viendra à Londres pour la fin de la saison, tout compte fait... Elle arrivera dans deux semaines, et sera ensuite présentée au Régent. Je crois qu'elle est impatiente de faire votre connaissance!

— Je suis ravi de l'apprendre, grommela Gavin.

Il avait l'impression, depuis leur précédent entretien, que sir Thomas était infiniment soulagé de voir sa sœur mariée. Sans doute la demoiselle était-elle un laideron, ou une vraie harpie, dont il avait hâte de se débarrasser!

Avalant une gorgée de cognac pour se donner du courage, Gavin leva les yeux vers le jeune dandy.

— Pourquoi n'organiserions-nous pas une petite réception demain pour fêter mes fiançailles avec votre sœur ? Une soirée d'adieu à ma vie de garçon, en somme, avant que je ne revête le noble manteau de la respectabilité... Je convierai quelques-uns de mes meilleurs amis, qui pourront ainsi m'adresser leurs vœux de bonheur.

Thomas ne remarqua pas le léger désespoir que trahissait le sourire qu'esquissa lord Seabrooke.

12.

Puisqu'il n'était plus nécessaire désormais de cacher Christabel, Frédérica l'emmena se promener à Oxford Square, cet après-midi-là. Elles regagnèrent l'hôtel particulier juste avant l'heure du thé. Alors qu'elles se dirigeaient vers la porte de service, comme à l'accoutumée, Frédérica se figea soudain en éclatant de rire.

— Nous passerons par la grande porte, aujourd'hui ! s'exclama-t-elle.

Christabel hocha la tête avec enthousiasme, sans toutefois saisir la différence symbolique qui existait entre les deux entrées. Pour Frédérica, en revanche, il s'agissait d'une proclamation du nouveau statut de sa protégée. Elle lui prit la main, et lui fit fièrement gravir les marches en marbre du portique à colonnes de Seabrooke House.

A peine avaient-elles regagné la nursery que Lucy entra avec le plateau du thé. Christabel dégusta une part de charlotte aux mûres tandis que Frédérica, elle, s'installa dans la bergère, près de la fenêtre, sa tasse de Darjeeling à la main. Elle donna ensuite ses leçons de lecture, de calcul et d'écriture à la fillette, puis la laissa jouer avec ses cubes et Molly Dolly jusqu'au dîner.

— Je suis contente que la vieille dame malade d'à côté ait déménagé, remarqua Christabel en coiffant sa poupée.

Telle était la raison que Frédérica lui avait fournie pour expliquer les changements intervenus depuis la veille.

— Maintenant, poursuivit la fillette, je peux aller jouer au jardin aussi souvent que j'en ai envie, sans me soucier du bruit que je fais !

— Certainement, ma chérie, approuva Frédérica. Vous savez, j'ai pensé que nous pourrions accueillir un « invité » dans ce jardin où vous vous amusez tant — mon paon, Fanfare. Sans doute votre oncle ne verra-t-il pas d'inconvénient à ce que je vous l'apporte.

Christabel ouvrit tout grands les yeux.

— Un paon, Cherry ? Fera-t-il la roue pour moi ?

— S'il refuse, nous trouverons bien quelque moyen de l'amener à déployer ses plumes ! Alors, qu'en dites-vous ? Aimeriez-vous que j'aille le chercher ce soir ? Lucy consentira sûrement à vous surveiller en mon absence.

— Oh ! ce serait merveilleux !

Et la petite fille courut embrasser sa nurse.

La femme de chambre apporta peu après le dîner de Christabel, et accepta de remplacer Frédérica jusqu'à son retour. Celle-ci se hâta alors de descendre dans le bureau de Mme Abbott, laquelle lui apprit que Gavin était sorti. Néanmoins, elle donna son consentement au projet de la jeune fille, à condition qu'elle ne s'absente pas trop longtemps. Après lui avoir assuré qu'elle se dépêcherait, Frédérica sortit appeler un fiacre dans Upper Brooke Street et se rendit chez Myrtle.

Très impatiente de voir le paon, Christabel se leva à l'aube, le lendemain. Frédérica l'habilla, la coiffa, et insista pour qu'elle mange son porridge et ses œufs avant de l'accompagner dans le jardin.

— Lancez une poignée de blé à Fanfare, Christabel, conseilla-t-elle, et il s'approchera de vous. Il n'est pas farouche.

Elle lui donna le petit sac de grain dont elle s'était

munie et, bientôt, l'oiseau commença à picorer le sol à leurs pieds.

— Il est magnifique, Cherry! s'écria Christabel en caressant du bout des doigts le cou irisé de l'animal.

— Splendide, en effet, convint lord Seabrooke derrière elles. Pourriez-vous m'expliquer d'où il vient?

Le cœur battant soudain à coups sourds, Frédérica se retourna et vit le comte descendre l'escalier donnant accès au jardin.

— Cherry me l'a apporté! lança Christabel avant qu'elle ait pu prendre la parole. Il s'appelle Fanfare.

Elle se blottit impulsivement contre sa nurse.

— J'aime Cherry, oncle Gavin. Pas vous?

Frédérica sentit ses joues s'enflammer à cette innocente question, et fit volte-face vers l'oiseau pour que lord Seabrooke ne puisse rien voir du trouble qui s'était emparé d'elle.

— Mlle Cherrystone est en effet une nurse exceptionnelle, rétorqua-t-il d'une voix glaciale. Et je suis curieux de savoir comment elle a réussi à se procurer un paon en ville...

Timidement, la jeune fille porta les yeux sur lui.

— Il m'appartient, monsieur le comte. Une de mes amies, qui vit près de Londres, le gardait chez elle, et j'ai songé que Christabel serait ravie de pouvoir s'amuser avec lui. J'ai cru bien faire, car vous m'avez dit que tous mes animaux seraient les bienvenus.

— Oh! mais je ne vois aucune objection à ce que Fanfare reste ici — si, du moins, il nous épargne les insupportables criaillements dont ces volatiles ont le secret! Vous êtes décidément une jeune fille étonnante. D'abord des souris; maintenant un paon... Quelles autres surprises nous réservez-vous pour l'avenir?

Frédérica soutint le regard du comte et, l'espace d'un instant, elle éprouva la tentation de divulguer son secret, de lui apprendre qui elle était en réalité. A temps, heureusement, elle se souvint de la présence de Christabel... Néanmoins, elle savait que le jeu avait assez duré et qu'elle ne pouvait plus continuer à mentir.

— Voulez-vous caresser Fanfare, mon oncle? intervint la petite fille. Il est apprivoisé et ne fuit pas quand on l'approche.

— Plus tard, peut-être... J'étais venu demander à Cherry si elle pouvait consulter les registres avec M. Trent, ce matin. Pendant ce temps, Mme Abbott s'occupera de toi et de ton nouvel ami.

Frédérica s'assura que Christabel avait assez de grain à lancer au paon, puis s'empressa de suivre lord Seabrooke.

— Mon régisseur vous attend dans la bibliothèque, indiqua-t-il d'un ton sec en la précédant dans le hall. Je dois me rendre chez certains de mes amis pour les convier à la réception que je donne, ce soir. Mais je vous rejoindrai dès mon retour.

Attachant son regard à celui du comte, Frédérica tenta de se forcer à lui avouer la vérité. A sa grande surprise, elle vit alors un frémissement aussi violent qu'inattendu le parcourir. Avant qu'elle ait pu proférer une parole, il se détourna brusquement et se dirigea vers le bureau de son intendante pour lui ordonner de surveiller Christabel.

Frédérica cligna les yeux, étonnée par l'agitation inhabituelle de lord Seabrooke. Sans doute était-il simplement préoccupé par ses projets pour la soirée, songea-t-elle en haussant les épaules. Elle entra alors dans la bibliothèque, et se prit à espérer que l'examen des registres trimestriels de lord Edmund lui permettrait de mettre en lumière quelque élément infirmant la thèse de la traîtrise. Car ainsi, en guise d'introduction à sa difficile mais nécessaire confession, elle pourrait livrer une bonne nouvelle au comte...

⁂

Gavin s'éloigna rapidement de Seabrooke House, submergé par un flot d'émotions qu'il avait toutes les peines du monde à endiguer. Pourquoi Mme Abbott lui avait-elle soufflé cette idée, la veille ? Depuis leur entretien, il était incapable de détacher ses pensées de Cherry et des sentiments troublants qu'elle lui inspirait.

Il s'était épris de la jeune fille, telle était la vérité ! Gavin avait cru que, dans la froide lumière du jour, il s'apercevrait que cette révélation n'était en fait qu'une idée absurde, engendrée par le brandy. Mais ce matin, sa conviction s'était encore accrue, et il avait conçu la certitude que les sensations et sentiments tumultueux qui ne lui laissaient plus de répit ne pouvaient être attribués qu'à l'amour.

Quand Cherry avait levé ses grands yeux verts sur lui, voilà quelques minutes, il avait failli l'embrasser, là, dans le hall, au risque d'être surpris par le valet de pied ! Comment aurait-elle réagi s'il avait osé baiser ses lèvres ? Elle l'aurait probablement giflé afin de le rappeler aux convenances, et lui aurait donné ses huit jours ! A juste titre, du reste, car c'était pure folie que de s'enticher d'une femme — a fortiori d'une domestique — alors qu'il devait rencontrer sa future épouse dans moins de deux semaines...

Au prix d'un certain effort, Gavin essaya de se concentrer sur sa réception et dirigea ses pas vers l'hôtel particulier de lord Jocelyn pour porter sa première invitation.

Frédérica commençait à perdre patience !

Après plus d'une heure de recherches méthodiques, le régisseur et elle avaient décelé de nouvelles énigmes, mais toujours pas la moindre réponse à leurs questions.

— Avez-vous déjà songé à vérifier si les débits trimestriels et mensuels de 1812 se recoupaient ? demanda-t-elle.

M. Trent passa la main dans ses cheveux clairsemés,

et considéra sa voisine d'un regard soucieux. Depuis qu'ils s'étaient mis à l'œuvre, son attitude envers elle était passée de la condescendance ironique à une agressivité à peine voilée pour, finalement, en venir au respect.

— N'oubliez pas, mademoiselle, que je ne m'occupe de Brookeside Manor que depuis quelques mois... Il n'y avait pas de régisseur au domaine l'an passé. Tout porte donc à croire que sir Edmund a tenu ses comptes lui-même après la démission de M. Collins.

Frédérica laissa échapper un soupir. Ils tournaient en rond ! Ces livres ne faisaient que confirmer les opérations consignées dans le registre qu'elle avait découvert dans le bureau de Gavin.

— Puis-je voir les autres documents que vous avez apportés ?

— Tout de suite, mademoiselle.

M. Trent fouilla dans sa sacoche et lui tendit les papiers.

— Lorsque Me Kenwood m'a écrit, il y a une semaine, j'ai exploré le manoir, expliqua-t-il avec une certaine fierté. Et je me suis aperçu que le vieux lord avait un coffre-fort dans sa chambre en plus de celui du bureau. Cependant, il ne contenait pas d'argent. Seulement ces actes de propriété... Or, les terres qu'ils concernent ne sont même pas situées à proximité de Brookeside Manor.

Frédérica prit connaissance des documents avec curiosité.

— En effet, elles sont dans le comté de Cornouailles. C'est sans doute là qu'est passé l'argent. Regardez : le premier achat a été effectué à l'époque où sir Edmund a commencé à hypothéquer ses biens immobiliers !

La jeune fille examina de nouveau la date d'acquisition et, en consultant le registre de Gavin, elle s'aperçut que lord Edmund avait noté le même jour qu'il avait réalisé un investissement. Elle planta son regard dans celui de son voisin.

— Y a-t-il moyen de savoir combien valent ces terres ?

Perplexe, le régisseur se frotta le menton.

— Sans doute Mᵉ Kenwood pourrait-il nous le dire...

Frédérica se leva.

— Eh bien, portez-lui immédiatement ces titres de propriété ! s'exclama-t-elle. Je crois que nous avons enfin percé le mystère de la fortune de la famille Seabrooke, monsieur Trent. Et peut-être aussi résolu les difficultés financières du comte !

Gavin avait convié plus de vingt personnes à sa réception, parmi lesquelles figuraient les dandies les plus extravagants et les plus spirituels de la ville. Il avait conseillé à chacun d'inviter ses propres amis — si bien que le Tout-Londres allait se bousculer chez lui ! Et il y avait fort à parier que les conversations des pairs du royaume et des jeunes provocateurs aux reparties savoureuses qui se trouveraient réunis chez lui seraient fort stimulantes. Gavin, qui avait besoin de se distraire, ne pouvait que s'en féliciter...

Lorsqu'il revint à Seabroke House, il gagna directement la bibliothèque, et constata que M. Trent l'attendait devant la porte. Sans doute Cherry avait-elle déjà regagné la nursery... Dissimulant sa déconvenue, Gavin retira ses gants ; il se rendit compte soudain que son régisseur arborait un large sourire.

— Je suis ravi que vous soyez de retour, monsieur le comte, car j'étais impatient de vous apprendre la nouvelle ! Bien sûr, tout le mérite de cette découverte revient à Mlle Cherrystone... C'est elle qui a eu l'idée de montrer les actes de propriété à Mᵉ Kenwood !

Gavin dévisagea son régisseur en fronçant les sourcils.

— Des actes de propriété, Trent ?

— En effet, monsieur le comte ! Je pensais qu'ils n'avaient aucun intérêt, mais Mlle Cherrystone, elle, a immédiatement compris qu'il en allait tout autrement — une jeune fille admirable, si je puis me permettre cette réflexion. Votre notaire a étudié les documents. En moins d'une heure, il a réussi à préciser ce qu'étaient exactement ces terres acquises par sir Edmund. Il souhaite vous fournir lui-même tous les détails, mais il semble que votre oncle ait acheté de vieilles mines de cuivre, dans les Cornouailles, qui sont redevenues productives depuis environ un an... Malheureusement, il est décédé avant d'avoir pu percevoir les premiers bénéfices.

Trent marqua une pause pour reprendre son souffle et s'exclama :

— Vous êtes un homme riche, monsieur le comte ! Très riche !

13.

Frédérica entendit les derniers mots du régisseur tandis qu'elle finissait de descendre l'escalier. Elle aurait tant voulu annoncer elle-même la nouvelle au comte ! Pourquoi avait-il fallu qu'il rentre au moment précis où elle était montée à la nursery s'assurer que Christabel n'avait besoin de rien ? Déçue, elle s'apprêtait à gravir l'escalier pour retourner auprès de la fillette quand il l'appela.

— Ne fuyez pas, Cherry ! lança-t-il en s'approchant. Apparemment, je vous dois encore une fière chandelle. Il faudra que je voie si je n'ai pas d'autres problèmes que vous pourriez résoudre !

Frédérica lui adressa un léger sourire et recula instinctivement en redoutant qu'il ne l'embrasse, comme la veille.

— Je... je suis heureuse d'avoir pu vous rendre service, bredouilla-t-elle.

A son grand soulagement, le comte s'immobilisa devant elle, sans chercher à la toucher ou à l'attirer dans ses bras.

— Vous serez récompensée pour votre travail de ce matin, promit-il. C'est le moins que je puisse faire, me semble-t-il ! Je vais me rendre tout de suite chez mon notaire pour qu'il me donne de plus amples renseignements. Nous en reparlerons ce soir.

— Ce soir ? Ne recevez-vous pas vos amis ?

— Si, et j'espérais que vous vous joindriez à nous ! En fait, j'ai l'intention de présenter ma nièce à mes invités — si vous consentez à l'accompagner...

Nerveuse, Frédérica s'humecta les lèvres.

— Il est inhabituel, dans une maison respectable, de permettre à un enfant d'assister à une réunion mondaine. Mais étant donné les circonstances, nul ne s'en formalisera. A condition que Christabel ne reste pas plus d'un quart d'heure... Pour ce qui me concerne, ajouta timidement Frédérica, je ne suis pas certaine qu'il soit convenable que je vienne. D'abord, je n'ai pas de tenue adéquate, et...

— Portez une des robes d'Amity ! coupa lord Seabrooke. Elle était de la même taille que vous. Acceptez, Cherry ! S'il vous plaît...

Le regard charmeur et implorant qui accompagna cette requête eut raison des dernières résistances de Frédérica.

— Très bien, monsieur le comte.

Elle salua M. Trent, qui n'avait rien perdu de la conversation, puis pivota sur ses talons. Cette soirée constituerait la dernière apparition de Cherry, décida-t-elle en s'engageant dans l'escalier. Et demain, elle dirait enfin toute la vérité au comte.

A en juger aux rires et exclamations qui fusaient, la fête battait déjà son plein quand Frédérica rejoignit la salle de bal avec Christabel. Elle avait choisi parmi les toilettes d'Amity une stricte robe en popeline bleue qui lui donnait exactement l'air de ce qu'elle était censée être — une jeune nurse effacée qui s'était endimanchée en l'honneur des Londoniens de naissance noble qu'elle allait rencontrer...

En souriant à cette idée, Frédérica inspira à fond et prit fermement la main de Christabel avant d'entrer.

Là, elle se figea, saisie par l'impression qu'au moins la

moitié de la ville se trouvait là ! Cependant, quand elle s'avança plus avant dans la salle avec Christabel, elle se rendit compte que les invités étaient en réalité une cinquantaine, qui riaient et parlaient tous avec animation. Tandis que Christabel exprimait joyeusement son enthousiasme, la jeune fille l'écoutait à peine, occupée qu'elle était à repérer lord Seabrooke dans la salle.

Depuis leur brève entrevue de l'après-midi, elle s'était demandé quelles incidences la fortune inespérée du comte risquait d'avoir sur leur mariage... Peut-être voudrait-il rompre leurs fiançailles maintenant qu'il n'avait plus besoin d'épouser une héritière ! Que ferait-elle s'il prenait cette décision ? Allait-elle retourner à Mapple Hill et se résigner à ne plus jamais revoir l'homme qu'elle aimait et respectait ? Plusieurs heures de réflexion n'avaient pas suffi pour que Frédérica puisse démêler l'écheveau de ses sentiments...

Tout en essayant de répondre au feu roulant des questions que lui posait Christabel, elle se fraya un chemin dans la foule rassemblée autour du buffet, et se dirigea vers le milieu de la salle, où il y avait relativement moins de monde.

C'est là que lord Seabrooke l'accosta.

— Ah ! mademoiselle Cherrystone ! Permettez-moi de vous présenter à mes amis. Vous vous rappelez sir Thomas, n'est-ce pas ?

D'un geste, il désigna le jeune homme, qui l'avait rejoint.

— Bien sûr, chuchota Frédérica en croisant furtivement le regard de son frère. Je suis enchantée de vous revoir, monsieur.

— Et voici lord Garvey et son épouse, lady Elizabeth.

Frédérica se tourna pour découvrir un séduisant gentleman blond d'une trentaine d'années, accompagnée d'une jeune femme aux yeux pétillants d'humour qui, visiblement, serait bientôt maman. Ils s'empressèrent de la saluer avec une sincère cordialité, sans paraître s'étonner que leur hôte introduise auprès d'eux une simple domestique.

Christabel gagna tout de suite l'affection de lady Elizabeth, qui décida de la présenter sans tarder aux autres invités. Lorsqu'elles revinrent, quelques minutes plus tard, Frédérica suggéra presque à regret au comte qu'il était temps de coucher la fillette.

— Lucy s'en occupera, décréta-t-il.

Sur quoi, il fit signe à Jeffries d'approcher, et lui ordonna d'appeler la femme de chambre. Le valet hocha la tête, puis s'en fut immédiatement exécuter les instructions qu'il avait reçues.

— J'aimerais que vous honoriez cette soirée de votre présence, Cherry, murmura lord Seabrooke. J'aimerais aussi que vous vous amusiez.

Comme il plongeait les yeux dans les siens, le cœur de la jeune fille se lança dans une farandole effrénée. Elle avala sa salive avec peine et, de nouveau, céda aux instances de son employeur.

— C'est entendu, monsieur le comte, acquiesça-t-elle.

Il lui apporta alors une coupe de champagne, et s'éclipsa quand elle commença à bavarder avec Rudolf, un peintre dont les tableaux à contre-courant du style romantique faisaient sensation.

A la vérité, Gavin ne prenait pas autant plaisir à sa réception qu'il l'avait espéré.

Non qu'elle fût ennuyeuse. Ses amis étaient tous en verve, les femmes rivalisaient d'élégance, et le champagne était d'un millésime exceptionnel... En réalité, il avait l'esprit ailleurs : il songeait à la conversation qu'il avait eue avec Me Kenwood, dans l'après-midi. Lorsque son notaire lui avait indiqué qu'il héritait d'une fortune considérable grâce aux investissements de sir Edmund, Gavin avait tout de suite résolu de rendre sa parole à sa fiancée. Dorénavant, Christabel et lui pourraient vivre sur un grand pied, sans que la dot de Mlle Frédérica Chesterton leur fût nécessaire...

Toutefois, il avait vite mesuré ce que cette idée avait d'égoïste et d'indigne d'un gentleman. Alors qu'il avait consenti à épouser la jeune fille pour son argent, il n'avait pas le droit de revenir sur sa promesse maintenant que sa fiancée avait la possibilité de faire un riche mariage, elle aussi ! Peut-être aurait-il pu se rétracter jusqu'ici en prétextant que l'alliance serait financièrement désavantageuse pour Frédérica. A présent, il n'avait plus ce recours.

En observant Cherry bavarder avec Rudolf, Gavin sentit soudain une sourde douleur lui étreindre la poitrine.

C'est cet instant que choisit sir William — fils du duc de Brenthavon et trublion notoire, dont les frasques défrayaient régulièrement la chronique — pour se manifester.

— Silence, mes amis ! s'exclama-t-il en levant son verre. J'aimerais porter un toast à notre hôte estimé et à son épouse... Gavin, si Mlle Chesterton est aussi belle qu'elle est riche, tu seras le plus heureux des hommes ! Et si c'est un laideron... eh bien, ne perds pas espoir : tu auras les moyens de courtiser de plus jolies demoiselles !

Cette brève allocution jeta un froid, la plupart des invités se rappelant — contrairement au jeune homme à demi ivre — que le frère de la demoiselle en question assistait à la soirée. Au bout d'un court moment de stupeur et d'embarras, lord Garvey s'avança au milieu de la pièce et s'éclaircit la voix.

— Je ne répéterai que le début du toast de William — à Gavin et à sa femme. Souhaitons-leur d'être très heureux ensemble !

Tout le monde but au bonheur des futurs époux, la maladresse de William fut vite oubliée, et l'on recommença aussitôt à bavarder et à rire.

Frédérica, quant à elle, n'entendit même pas l'intervention de lord Garvey. Les joues en feu, elle était clouée sur place. Quel embarras, pour elle, que d'avoir été ridiculisée devant toutes ces gens ! Elle éprouvait aussi une honte sans nom face à sa propre stupidité... Car tout lui semblait clair, maintenant !

Pourquoi Gavin renoncerait-il à leur mariage, puisqu'il pourrait continuer à batifoler avec ses maîtresses ? La jeune fille porta une main tremblante à son front lorsque sa rencontre avec Ariel Sheehan lui revint à la mémoire. Et il n'aurait même pas besoin de la fortune de son épouse pour entretenir ses bonnes amies ! songea-t-elle. Quel soulagement ce serait pour un homme aussi scrupuleux, aussi *honorable* que le comte de Seabrooke ! Dieu, qu'elle se détestait d'avoir été si naïve !

Glacée jusqu'aux os, Frédérica décida de s'isoler afin de faire le point. Elle quitta discrètement la salle et s'engagea dans l'escalier. Elle avait atteint le premier étage lorsqu'elle perçut tout à coup un bruit de pas derrière elle.

Se retournant, elle découvrit avec stupeur que lord Seabrooke l'avait suivie.

— Vous êtes partie précipitamment, remarqua-t-il en gravissant les dernières marches. J'espère que vous n'êtes pas souffrante.

Un long frisson parcourut Frédérica quand il la rejoignit.

— Je... je vais très bien, monsieur le comte. Mais je n'ai pas l'habitude de boire du champagne et de voir autant de monde.

— Je comprends. Je suis navré, Cherry... Je voulais simplement que vous puissiez vous amuser, car vous l'avez mérité.

Il esquissa un sourire.

— Cela me rappelle qu'il y a autre chose que vous méritez et que je tiens à vous donner, ajouta-t-il. Sans doute vous rappelez-vous que je vous avais promis une récompense, cet après-midi. La voici.

Il prit un rouleau de billets dans la poche de son habit de soirée et le tendit à Frédérica. La jeune fille l'accepta sans réfléchir avant d'écarquiller les yeux : cinquante livres !

— Oh ! non, monsieur le comte, je ne peux...

— S'il vous plaît, l'interrompit-il.

Il s'approcha et referma les doigts de la jeune fille sur le rouleau de billets, sans cesser de la dévisager.

— C'est une somme dérisoire si l'on considère ce que Christabel et moi vous devons. J'aurais sincèrement aimé vous offrir plus...

La souffle de Frédérica se bloqua lorsque le comte plongea les yeux dans les siens. Elle était profondément troublée par la chaleur et la force de ses longs doigts sur sa main.

Tout à coup, il resserra son étreinte et l'attira contre lui. Passant un bras autour de sa taille, il se pencha alors sur elle et s'empara de sa bouche pour le plus fougueux des baisers... Frédérica se surprit à arquer son corps contre le sien, poussée par une vague de désir dont la violence l'effraya.

De ses mains impatientes, sans cesser de l'embrasser, le comte lui effleura le dos, les hanches. Elle savait qu'elle aurait dû protester, mais ses caresses l'emportaient dans un tourbillon de sensations étourdissantes contre lequel elle ne pouvait rien... Son esprit n'avait plus aucune emprise sur son corps, qui obéissait désormais aux seules lois du plaisir.

Eperdue, Frédérica rejeta la tête en arrière, et laissa échapper une plainte sourde quand le comte fit pleuvoir des baisers le long de son cou. Bientôt, il déboutonna le col de sa robe en reprenant ses lèvres avec une exigence qui la laissa tremblante. Alors, doucement, il s'empara de ses seins, suivit leurs contours du bout des doigts, avant de tourmenter leurs pointes tendues.

A cet instant, Frédérica s'avisa enfin de leur indécence,

et fit un pas en arrière en rougissant de confusion. Après avoir tenté un instant de la retenir, le comte la libéra et détourna les yeux.

— Ecoutez, Cherry, je...

— Non, ne... ne dites rien, je vous en prie !

Elle trouva refuge dans des mots ordinaires et familiers.

— Retournez auprès de vos invités, qui doivent s'étonner de votre absence. Je vous remercie de m'avoir conviée.

Sur ces mots, Frédérica fit volte-face et monta les marches deux à deux, sans même lancer un regard derrière elle.

A bout de souffle, elle s'engouffra dans sa chambre, s'enferma à double tour, et s'appuya contre le battant de la porte. Comment avait-elle pu se laisser enivrer par les caresses et les baisers de lord Seabrooke ? En desserrant les doigts, elle s'aperçut qu'elle tenait encore les cinquante livres. La colère la fit soudain trembler.

C'est que les motivations du comte lui semblaient évidentes, à présent ! Il souhaitait qu'elle prenne la place d'Ariel Sheehan, qu'elle soit sa prochaine maîtresse, qui vivrait sous le même toit que lui — et que sa future épouse !

D'abord, Frédérica se crispa furieusement à l'idée qu'il ait l'intention de lui être infidèle. Et la seconde d'après, elle eut honte qu'il puisse la croire capable de commettre une telle indignité. En somme, Frédérica était jalouse de Cherry, qui était elle-même en passe de devenir une dangereuse rivale pour Frédérica... La situation était inextricable ! Jamais elle n'aurait pu prévoir que ses manigances déboucheraient sur un tel imbroglio !

Quoi qu'il en soit, elle ne pouvait pas rester ici... Lorsqu'il l'avait prise dans ses bras, elle avait révélé sans retenue aucune ses sentiments à lord Seabrooke ; maintenant, elle n'oserait plus lever les yeux sur lui. Elle devait partir ce soir même, résolut-elle, s'éloigner de lui et élaborer de nouveaux projets qu'elle soumettrait à Myrtle Milliken.

Quelque peu rassérénée par cette décision, Frédérica commença de préparer ses bagages. En un clin d'œil, elle eut rangé ses affaires dans la petite malle qu'elle avait apportée. Puis elle retira la robe en popeline bleue d'Amity et revêtit celle qu'elle portait à son arrivée à Seabrooke House — était-ce seulement deux semaines auparavant ?

Cela fait, elle rédigea une courte lettre expliquant son départ, et laissa le rouleau de billets dans le tiroir de la coiffeuse pour signifier au comte qu'elle rejetait son offre.

Elle pénétra ensuite dans la nursery à pas feutrés et contempla Christabel, qui dormait sereinement dans son lit. Un rayon de lune éclairait son visage délicat, ainsi que ses cheveux éparpillés en une pluie d'or sur l'oreiller. Frédérica se pencha pour l'embrasser et, le cœur serré à l'idée de la quitter, retourna sans bruit dans sa chambre. Alors, elle souleva sa malle et se glissa dans l'escalier en essayant de refouler les larmes qui voilaient ses yeux.

14.

Quoique sa soirée se fût terminée fort tard, Gavin s'éveilla dès la pointe du jour. Il se sentait remarquablement frais et reposé. Il se demanda d'abord pourquoi il éprouvait un tel bien-être. Puis, il se rappela ces instants magiques durant lesquels il avait embrassé Cherry... Il l'aimait ! A présent, il en était absolument convaincu. Et à en juger par la réponse fervente et passionnée de la jeune fille à son baiser, ce sentiment était réciproque.

La décision de Gavin était prise : c'était elle qu'il épouserait ! Jamais il ne pourrait trouver le bonheur auprès d'une autre femme. Il se rendrait donc chez Thomas Chesterton dans la matinée pour lui annoncer qu'il désirait rompre officiellement ses fiançailles avec Frédérica. Une fois ce problème résolu, il avouerait enfin son amour à Cherry.

Impatient de mettre ses projets à exécution, Gavin rejeta ses draps et sauta du lit. Il venait de finir de se raser quand Metzger fit son entrée, manifestement surpris de voir son maître déjà debout.

— Mme Abbott désire vous parler, monsieur le comte, lui apprit-il. Mais j'ignorais que vous étiez réveillé ; aussi lui ai-je dit que vous ne descendriez pas avant une ou deux heures.

— Merci, Metzger, répondit Gavin d'un ton enjoué. Demandez-lui de m'attendre dans la bibliothèque. J'arrive tout de suite.

Le valet s'en fut prévenir la vieille dame tandis que le comte, de son côté, achevait de s'habiller. Même le difficile nœud de cravate en cascade ne lui posa aucun problème, ce jour-là !

Quelques instants plus tard, il sortit de sa chambre, dévala les marches de l'escalier et entra dans la bibliothèque en chantonnant tout bas. Mais sa bonne humeur s'envola quand il découvrit l'expression catastrophée de son intendante.

— Que se passe-t-il, madame Abbott ?

— Oh ! Cherry a disparu, monsieur le comte ! Elle s'en est allée cette nuit, et a emporté toutes ses affaires. Elle n'a laissé que cette lettre, ajouta-t-elle en tendant la feuille de papier à Gavin.

Eberlué par la nouvelle, il s'empara machinalement du message, avant de le parcourir. La jeune fille s'excusait de partir sans en aviser personne, et le priait de transmettre son affection à Christabel.

Il comprit aussitôt pourquoi elle avait jugé préférable de quitter Seabrooke House. Elle savait qu'il était supposé se marier dans quelques semaines. Fort respectueuse des convenances, elle avait dû estimer que la meilleure solution était qu'elle s'en aille, avant qu'ils ne s'engagent sur une voie qu'ils regretteraient peut-être d'avoir empruntée par la suite... Mais au diable ses principes ridicules ! songea Gavin en serrant les poings. Il voulait — et il avait besoin — que Cherry revienne !

— Que dois-je dire à Mlle Christabel pour la consoler ? s'enquit Mme Abbott. Le départ de sa nurse l'a bouleversée.

Gavin lui étreignit doucement l'épaule.

— Vous pouvez la rassurer... Mlle Cherrystone m'a expliqué hier qu'elle avait une amie, près de Londres. Et sans doute a-t-elle trouvé refuge chez cette dame. Je vais la retrouver !

La tâche fut cependant moins aisée que Gavin le supposait...

Il espérait que les références de la jeune fille n'étaient pas toutes fausses et qu'un domestique, dans les maisons où elle était censée avoir travaillé, pourrait lui communiquer l'adresse de ses parents ou bien celle de son amie. Or, tel ne fut pas le cas. Personne, parmi les majordomes, les femmes de chambre et autres dames de compagnie que Jeffries alla interroger pour lui, ne connaissait Cherry.

Quand son valet lui apporta une cinquième réponse négative, en fin d'après-midi, Gavin frappa du poing sur son bureau.

— Bon sang, elle a bien été employée quelque part avant d'entrer à Seabrooke House ! En définitive, la seule piste sérieuse dont nous disposons est cette personne chez laquelle elle se rendait lors de sa demi-journée de congé. Cherry ne vous a jamais parlé d'elle ?

Jeffries ne fut pas en mesure de le renseigner. Aussi, le comte alla-t-il questionner lui-même Samuel, à l'écurie. Mais son cocher lui indiqua que la nurse ne faisait pas appel à ses services quand elle sortait : elle prenait toujours un fiacre.

En refusant obstinément de céder au découragement, Gavin regagna la demeure au pas de course et monta au troisième étage. Peut-être découvrirait-il quelque indice dans la chambre de Cherry...

Il sentit sa gorge se nouer lorsqu'il vit, soigneusement pliée sur le lit, la robe qu'elle portait à la soirée... Mais il se ressaisit très vite et entreprit d'inspecter la pièce. La commode et l'armoire en chêne étaient vides, constata-t-il. S'approchant de la coiffeuse, il ouvrit le tiroir et aperçut alors le rouleau de billets qu'il avait donné à Cherry, la veille au soir. Il se figea, le cœur battant à se rompre. Qu'était-elle allée penser lorsqu'il l'avait embrassée et caressée juste après lui avoir glissé cet argent dans la main ?

Quand Gavin entrevit à quelle conclusion elle avait dû aboutir, il ferma les yeux en se reprochant son manque de délicatesse et de discernement.

Grand Dieu, comment avait-il pu être aussi stupide ?

Le léger bruit qu'il distingua alors derrière lui l'arracha à ses réflexions. Il se tourna et vit Christabel dans l'embrasure de la porte de communication, son petit visage empreint de gravité.

— Cherry me manque, oncle Gavin. Où est-elle ?

Il s'agenouilla pour la prendre dans ses bras.

— Je l'ignore, mon rayon de soleil.

— Peut-être s'agissait-il d'une bonne fée, chuchota Christabel en se blottissant plus près de son oncle. Elle a pensé que nous n'avions plus besoin d'elle et est allée aider d'autres personnes...

Gavin caressa les boucles blondes de sa nièce.

— Oui, peut-être... Mais n'aie aucune crainte : bonne fée ou pas, je te promets qu'elle reviendra bientôt vivre avec nous.

Quand Frédérica quitta Seabrooke House, inquiète de s'aventurer seule, et si tard, dans les rues de Londres, elle appela un fiacre et se rendit chez son frère, dans Marshall Street. Thomas, qui rentrait seulement, montait les marches du porche d'entrée lorsque la voiture de la jeune fille s'arrêta devant l'élégante maison de style Regency.

Elle se pencha par la portière pour l'appeler.

— Thomas ! Peux-tu m'aider, s'il te plaît ?

Il fit volte-face et écarquilla les yeux.

— Freddie ? Que diantre fais-tu...

— Je t'expliquerai plus tard ! coupa-t-elle avec impatience. J'ai besoin de toi pour porter ma malle. Elle est très lourde.

Une fois qu'ils eurent réglé la course au cocher, ils montèrent au troisième étage pour gagner le petit pied-à-terre de Thomas. Là, ils posèrent la malle dans la chambre, puis passèrent dans le salon.

— Puis-je savoir pourquoi tu es venue chez moi en

pleine nuit ? demanda le jeune homme en prenant place sur le canapé. J'espère que Seabrooke ne t'a pas manqué de respect ? Autrement, je me verrais contraint d'exiger immédiatement réparation...

Thomas la taquinait, mais la lueur dangereuse qui vacillait dans ses yeux n'échappa pas à l'attention de Frédérica. Soudain effrayée à l'idée qu'il se batte en duel contre Gavin, elle tressaillit, et décida qu'il valait mieux lui cacher la vérité.

— Rien de tout cela, affirma-t-elle. En fait, ce soir, pendant la réception, je me suis avisée des risques que je prenais. Et j'ai préféré m'en aller avant que mon stratagème ne se retourne contre moi... J'ai surtout eu peur que certaines des personnes que le comte m'a présentées me reconnaissent lorsque je ferai mon entrée dans la société.

L'explication parut convaincre Thomas.

— Il était temps, en effet, que tu quittes Seabrooke House... Tu peux coucher dans ma chambre cette nuit, enchaîna-t-il. Je dormirai sur le divan. Demain, on doit me remettre les clés de la maison que j'ai louée à Audley Square. Je crois qu'elle devrait te plaire.

— Il me tarde déjà de la voir ! s'exclama Frédérica en affectant l'enthousiasme. Je vais vite écrire à Myrtle pour lui demander de nous rejoindre. Elle sera enchantée d'être mon chaperon, car elle m'a toujours encouragée à faire ma saison à Londres.

Thomas la dévisagea en plissant les paupières.

— J'espère que Mlle Milliken ne te laissera pas agir à ta guise, cette fois. Ne va pas encore nous mêler à une histoire qui risque de porter préjudice à notre famille !

— Non, c'est promis, assura Frédérica.

Thomas lui adressa un coup d'œil dubitatif, puis se leva pour aller chercher une couverture dans l'armoire.

⁂

Le lendemain, Frédérica se leva vers 9 heures et s'aperçut que son frère dormait encore à poings fermés. Plutôt que de le réveiller, elle regagna la chambre pour se préparer.

Comme elle étudiait son reflet dans le petit miroir accroché au-dessus de la cuvette en porcelaine, elle redressa machinalement sa perruque que, par fatigue et par habitude, elle avait portée durant la nuit. Elle s'immobilisa alors en fronçant les sourcils.

Mlle Cherrystone n'existait plus ! se rappela-t-elle. Dorénavant, elle devait redevenir Frédérica Chesterton.

Elle retira donc sa perruque et la rangea presque à contrecœur dans la malle, avec ses lunettes. Cherry allait lui manquer... Ses yeux s'embuèrent quand elle songea à la nursery, à Christabel et à Gavin. Mais, très vite, elle refoula ses larmes et serra les dents avec obstination. Cette phase de sa vie était révolue. Elle devait penser à l'avenir !

Sa résolution prise, Frédérica se passa de l'eau sur le visage pour effacer ses fausses taches de rousseur et brossa ses boucles de feu. Plus tard dans la journée, sa femme de chambre lui apporterait ses effets à Audley Square. D'ici là, elle n'avait d'autre choix que d'arborer une des strictes robes de Cherry.

Tout en s'habillant, la jeune fille songea aux événements survenus la nuit dernière. Dans la lueur grise du matin, elle pouvait les considérer avec plus de détachement... Le souvenir du baiser et des caresses de lord Seabrooke éveillaient toujours en elle un délicieux émoi, découvrit-elle. Fermement, elle chassa ces réminiscences importunes de son esprit et concentra son attention sur les raisons qui avaient poussé le comte à l'embrasser.

Peut-être tenait-il à elle... Elle aurait voulu le croire de toutes ses forces et de toute son âme, mais était-ce réellement le cas ? L'avait-il caressée et embrassée avec cette fougue parce qu'il l'aimait ?

Probablement pas, hélas. Comment croire un instant

que le si séduisant comte ait pu s'éprendre de la banale Cherry, qui n'avait ni charme ni grâce? Sans doute ne lui inspirait-elle que du désir; et sans doute ne voyait-il en elle qu'une possible maîtresse.

Tout à ses réflexions, Frédérica replaça une mèche derrière son oreille. Elle était tombée éperdument amoureuse du comte... Sur cela, il n'y avait pas à revenir. Mais pouvait-elle épouser un homme qui ne partageait pas ses sentiments? Serait-elle capable de tolérer ses aventures extra-conjugales, qui constitueraient pour lui une agréable diversion à un mariage dont il n'avait cure? Bien sûr que non! Cela tombait sous le sens...

Une fois qu'elle eut boutonné sa robe, Frédérica se tourna vers le miroir pour scruter son visage d'un œil critique. En se voyant, comme pour la première fois, sans ses grosses lunettes démodées et sa vilaine perruque, elle s'aperçut avec une certaine satisfaction qu'elle était tout à fait ravissante... Peut-être Mlle Cherrystone n'avait-elle pas pu conquérir le cœur de son élu. Mais il y avait de fortes chances que Mlle Chesterton réussisse là où son double avait échoué!

Cela valait en tout cas la peine d'essayer...

Lorsque Thomas s'éveilla enfin, vers 11 heures, Frédérica avait rangé l'appartement et soigneusement empaqueté les affaires de son frère. Elle était prête à partir et à passer à l'action.

Le reste de la journée fut consacré à leur emménagement à Audley Square. Frédérica eut fort à faire : elle écrivit nombre de lettres, commença à engager des domestiques, et régla quantité de problèmes occasionnés par leur installation dans la demeure où Thomas et elle séjourneraient jusqu'à la fin de la saison. Son sens de l'organisation et ses talents de gestionnaire permirent à la jeune fille de s'acquitter de ses tâches avec aisance et efficacité.

Myrtle, qui était partie sitôt après avoir reçu le message

de Frédérica, arriva en début d'après-midi. Elle s'en fut se rafraîchir dans sa chambre, attenante à celle de sa jeune amie, puis descendit l'aider.

Alors qu'elles travaillaient, installées côte à côte à la grande table de la salle à manger, la gouvernante adressa maintes fois des regards interrogateurs en direction de sa protégée. Toutefois, leur conversation se limita à des questions d'ordre pratique — le nombre de serviteurs qu'il fallait recruter, ou bien le nouvel agencement du mobilier.

Ce fut seulement quand elles s'accordèrent une pause, pour le thé, qu'elles abordèrent le sujet qui les préoccupait.

— Eh bien, Frédérica, demanda Myrtle, dois-je comprendre que vous avez enfin dit la vérité au comte?

— Pas... pas précisément. Mais je me suis rendu compte que je ne pouvais pas rester plus longtemps à Seabrooke House.

Myrtle l'examina d'un air entendu.

— Vous êtes amoureuse de cet homme, n'est-ce pas?

En redressant la tête, Frédérica découvrit une sincère inquiétude sur les traits de sa précieuse confidente. Elle sentit alors des larmes lui brûler les yeux.

— Oui, Myrtle, je l'aime! avoua-t-elle.

Avec un profond soulagement, elle s'ouvrit à Myrtle, elle lui confia ses tourments, ses inquiétudes et ses soupçons... Les seuls détails qu'elle préféra passer sous silence furent les instants de passion fulgurants de la nuit précédente — trop intimes et trop précieux pour qu'elle en fasse part à son amie.

— Oh! Myrtle, comment pourrais-je l'épouser s'il n'éprouve pas la moindre tendresse à mon endroit? s'exclama-t-elle à la fin. C'est pour cette raison que j'ai décidé de tenter — moi, Frédérica — de le séduire.

Continuant sur sa lancée, elle exposa rapidement ses projets pour les semaines à venir. Myrtle l'écouta en silence, et attendit qu'elle ait conclu son récit pour lui demander :

— En somme, vous avez l'intention de cacher au comte que Cherry et vous ne faites qu'une seule et même personne ?

— Pour l'instant, oui. Si je déguise ma voix et si je garde les yeux baissés, peut-être ne me reconnaîtra-t-il pas...

Myrtle sirota une gorgée de thé, puis posa sa tasse.

— Le mensonge est peut-être une excellente tactique en temps de guerre, mon enfant. Mais il n'a pas sa place en amour. L'honnêteté est, dans les affaires de cœur, la meilleure politique.

— Si je m'aperçois que lord Seabrooke s'est épris de moi, je te promets d'être honnête avec lui, assura Frédérica. En attendant, je suis résolue à employer tous les moyens pour faire sa conquête... En amour comme en guerre, toutes les stratégies sont permises si l'on veut remporter la bataille.

15.

Le lendemain, chaperonnée par une Myrtle toujours aussi dubitative, Frédérica passa à l'étape suivante de son plan.

Elles se rendirent chez les modistes et les couturières les plus renommées de Mayfair pour commander robes, chapeaux, tenues d'équitation, et tous les accessoires qu'une jeune citadine chic se devait de posséder. Frédérica avait en effet décidé de renouveler entièrement sa garde-robe, tout ce qu'elle avait à sa disposition étant déjà démodé à Londres.

Une fois ses achats effectués, elle se fit coiffer dans le salon de la fameuse Mme Janine, où se bousculaient toutes les hôtesses en vue, et s'attacha les services d'une de ses employées, qui viendrait arranger sa chevelure tous les matins à Audley Square. Elle engagea aussi un maître de ballet pour perfectionner sa technique dans des danses qu'elle connaissait peu, comme la valse et le quadrille.

Elles rentrèrent en milieu d'après-midi et commencèrent à faire des projets pour le bal que Frédérica donnerait sous trois semaines. Dans les magasins de Mayfair, elle avait rencontré plusieurs dames très influentes de la meilleure société, qui avaient toutes promis de l'inviter à leurs futures réceptions. Certaines, parmi les plus âgées, avaient chaleureusement embrassé Myrtle, bavardant avec elle comme des amies intimes qui ne se seraient pas vues depuis des années... Frédérica s'en était étonnée, mais sa compagne avait obstinément refusé de lui fournir la moindre explication.

— Demain, nous rendrons visite aux dames que nous avons croisées ce matin, déclara Myrtle alors qu'elles examinaient la salle de bal de la demeure. La duchesse de Ravenham et lady Humphries m'ont confié qu'elles étaient impatientes de faire plus ample connaissance avec vous. Chez elles, on vous présentera sûrement à d'autres personnes; et si vous remportez le succès que vous méritez, chose dont je ne doute point, vous croulerez bientôt sous les invitations !

Puis Myrtle s'avança jusqu'au milieu de la salle.

— Nous disposerons les tables du buffet, ici, murmura-t-elle pensivement, et l'orchestre pourra s'installer là, près des fenêtres... Vous savez, ma chère Frédérica, je crois que le Tout-Londres se pressera à votre bal ! J'ai pris la précaution d'indiquer à lady Humphries la date à laquelle il aura lieu, et elle a pu m'assurer qu'il n'y avait pas d'autres festivités importantes ce soir-là — comme le grand bal qui se tiendra chez elle, jeudi... Ce sera à n'en point douter l'un des événements de la saison ! Bien sûr, elle vous a invitée.

— Où as-tu rencontré lady Humphries ? demanda Frédérica. J'ai eu l'impression que vous étiez d'excellentes amies, n'est-ce pas ?

— Eh bien, nous avons fréquenté jadis le même pensionnat. C'est également là que j'ai connu Sophie, qui est maintenant la duchesse de Ravenham — mais pas en tant que camarade de classe, cette fois. J'étais à l'époque son professeur de littérature.

— Quel pensionnat était-ce ?

— Saint Waltham's College, dans le Hertfordshire.

Frédérica demeura un instant sans voix. Il s'agissait d'une des écoles les plus prestigieuses — et les plus chères — du pays ! Jamais elle n'aurait imaginé que Myrtle avait suivi des études, et enseigné, dans un établissement aussi réputé ! En espérant que son amie lui livrerait d'autres confidences concernant son passé, elle murmura :

— Je croyais que tes parents étaient de condition sociale très modeste. Or, ce pensionnat est l'un des...

— Mon oncle a eu la gentillesse de financer mon éducation, coupa Myrtle d'un ton sec. Au fait, Frédérica, la couturière vous a-t-elle dit quand votre robe de bal serait prête ?

La jeune fille comprit qu'il était vain d'insister et que Myrtle risquait de se formaliser de son indiscrétion. Avec un soupir, elle consentit à parler des vêtements qu'elle avait choisis, ce matin...

Gavin laissa échapper un juron. Après trois journées de laborieuses recherches, il n'était toujours pas parvenu à retrouver la trace de Cherry.

— Etes-vous certain qu'aucun de vos collègues ne vous a parlé de cette demoiselle ? Elle a pris un fiacre dans Upper Brooke Street et s'est vraisemblablement rendue dans les environs de Londres.

De nouveau, le cocher secoua la tête.

— Désolé, m'sieur. Je prête rarement attention à mes passagers, sauf à ceux qui sortent de l'ordinaire — comme ce drôle de diable que j'ai déposé l'aut'jour chez la marquise de Rochester. Fardé comme une femme, et vêtu d'un habit de soie avec des rubans et de la dentelle ! Je crois que j'me l'rappellerai jusqu'à mon dernier souffle. Mais nous avons tous comme ça des clients étranges... Le vieux Joe, lui, il m'a raconté qu'une dame avait insisté pour monter dans son fiacre avec un paon en cage ! A-t-on idée, m'sieur ?

Un paon ? Gavin leva brusquement les yeux.

— Où puis-je trouver le vieux Joe ?

L'homme lança en l'air la guinée que le comte lui avait donnée, afin de lui délier la langue, et la rattrapa adroitement.

— Essayez du côté du quartier des affaires — Threadneedle Street et les alentours. Il conduit un fiacre bleu qui appartenait naguère au baron de Liney. Du moins est-ce ce qu'il prétend.

Gavin le salua et se dirigea vers son phaéton.

— Merci, m'sieur ! s'exclama le cocher. Et si vous avez besoin d'autres renseignements, n'hésitez pas à revenir voir Chalkie !

Sans perdre une seconde, le comte se rendit dans la City. Là, il n'eut aucune difficulté à repérer le fiacre de Joe, devant Mansion House. Il descendit prestement de sa voiture, rejoignit le vieil homme et prit place à côté de lui, sur la banquette.

— Votre amie Chalkie dit que vous avez transporté récemment une dame avec un paon en cage, déclara-t-il. Est-ce exact ?

Joe fronça les sourcils d'un air méfiant. Mais quand Gavin sortit une guinée de sa poche, un sourire éclaira aussitôt le visage sale et ridé du cocher.

— Chalkie vous a pas menti, m'sieur, acquiesça-t-il.

— Si vous m'emmenez à l'endroit où vous avez chargé la jeune fille en question, cette pièce et sa jumelle seront à vous.

— Tout de suite, m'sieur !

Le vieux Joe fouetta ses deux chevaux et les lança à bride abattue dans Saint Swithin's Lane. Ils sortirent de la ville, suivis par Samuel qui conduisait le phaéton, et s'arrêtèrent une dizaine de minutes plus tard devant un élégant cottage.

— Voilà, m'sieur. C'est ici.

Gavin bondit à terre, et étudia la demeure dont les murs de brique avaient pris avec le temps une patine d'un gris très doux.

— Je vous remercie, Joe, murmura-t-il en lui remettant les guinées promises. Vous pouvez repartir.

Le cocher se hâta d'empocher les pièces, pour ensuite faire demi-tour.

Gavin, lui, s'engagea dans l'allée du petit cottage. Enfin, il touchait au but! songea-t-il en frappant à la porte. Un vieil homme voûté, au front couronné de cheveux blancs, vint peu après lui ouvrir.

— Ah! c'est toi, Kenneth! s'exclama-t-il. Nous t'attendions!

— Heu... bonjour, monsieur, bredouilla Gavin, quelque peu stupéfait. Je voulais simplement savoir si une certaine Mlle...

Sur ces entrefaites, une jeune domestique aux joues vermeilles parut et posa la main sur le bras du vieillard.

— Retournez vous asseoir et finissez de déjeuner, suggéra-t-elle. Ne faites pas attention, ajouta-t-elle à mi-voix, à l'intention de Gavin. M. Jonathan n'a plus toute sa tête. Je suppose que vous désirez laisser un message pour Mlle Myrtle, n'est-ce pas?

Le cœur de Gavin se mit à battre à grands coups sourds. Myrtle était sans aucun doute le vrai prénom de Cherry!

— Dois-je comprendre qu'elle n'est pas là? s'enquit-il.

— Non. Et elle ne reviendra pas avant plusieurs semaines.

L'espoir que Gavin avait conçu se désagrégea soudain. Mais tout n'était pas perdu : la bonne serait sans aucun doute en mesure de lui indiquer où trouver Cherry! Avant toute chose, cependant, il devait s'assurer qu'ils parlaient bien de la même personne.

— Mlle Myrtle a une vingtaine d'années, n'est-ce pas? Elle est brune, plutôt petite, menue, et elle a les yeux verts?

— Elle est plus agée, monsieur. Et ses yeux sont bleus.

— N'y a-t-il personne d'autre dans la maison qui corresponde à cette description? Une domestique, peut-être?

La domestique secoua la tête en signe de dénégation.

— Je suis la seule employée, ici. Avec Jeremy, le valet. Si vous souhaitez l'interroger, je peux l'appeler tout de suite.

— Non, merci, ce ne sera pas nécessaire. Pardonnez-moi de vous avoir dérangée. Apparemment, je me suis trompé d'adresse...

Sur le chemin du retour, installé à l'arrière du phaéton, Gavin observa pensivement défiler le paysage. Cherry était venue dans ce cottage : il lui semblait peu probable que deux jeunes filles aient transporté un paon en fiacre au cours de la semaine précédente! Mais où avait-elle pu se réfugier, maintenant? A l'idée de la savoir seule à Londres, Gavin était inquiet. D'autant qu'elle était sans argent! Elle n'avait pas encore perçu ses gages de la semaine quand elle s'était enfuie.

Une fois rentré chez lui, il se dirigea vers la bibliothèque et s'assit à son bureau pour examiner le courrier dont il n'avait pas eu le loisir de prendre connaissance ce matin-là. Outre une lettre de son régisseur et une invitation chez lady Humphries, il trouva un message de Thomas Chesterton. Toujours plongé dans ses pensées, il le décacheta et fronça les sourcils en parcourant son contenu.

— Il ne manquait plus que cela! s'emporta-t-il.

Mlle Frédérica Chesterton avait décidé d'avancer son arrivée à Londres et attendait sa visite dans sa maison d'Audley Square!

16.

Le bal de lady Humphries constituerait la première apparition de Frédérica dans la haute société. Mais ce n'était pas seulement pour cette raison qu'elle était sur des charbons ardents — ni parce que le prince régent honorerait la soirée de sa présence. En fait, ce grand bal auquel avaient été conviées toutes les personnalités les plus brillantes et les plus distinguées de Londres, marquerait sa première rencontre officielle avec lord Seabrooke...

La veille, Frédérica avait suggéré à son frère d'écrire à Gavin pour lui signaler qu'elle était en ville. Elle avait appréhendé et espéré tout à la fois de recevoir sa visite dans la journée. Or, il ne s'était pas donné la peine de se déplacer. Il lui avait fait porter un billet bref et formel, en fin de journée, indiquant qu'il ne pouvait venir et qu'ils se verraient chez lady Humphries.

La gorge serrée, la jeune fille examina une dernière fois son reflet dans la psyché. Ses boucles rousses étaient réunies en un ravissant chignon orné de fleurs roses. Sa robe de mousseline blanche, d'une élégante simplicité, était garnie de rubans de soie verte qui mettaient ses yeux en valeur. Non qu'elle souhaitât que lord Seabrooke les remarque. Bien au contraire ! Mais savoir que sa toilette l'avantageait l'aidait, d'une certaine façon, à se sentir plus sûre d'elle et à surmonter son inquiétude.

— Etes-vous prête? lui demanda impatiemment Myrtle depuis le couloir. Il ne serait pas convenable d'arriver après le prince.

— J'arrive tout de suite, Myrtle!

Frédérica posa sur ses épaules une étole de fine dentelle et se saisit de son éventail de soie blanche et verte. Puis, elle leva fièrement la tête en essayant d'ignorer la peur qui l'habitait et sortit rejoindre son frère et sa gouvernante.

Gavin s'immobilisa un instant en haut de l'escalier qui menait à la salle de bal de lady Humphries. En étudiant la foule devant lui, il se demanda distraitement si Mlle Chesterton se trouvait déjà là.

Il savait qu'il aurait dû passer la voir, à Audley Square, pour lui annoncer qu'il n'avait plus l'intention de l'épouser. Mais il avait été incapable de s'y résoudre. Quel prétexte pouvait-il lui fournir? Qu'il en aimait une autre, laquelle semblait d'ailleurs avoir disparu de la surface de la terre? C'était un bien piètre argument!

En inspirant trois fois à fond, comme il avait souvent vu Cherry le faire dans les moments difficiles, il descendit lentement les marches. Il venait de se mêler aux invités quand il aperçut soudain sir Thomas qui baisait la main de lady Humphries. A côté de lui, se tenaient une dame élégamment vêtue — sans doute le chaperon de Mlle Chesterton — et... Mlle Chesterton elle-même. Avec une certaine surprise, il constata qu'elle était ravissante. Il ne pouvait voir ses yeux, car elle fixait timidement le bout de ses escarpins en satin blanc. Mais elle avait un teint délicat et des cheveux d'un roux superbe. Non, sa future épouse n'était pas un laideron!

Néanmoins, ce fut à contrecœur qu'il s'avança vers les Chesterton. Après tout, peu lui importait que Frédérica fût une jeune fille séduisante et gracieuse. Elle n'était pas Cherry...

Il salua à son tour leur souriante hôtesse avant d'effleurer du bout des lèvres la main fine et blanche de sa fiancée.

— Je suis enchanté de vous rencontrer, mademoiselle. Me ferez-vous l'honneur de m'accorder la première danse ?

— Volontiers, monsieur le comte.

La voix de Frédérica Chesterton s'était à peine hissée au seuil de l'audible. Selon toute évidence, il l'intimidait ! conclut Gavin. Quel contraste avec la directe Cherry, qui n'hésitait jamais à lui dire ce qu'elle pensait en le regardant droit dans les yeux...

Il eût volontiers tourné les talons, mais prendre déjà congé de la jeune fille était déplacé.

— Permettez-moi de vous présenter à mes relations, proposa-t-il.

Lui offrant le bras, il se força à sourire. De son côté, sans lever la tête, elle l'accompagna docilement parmi la foule.

Gavin l'introduisit auprès de deux des ducs royaux et de quelques-uns de ses amis. Le prince ne s'était pas encore joint aux invités de lady Humphries, mais l'on chuchotait qu'il ne tarderait plus.

Chaque fois que Gavin lançait un coup d'œil à sa fiancée, elle détournait rapidement la tête. Il la sentit même frémir lorsqu'ils s'approchèrent des Garvey, et que la pétulante Elizabeth, très en beauté, remarqua qu'elle avait l'impression de la connaître.

— V... vous devez certainement faire erreur, milady, balbutia Mlle Chesterton. Je ne me rappelle pas, quant à moi, vous avoir déjà vue.

La tâche risquait de se révéler plus délicate que Gavin n'avait pensé ! Comment pouvait-il en effet rompre avec cette jeune fille craintive, tremblante, et fragile comme une violette, sans passer pour la brute la plus odieuse du pays ? Même Cherry — et surtout Cherry ! — ne lui pardonnerait jamais une telle goujaterie.

A son grand soulagement, il entendit alors que l'orchestre commençait à jouer un menuet. Il était resté plus d'une demi-heure en compagnie de Mlle Chesterton et, après cette danse, il pourrait enfin la laisser seule, sans que personne ne s'en offusque.

Ils prirent leurs places en silence et exécutèrent les premières figures. Gavin fut bientôt étonné de voir que sa cavalière esquissait ses pas sans la moindre hésitation et que les révérences pleines de grâce qu'elle effectuait ne laissaient pas transparaître son apparente nervosité. Qu'elle ait pu apprendre à danser avec une telle élégance dans sa paroisse campagnarde avait de quoi étonner !

Quand ils s'avancèrent l'un vers l'autre, un instant plus tard, et qu'elle pivota sur elle-même, elle lui adressa un rapide regard. Gavin tressaillit en entrevoyant ses superbes yeux émeraude et fut soudain assailli par le souvenir de Cherry. Mais il se reprit très vite et réprima la fugace bouffée d'émotion qui l'avait envahi. Il avait la sensation de voir la nurse partout, depuis quelques jours — à chaque coin de rue, dans chaque endroit où il se rendait... Et voilà qu'il lui trouvait maintenant une certaine ressemblance avec Frédérica Chesterton ! C'était absurde !

Lorsque le menuet s'acheva, il confia la jeune fille aux soins de son chaperon, lui promit de revenir pour la dernière danse, avant le dîner, et se retira précipitamment.

Frédérica, de son côté, l'observa s'éloigner en frissonnant.

Il s'en était fallu de peu ! Elle avait vu la stupeur s'afficher sur le visage de Gavin quand elle avait levé involontairement les yeux sur lui. Elle devait prendre garde à ne plus croiser son regard jusqu'à la fin de la soirée — sinon, il allait la reconnaître.

En l'observant à la dérobée, la jeune fille avait décelé en lui des changements pour le moins préoccupants. En moins d'une semaine, il avait perdu ce panache, cette vitalité et cet appétit de la vie qui l'avaient toujours séduite. Pour une raison qu'elle ne s'expliquait pas, Frédérica avait remarqué ce dont personne d'autre ne s'était rendu compte : lord Seabrooke était profondément malheureux.

Tandis qu'elle dansait un quadrille avec un certain M. Gershom, elle se demanda si la peine qu'elle percevait en Gavin n'était pas imputable à leurs fiançailles. Cette hypothèse lui parut cependant peu probable. La dernière fois qu'ils avaient parlé de son mariage, il avait semblé résigné, et parfaitement disposé à s'en accommoder. Or, ce soir, il avait l'air d'un homme au cœur brisé...

Frédérica se figea tout à coup, et faillit oublier un pas. Etait-il possible que lord Seabrooke soit réellement épris de Mlle Cherrystone, et qu'il souffre de son départ ? Une vague d'intense satisfaction la submergea... qui se brisa bientôt. L'idée que le comte puisse éprouver cette douleur sourde et insidieuse qu'elle-même ressentait depuis leur séparation la mettait mal à l'aise.

Perdue dans ses pensées, elle salua distraitement M. Gershom et sourit à son nouveau cavalier quand une gigue succéda au quadrille. Que devait-elle faire, à présent ? Et comment pouvait-elle s'assurer qu'elle ne se méprenait pas sur les sentiments de Gavin ?

Elle dansa pendant presque deux heures, jetant de temps à autre un coup d'œil vers lord Seabrooke. Puis, elle s'en fut s'asseoir quelques instants près de Myrtle ; elle demanda à Thomas, qui se trouvait là, de lui apporter une citronnade.

— Quel succès, ma chérie ! s'exclama Myrtle. Je suis fière de vous ! Lady Humphries me confiait tout à l'heure que votre carnet de bal était déjà rempli avant le premier menuet.

— Oui, répondit distraitement Frédérica en observant l'élégant gentleman qui tenait compagnie à Myrtle. Mais le comte, lui, s'est seulement inscrit pour deux danses.

Sa voisine lui tapota la main.

— Ne vous découragez pas. Tout va s'arranger... Laissez-moi vous présenter M. Charles Westlake, ajouta-t-elle en ébauchant un timide sourire. Je l'ai connu voilà plus de vingt ans, et nous nous sommes retrouvés ce soir. Le hasard fait parfois bien les choses!

Frédérica salua M. Westlake d'un signe de tête.

— J'ai eu le privilège de rencontrer Myrtle lors de son entrée dans la société, lui expliqua-t-il. Elle était sans conteste le diamant le plus resplendissant de la saison et éclipsait toutes les autres débutantes par sa beauté, son humour et sa vivacité d'esprit. Mais elle a disparu du jour au lendemain avant que moi, ou l'un de mes nombreux rivaux, ayons pu la placer dans l'écrin qu'elle méritait. Je suis enchanté d'avoir enfin l'occasion de la revoir.

A la surprise de Frédérica, Myrtle s'empourpra.

— Oh! vous me gênez, mon cher Charles. Votre mémoire vous joue certainement des tours. Je n'avais rien d'exceptionnel.

M. Westlake commença à protester, mais il fut interrompu par Thomas, qui arriva avec la citronnade de sa sœur.

— Tu devrais te hâter de la boire, Freddie, conseilla-t-il en lui tendant le verre. Le comte ne va pas tarder à revenir.

La jeune fille lui obéit en se rappelant qu'elle avait en effet promis la prochaine danse, qui précéderait le dîner, à son fiancé. Peut-être aurait-elle mieux fait de demander une coupe de champagne au lieu d'un jus de fruits! songea-t-elle. Cela lui aurait donné du courage...

Quelques minutes plus tard, lord Seabrooke la rejoignit et lui offrit le bras sans proférer un mot. Quand l'orchestre entama les premières notes d'une valse, il s'empara de la taille de Frédérica, prit sa main et l'entraîna dans le tourbillon de la danse.

— Thomas m'a dit que vous vous étiez illustré dans la péninsule ibérique, chuchota-t-elle, et que vous avez combattu l'ennemi avec une ténacité qui n'a eu d'égale que votre bravoure.

Lord Seabrooke lui décocha un coup d'œil glacial.

— Je n'ai fait que mon devoir patriotique.

Déconcertée par tant de froideur, Frédérica tenta une autre approche.

— Je... j'aurais été terrorisée si les Français m'avaient prise pour cible ! Ce doit être une redoutable expérience, n'est-ce pas ?

Tout en parlant, elle battit ingénument les cils ainsi qu'elle avait vu nombre de jeunes filles le faire, ce soir. Ce fut en pure perte puisque, cette fois, Gavin ne lui fit même pas l'aumône d'un regard ! Il n'avait apparemment cure des compliments et de la flatterie. Peut-être une autre tactique serait-elle plus efficace, décida Frédérica.

— Qu'avez-vous pensé de la campagne du général Wellington ?

Entre l'influence de Myrtle et la passion de son frère pour les récentes batailles livrées par l'Angleterre, elle aurait pu bavarder des heures durant de stratégie militaire. Mais Gavin ne lui donna pas la possibilité de mettre ses connaissances en valeur.

— Elle a porté ses fruits, marmonna-t-il d'un ton sec.

Piquée au vif, Frédérica se força au calme. Comment pouvait-elle espérer le charmer — ou découvrir quels étaient ses sentiments pour Cherry — s'il refusait de bavarder ? Elle lui adressa furtivement un coup d'œil et fut frappée par le désespoir qu'on pouvait lire sur son visage. En était-elle la cause ?

L'idée la plongea dans un tel état d'affolement qu'elle n'essaya plus d'engager la conversation.

Gavin, quant à lui, se surprenait parfois à imaginer que c'était Cherry qu'il serrait dans ses bras... Mais les maladroites louanges de Mlle Chesterton, laquelle semblait finalement moins timide qu'il n'avait cru, l'avaient conforté dans son opinion — celle qu'elle ne pourrait jamais remplacer la femme qui lui manquait cruellement. En vérité, seul son regard lui rappelait Cherry. Les yeux verts de la nurse allaient-ils le tourmenter toute sa vie? Pourrait-il supporter de se souvenir de la jeune fille chaque fois qu'il observerait Frédérica?

Que diable! Il existait certainement un moyen honorable de mettre un terme à ces fiançailles ridicules!

Le plus sage était peut-être de s'entretenir avec sir Thomas. Si Gavin avait accepté d'épouser Mlle Chesterton, c'était pour permettre au jeune dandy de régler sa dette de jeu. Mais s'il lui remboursait les douze mille livres — et, dorénavant, il en avait les moyens —, plus rien ne l'obligerait à mener Frédérica à l'autel...

Le dîner fut fort amusant, grâce aux Ravenham, qui s'étaient joints à eux. Le duc et son épouse, Sophie, étaient des gens drôles et brillants, des anticonformistes connus pour être les mécènes de nombreux peintres et sculpteurs de renom.

Tandis que la conversation roulait sur la dernière exposition de John Constable, Gavin s'adossa à sa chaise et étudia pensivement sa fiancée. Elle était très séduisante, il ne pouvait le nier. Ses cheveux roux, son teint de porcelaine et ses yeux qui ressemblaient tant à ceux de Cherry formaient une combinaison ensorcelante. Et de toute évidence, il n'était pas le seul à la trouver ravissante! Les autres hommes assis à leur table semblaient sous le charme...

Les autres hommes? songea Gavin en se caressant le menton. Bien sûr! Sachant que Frédérica était divinement belle, pourquoi se sentirait-il coupable à l'idée de lui rendre sa parole? Il était convaincu que des dizaines de gentlemen, encore plus riches que lui, seraient ravis de prendre sa place.

Pour confirmer ses suppositions, le comte passa le reste de la soirée à observer attentivement les admirateurs de Mlle Chesterton. Et ils étaient légion! Il y avait notamment lord Auldin, un marquis qui avait la réputation d'être l'un des hommes les plus fortunés du royaume. Il fixait Frédérica dans les yeux pendant qu'ils valsaient et la tenait bien plus près que la danse ne l'exigeait... Son cavalier suivant fut le vicomte de Tremont, que toutes les mères de la bonne société convoitaient pour leurs filles à marier. Et il avait l'air lui aussi très épris, c'était le moins qu'on pût dire !

Non, Frédérica ne souffrirait probablement pas s'il annulait le mariage, décida Gavin. Le lendemain matin, il rendrait visite à Thomas Chesterton pour lui faire part de sa décision...

17.

Quand Frédérica se réveilla, le lendemain, elle passa en revue les événements de la veille. Son plan s'était soldé par un cuisant échec, elle devait bien le reconnaître... A l'instar de la moitié au moins des gentlemen conviés au bal, lord Auldin, le vicomte de Tremont lui avaient prodigué plus de marques d'intérêt que Gavin ! Et comme celui-ci n'avait pas daigné lui adresser la parole après le dîner, elle ignorait toujours s'il était réellement amoureux de Cherry.

En descendant, une demi-heure plus tard, Frédérica vit qu'on lui avait déjà livré pas moins de huit superbes bouquets. Impatiemment, elle examina les cartes, et s'aperçut non sans déconvenue qu'aucune n'était de son fiancé... Elle aurait dû se réjouir d'avoir remporté un franc succès, elle le savait. Cependant, la dévotion de ses nombreux soupirants lui semblait bien insignifiante en comparaison de cette nouvelle preuve de l'indifférence de lord Seabrooke.

Découragée, Frédérica se dirigea vers la salle à manger. Elle y retrouva Myrtle, attablée devant son petit déjeuner.

— Bonjour, ma chérie ! s'exclama celle-ci. Quelle magnifique journée !

Les yeux pétillants de joie, elle accorda un large sourire à Frédérica avant de porter sa tasse de thé à ses lèvres.

— Il semblerait que tu te sois amusée, hier, remarqua Frédérica.

— Oui, j'ai passé une excellente soirée... Qui aurait pu prévoir que je reverrais Charles chez lady Humphries? J'avais presque oublié les deux merveilleuses semaines que j'ai passées avec lui durant ma brève saison. C'est un homme exceptionnel, vous savez.

Elle laissa échapper un soupir satisfait.

— Il doit venir me chercher tout à l'heure. Il a suggéré que vous veniez avec moi — pour me chaperonner, en quelque sorte... Comme si une femme de mon âge avait besoin d'être surveillée! Mais ce cher Charles a toujours été très soucieux des convenances.

— Je serai ravie de t'accompagner, affirma Frédérica d'une voix faussement enjouée. Je souhaite en apprendre plus sur ton fameux M. Westlake — et m'assurer qu'il est digne de toi!

A ces mots, Myrtle s'empourpra, et secoua la tête en partant d'un éclat de rire cristallin. Frédérica l'observa avec étonnemment. Etait-ce bien sa gouvernante, si stricte et si pondérée, qui rougissait ainsi comme une timide débutante? Elle n'aurait jamais cru une telle transformation possible! Quoi qu'il en fût, passer une ou deux heures avec elle lui procurerait peut-être le réconfort dont elle avait tant besoin...

M. Westlake habitait un petit hôtel particulier, situé dans Park Lane. Ce charmant quinquagénaire était un véritable esthète, qui avait notamment constitué une remarquable collection de miniatures et de statuettes égyptiennes. Frédérica se rendit vite compte que Myrtle et lui avaient de nombreuses passions communes : celles de la musique, des fleurs — il cultivait avec ferveur des variétés très rares d'orchidées dans son jardin d'hiver —, et de l'histoire militaire... En parfait homme du monde,

M. Westlake se montrait extrêmement prévenant à l'endroit de Myrtle, sans jamais oublier d'associer Frédérica à la conversation. Il possédait une vaste propriété dans le nord-est de l'Angleterre, découvrit-elle, et ne s'était jamais marié.

— Mon père m'y a pourtant poussé, expliqua-t-il. Mais je n'ai pas cédé à ses mises en demeure. Ayant connu le véritable amour avec Myrtle, comment aurais-je pu me contenter de moins ?

Mlle Milliken lui lança un regard amusé.

— C'est une déclaration, Charles ! Si vous étiez aussi amoureux, pourquoi n'avez-vous pas essayé de me retrouver ?

— Oh ! j'ai essayé ! Et je vous garantis que je n'ai pas ménagé mes efforts ! Cependant, j'ai dû m'avouer vaincu après un mois d'investigations infructueuses. Pourtant, cette fois, mon amie, je ne vous laisserai pas disparaître... J'exige que vous me communiquiez l'adresse de votre père et celle de toutes vos relations à Londres. Mlle Chesterton acceptera certainement de me prêter son concours, n'est-ce pas, mademoiselle ? ajouta-t-il en se tournant vers Frédérica.

Celle-ci hocha distraitement la tête, l'esprit occupé par les derniers propos de leur hôte. Lord Seabrooke avait-il lui aussi tenté de retrouver la trace de Cherry ? Avait-il déjà abandonné ses recherches ? En observant Myrtle et Charles Westlake, heureux d'être enfin réunis, la jeune fille eut le cœur serré. Que d'années de bonheur perdues ! Ne devait-elle pas tirer les enseignements d'un tel gâchis ? Pouvait-elle, à l'instar de sa confidente, laisser passer sa chance ?

Elle frissonna à cette idée, et prit une soudaine décision. Avant qu'il ne soit trop tard, elle allait révéler à lord Seabrooke l'artifice dont elle avait usé — quitte à encourir sa colère et ses récriminations ! Elle passerait chez lui dans l'après-midi, résolut-elle.

S'il l'aimait vraiment, nul doute qu'il lui pardonnerait.

⁂

Lorsque leur voiture s'arrêta devant la demeure d'Audley Square, deux heures plus tard, Frédérica suggéra à M. Westlake d'entrer. Il s'empressa d'accepter, visiblement peu désireux de se séparer déjà de Myrtle. Tout en bavardant, ils montèrent les marches du portique à colonnes, et passèrent dans le petit salon. Là, l'aimable gentleman se récria poliment devant les bouquets de fleurs.

— Charmant, tout à fait charmant... Je suis sûr que le crédit de votre succès — amplement mérité — revient à Myrtle.

Puis, Charles plongea son regard dans celui de la gouvernante. Frédérica les étudia en souriant, avant de lancer :

— Resterez-vous à déjeuner, monsieur Westlake?

— Volontiers, mademoiselle.

— Très bien, je vais avertir la cuisinière.

Frédérica, qui commençait à se sentir de trop, se dirigea vers la porte. A l'évidence, M. Westlake souhaitait rester en tête à tête avec son ancien amour...

Une fois qu'elle eut annoncé à Martha qu'ils seraient quatre à déjeuner, elle regagna le hall. Au même instant, Thomas sortit de la salle à manger. Il la rejoignit en deux enjambées.

— Ah, Freddie! Je voulais justement te parler. Tu ne devineras jamais ce qui est arrivé en ton absence!

La jeune fille dévisagea son frère en plissant les yeux.

— Qu'y a-t-il? J'espère que ce n'est rien de grave.

— Au contraire! J'ai reçu la visite de Seabrooke une demi-heure après ton départ. Il a décidé d'annuler ma dette de jeu!

Un instant, l'esprit de Frédérica refusa de fonctionner.

— Que veux-tu dire? Je croyais que tu avais prélevé

douze mille livres sur ma part d'héritage pour le rembourser !

— En effet, mais le comte a proposé de me reverser intégralement la somme. Il n'est plus nécessaire que tu l'épouses !

Eberluée, Frédérica s'adossa à la porte des cuisines. Elle avait l'impression que le monde s'écroulait autour d'elle.

— Il... il a rompu nos fiançailles ? balbutia-t-elle.

— Pas exactement. Il préfère que *tu* le fasses pour t'éviter tout embarras. N'est-ce pas un geste magnifique ? Dire que tu t'es donné tant de peine pour te dégager de cette obligation et que c'est lui, en fin de compte, qui se libère de sa promesse !

Frédérica comprit que son visage devait trahir son désarroi, car son frère la considéra bientôt d'un air préoccupé.

— N'es-tu pas soulagée ? demanda-t-il.

— Oh ! b... bien sûr que si ! Mais lord Seabrooke ne t'a-t-il pas expliqué... pourquoi il a changé d'avis ?

— Il estime injuste que nous t'ayons placée devant le fait accompli sans même te consulter. En outre, il lui est apparu plus convenable que tu puisses choisir toi-même ton futur époux... Comme tu t'es toujours opposée à ce mariage, j'ai accepté sa proposition sans hésiter. J'ai eu raison, n'est-ce pas ?

— A... absolument, chuchota Frédérica.

Thomas lui adressa un coup d'œil dubitatif.

— Es-tu sûre que tu te sens bien ?

— Parfaitement ! J'ai enfin de ce que je désirais, non ?

— Mmm. Tout ce que tu as à faire, c'est d'écrire à Seabrooke pour lui rendre ta parole. D'ici à une semaine, nous annoncerons dans les journaux que votre mariage n'aura finalement pas lieu.

— Je... je vais tout de suite rédiger ma lettre.

Thomas hocha la tête avec satisfaction.

— C'est arrangé, alors! Je dois sortir: mes amis m'attendent au Boodle's. Nous nous reverrons au déjeuner.

Puis, il se dirigea vers la porte d'entrée en sifflotant.

Les yeux noyés de larmes, Frédérica fut quant à elle incapable d'esquisser le moindre mouvement. Quel camouflet! Elle n'était pas parvenue à séduire le comte; et maintenant, il ne voulait même plus l'épouser...

Elle s'avisa soudain que Myrtle et M. Westlake devaient l'attendre dans le salon. Elle balaya ses sanglots du revers de la main, traversa lentement le couloir et prit trois profondes inspirations en ouvrant la porte. A peine entrée, elle s'immobilisa en constatant que Myrtle se trouvait seule.

— Où est M. Westlake? lui demanda-t-elle.

— Il avait une affaire urgente à régler avant le déjeuner, mais il m'a promis de revenir très vite. Oh! ma chérie, je suis la plus heureuse des femmes. Charles m'a demandé de l'épouser!

Pour rien au monde, Frédérica n'aurait voulu troubler la joie de sa gouvernante. Aussi se força-t-elle à sourire.

— Cette nouvelle ne me surprend pas, déclara-t-elle. Je suis sincèrement heureuse pour toi. Vous semblez faits l'un pour l'autre.

— Je le crois aussi. En outre, Charles insiste pour que mon père vienne vivre avec nous. Voilà qui m'enlève une épine du pied!

S'interrompant, Myrtle dévisagea Frédérica.

— Vous avez des ennuis, n'est-ce pas? Vous êtes pâle comme un linge. Asseyez-vous et expliquez-moi ce qui est arrivé.

Elle était redevenue la conseillère au jugement réfléchi dont Frédérica avait tant besoin. Avec soulagement, elle prit place auprès d'elle, sur le sofa.

— Je ne sais plus que faire, Myrtle! s'exclama-t-elle avec dépit. Thomas vient de m'annoncer que lord Seabrooke a décidé de rompre nos fiançailles.

Et elle rapporta sa conversation avec son frère.

— Je ne veux pas le perdre ! conclut-elle en sanglotant.

— Je comprends, Frédérica. Je sais très bien ce qu'il en est de vivre sans amour. Quand je pense à toutes ces années que Charles et moi aurions pu passer ensemble, aux enfants que nous n'avons jamais eus... Il en serait allé tout autrement si je n'avais pas été trop fière pour me confier à lui avant de quitter Londres...

— Que s'est-il passé, Myrtle ? Pourquoi es-tu partie ?

— A cause de mon oncle — celui qui a financé mon éducation et mon entrée dans la bonne société... Quelques semaines après le début de la saison, il m'a dit qu'il souhaitait m'adopter — et que je devais couper les ponts avec ma mère. Il avait honte d'elle, voyez-vous. A dix-huit ans, elle s'était enfuie à Londres pour tenter sa chance sur les planches, envers et contre tous. Il avait suffi qu'elle rencontre mon père et qu'elle l'épouse, pour renoncer à sa carrière d'actrice... Mais jamais ma famille ne lui a tout à fait pardonné.

Myrtle observa une courte pause avant d'ajouter :

— Dès la fin de mes études à Saint Waltham's College, mon oncle a proposé d'apporter son soutien financier pour ma saison. Ma mère m'a encouragée à accepter cette offre généreuse, car mon père et elle n'avaient pas un sou vaillant... Ils ne soupçonnaient pas plus que moi les véritables desseins de mon oncle. Il n'avait pas d'enfants et espérait que je ferais un riche mariage qui lui permettrait d'élever son statut social. Je crois qu'il y voyait aussi un moyen de punir sa sœur pour son incartade.

Frédérica prit la main de son amie dans la sienne.

— Cela a dû être une expérience très éprouvante...

— Le plus difficile a été de quitter Charles, qui était sur le point de me demander en mariage. Mais étant donné les circonstances, je n'aurais pas pu accepter.

J'étais déterminée à ne plus recevoir d'argent de mon oncle ! Alors, je suis retournée chez mes parents qui étaient toujours aussi démunis et j'ai réussi à obtenir un poste de professeur de littérature dans le pensionnat où j'étais encore élève, quelques mois auparavant. Vous connaissez la suite, Frédérica. En vérité, je ne regrette pas ma décision ; si je m'étais conformée aux exigences de mon oncle, je ne serais pas venue à Mapple Hill — et je ne vous aurais jamais rencontrée...

Myrtle, qui avait gardé les yeux baissés sur ses genoux, les leva alors pour fixer Frédérica.

— Ce que je déplore, c'est d'avoir été trop fière pour révéler la vérité à Charles. Mais mon oncle affirmait que je serais bannie de la bonne société si l'on découvrait que ma mère avait été actrice. Et je ne pouvais supporter cette idée... Ne commettez pas la même erreur que moi, Frédérica ! Ne laissez pas la fierté vous éloigner de l'homme que vous aimez.

Troublée, Frédérica cligna des yeux. La recommandation de Myrtle lui rappelait la résolution qu'elle avait prise chez Charles... Mais c'était avant qu'elle n'apprenne que Gavin ne voulait plus entendre parler d'elle ! Si elle se rendait à Seabrooke House à présent, elle essuierait certainement quelque humiliante rebuffade... Le comte ne désirait pas la revoir, de toute évidence. Il attendait simplement qu'elle lui écrive, qu'elle lui fasse parvenir un billet formel le libérant de toute obligation envers elle.

Lentement, une farouche détermination envahit Frédérica. Pas question ! Elle ne baisserait pas les bras sans lutter ! Elle ne se soumettrait pas aussi docilement ! Après avoir serré Myrtle contre elle, elle l'embrassa et se leva d'un bond.

— Merci, Myrtle ! Je sais exactement ce que je dois faire. Comme toujours, tu m'as prodigué les meilleurs conseils...

18.

Le comte monta avec une certaine lassitude les degrés du perron de Seabrooke House. Bien qu'il eût parcouru les rues étroites du quartier des affaires pendant plus de deux heures, il n'avait pas réussi à retrouver le vieux Joe. Pour la centième fois, il se reprocha de ne pas avoir demandé au cocher où il avait déposé Cherry. Après tout, rien ne prouvait qu'elle avait regagné directement l'hôtel particulier... Peut-être s'était-elle arrêtée en chemin chez une de ses relations qui eût pu fournir des renseignements à Gavin.

Où se cachait-elle ? Etait-elle encore seulement en ville ? Après une semaine de vaines recherches, il commençait à perdre courage et à douter qu'ils se reverraient un jour.

Daniels, son nouveau majordome, lui ouvrit la porte.

— Une demoiselle demande à vous parler, monsieur le comte. Elle est venue seule, précisa-t-il d'un ton réprobateur.

Depuis que Daniels avait rejoint les rangs du personnel, Gavin avait pu constater en maintes occasions qu'il était beaucoup plus à cheval sur les principes que son prédécesseur...

— Une demoiselle, dites-vous ? Ne serait-ce pas... Vous a-t-elle donné son nom ?

— Il s'agit de Mlle Frédérica Chesterton. Je l'ai fait

passer dans le salon. Si vous le souhaitez, monsieur le comte, je peux l'informer que vous ne rentrerez pas avant ce soir.

Déçu, Gavin laissa échapper un soupir.

— Non, je vais la recevoir. Merci, Daniels.

Mlle Chesterton leva la tête lorsqu'il pénétra dans le salon. De nouveau, il fut frappé par sa beauté, et il tenta de réprimer, tout en se sentant coupable, le désir incongru qui l'envahit soudain. Il s'attendait à ce qu'elle détourne timidement les yeux, comme chez lady Humphries, mais, cette fois, elle soutint son regard.

— Mon frère m'a expliqué que vous vouliez annuler notre mariage, monsieur, déclara-t-elle. Puis-je savoir pourquoi ?

Gavin fronça les sourcils. La voix de Frédérica, plus audible que la veille, lui semblait étrangement familière.

— Eh bien, il était très injuste de ma part de vous...

— Ne me répétez pas ce que vous avez déjà dit à Thomas, coupa-t-elle. Auriez-vous l'obligeance de me fournir la *vraie* raison ?

Etonné par l'assurance de Mlle Chesterton, Gavin avala sa salive avec peine. Elle était moins falote qu'il n'avait cru ! Selon toute évidence, elle avait pris ombrage de sa décision... N'allait-il pas la froisser encore plus, s'il s'ouvrait à elle des sentiments qu'il portait à Cherry ? C'était un risque à courir. Il valait mieux qu'il soit honnête envers elle et qu'il joue cartes sur table.

— Sans doute sir Thomas vous a-t-il appris que je suis le tuteur d'une petite fille de quatre ans — ma nièce.

— Oui, je suis au courant...

— J'ai engagé une nurse pour Christabel — une jeune femme tout à fait remarquable, dont je n'ai eu qu'à me louer. Bien qu'elle ne soit restée que deux semaines, nous sommes devenus... amis.

Frédérica tressaillit et retint son souffle.

— En vérité, mademoiselle Chesterton, je me suis

épris d'elle. Mais j'ignore encore si elle éprouve les mêmes sentiments pour moi. Deux jours avant votre arrivée à Londres, je me suis conduit comme un goujat : en voulant remercier cette personne qui a fait beaucoup pour ma nièce, je n'ai pas pu maîtriser mes émotions. Et je crains que mon impétuosité ne l'ait effrayée...

Bien sûr, Frédérica se rappelait ces merveilleux instants de passion. Quand ferait-il enfin la relation ? Pourquoi ne percevait-il pas le violent trouble qui l'avait saisie ?

— Elle savait que je m'étais engagé à vous épouser, poursuivit le comte. Et je ne lui avais pas révélé que je l'aimais, ne l'ayant pas encore tout à fait admis moi-même... Qu'a-t-elle dû penser !

Le souffle de Frédérica se bloqua lorsqu'elle décela la profonde douleur qui habitait lord Seabrooke.

— Je l'ai laissée remonter dans sa chambre en songeant que je lui expliquerais tout le lendemain matin lorsque mes idées seraient plus claires. Quelle stupide erreur ! Elle est partie pendant la nuit et... et depuis, je la cherche. Quand je la retrouverai, je lui avouerai mon amour et je lui demanderai d'être ma femme. Vous voulez la vérité, mademoiselle ? Vous la connaissez, maintenant... Et vous comprenez certainement pourquoi je ne puis vous épouser.

Frédérica aimait trop cet homme pour continuer à le voir souffrir. Elle devait apaiser ses tourments — dont elle était la cause ! Prenant une profonde inspiration, elle se leva et s'approcha de lui.

— J'ai moi aussi un aveu à vous faire, chuchota-t-elle.

Au même instant, elle distingua un bruit de pas dans le hall et une voix d'enfant qu'elle reconnut immédiatement.

— Elle est là, madame Abbott ! Je l'ai entendue !

La porte s'ouvrit à toute volée, et Christabel se précipita dans le salon, suivie de l'intendante scandalisée.

— Oh ! Je suis navrée, monsieur le comte. Je ne...

Elle fut interrompue par les cris de la petite fille.

— Cherry ! Cherry ! Cherry !

Elle se rua vers Frédérica et passa les bras autour de ses jambes, la forçant à se rasseoir sur le canapé.

— Je savais que vous reviendriez !

Bouchée bée, Gavin étudia Mlle Chesterton. Elle avait pris la petite fille sur ses genoux et la serrait contre elle.

— Vous m'avez manqué, Christabel, murmura-t-elle.

— Promettez-moi de ne plus jamais partir !

A présent, Gavin se demandait s'il n'était pas devenu fou. La tête lui tournait. Que se passait-il ? Tandis qu'il était incapable d'esquisser un geste ou de prononcer une parole, Mlle Chesterton le regarda d'un air inquisiteur, ses immenses yeux verts — les yeux de Cherry ! — étincelants de larmes.

— Puis-je le lui promettre, monsieur le comte ?

Bien que sa voix fût étranglée par l'émotion et les sanglots, c'était indiscutablement celle de la nurse !

— Cherry ? murmura Gavin. Mais comment... quand...

— Dites-lui de rester, mon oncle ! coupa Christabel.

Sans cesser de scruter Frédérica, Gavin se demanda comment il avait pu être aussi aveugle. Il avait dansé deux fois avec elle, la veille au soir, et ils avaient dîné à la même table... Bien qu'il ne comprît pas encore tout à fait ce qui se passait, il sourit — son premier vrai sourire depuis des jours.

— Cherry peut rester pour toujours, déclara-t-il. Si elle le souhaite, bien sûr.

La jeune fille lui rendit son sourire.

— C'est mon souhait le plus cher.

— Et c'est précisément la réponse que je voulais entendre. Peux-tu nous laisser quelques instants, Christabel ? Cherry et moi avons à parler. N'aie crainte : elle sera toujours là à ton retour...

Après avoir posé un dernier baiser sur la joue de sa

nurse, la fillette bondit à terre et rejoignit Mme Abbott. Dès qu'elles furent sorties, Gavin vint s'asseoir près de Frédérica.

— Et dire que je ne me suis douté de rien ! s'exclama-t-il en lui prenant la main. Comment avez-vous réussi à vous faire passer pour une simple domestique ? Et pour quelle raison ?

— Eh bien, je ne voulais pas vous épouser — au début, du moins. Mlle Milliken m'a aidée à obtenir la place et à me déguiser.

— Mlle Milliken — votre chaperon ? N'habite-t-elle pas un petit cottage dans les environs de la ville, par hasard ?

Frédérica acquiesça d'un signe de tête.

— Si j'avais songé à demander son nom de famille, j'aurais tout compris, murmura Gavin. Vous êtes donc venue à Seabrooke House pour tenter de mettre un terme à nos fiançailles ?

— Je pensais qu'en vous espionnant, je pourrais prouver à mon frère que vous n'étiez pas aussi irréprochable qu'il le prétendait. Il m'avait en effet promis d'annuler notre mariage si je parvenais à découvrir que vous aviez commis quelque indignité. Cependant, je me suis aperçue que vous étiez un homme admirable et digne d'estime. Un homme dont je suis très vite tombée amoureuse...

Du bout des doigts, Gavin effleura la joue de Frédérica.

— Ainsi, vous me pardonnez ? demanda-t-il. De vous avoir imposé ces fiançailles sans prendre votre avis en considération ? De m'être montré trop empressé, le soir où j'ai donné ma réception ? De ne pas vous avoir révélé mes véritables sentiments ?

— Si vous pardonnez ma supercherie, répliqua Frédérica. Et la souffrance que je vous ai infligée en m'enfuyant.

Gavin lui étreignit la main avec tendresse.

— Nous ne sommes, ni vous ni moi, entièrement exempts de blâme. Mais l'essentiel n'est-il pas que l'amour ait fini par triompher? Oublions nos fautes et prenons un nouveau départ.

Il attira alors Frédérica dans ses bras, et lui donna un baiser passionné qui vint sceller leur union.

« Oui, l'amour finit toujours par triompher », songea la jeune fille quand leurs lèvres se séparèrent. Il s'agissait en fait du seul point que Myrtle avait oublié de lui signaler lorsqu'elles avaient élaboré leur stratégie. C'était pourtant le plus important...

STEPHANIE LAURENS

Les jeux de l'amour

HARLEQUIN

SÉRIE ROYALE

Cet ouvrage a été publié en langue anglaise
sous le titre :
TANGLED REINS

Traduction française de
CHRISTINE LEPETIT

83-85, boulevard Vincent-Auriol, 75013 Paris — Tél. : 42 16 63 63

1.

Dorothea embrassa du regard le gigantesque roncier qui, couvert de fruits gorgés de soleil, s'étendait sur toute la largeur de la petite clairière.

Elle posa son panier sur le sol et se mit à l'ouvrage. Elle travaillait avec méthode, ne choisissant que les baies les plus belles. Son esprit, cependant, était ailleurs. Comme sa sœur était restée enfant malgré ses seize ans ! C'était à elle que Dorothea devait de se trouver là, au beau milieu des bois de la propriété voisine. Cecily raffolait des mûres et elle avait supplié sa sœur aînée d'aller lui en cueillir.

La vie londonienne aurait-elle raison de l'étonnante spontanéité de sa cadette ? se demanda Dorothea. Plus important encore, leur séjour dans la capitale affranchirait-il Cecily de cette existence monotone ? Six mois s'étaient écoulés depuis que leur mère, lady Cynthia Darent, avait succombé à un refroidissement, laissant ses deux filles à la garde de leur cousin, lord Darent. Et les cinq interminables mois passés à Darent Hall, dans le Northamptonshire — pendant que les avoués épluchaient les clauses du testament —, avaient suffi à convaincre Dorothea que leur parent constituerait plus une source de désagrément qu'autre chose... Herbert était un raseur impénitent qui s'accordait en tout point avec Marjorie, son insipide épouse.

Dieu seul savait ce que les deux sœurs auraient fait si, telle la proverbiale bonne fée, leur grand-mère n'était intervenue...

Du moins Dorothea avait-elle une certitude quant à ce qui l'attendait, *elle*, à Londres. Quels que fussent les efforts que sa grand-mère pourrait déployer, elle ne parviendrait pas à la marier ! Ses yeux — immenses et d'un magnifique vert émeraude — constituaient son unique atout. Pour le reste, elle était désastreusement démodée. Elle avait les cheveux bruns quand la vogue était à la blondeur ; son visage était d'une blancheur d'albâtre, et non rosé et satiné comme celui de Cecily. Sa bouche, quant à elle, était trop grande et ses lèvres trop pleines, tandis que sa taille et sa minceur allaient à l'encontre de la tendance de l'époque qui voulait que seules les courbes voluptueuses fussent à l'honneur. Pour couronner le tout, Dorothea avait vingt-deux ans et une forte propension à l'indépendance !

Pas précisément le type de femme qui attirait les hommes, songea-t-elle avec un petit rire, tout en glissant une mûre entre ses lèvres.

A dire vrai, elle se souciait peu de demeurer vieille fille. Ses moyens lui permettant de vivre confortablement jusqu'à la fin de ses jours, elle envisageait avec sérénité une existence retirée à La Grange. Seul l'amour, cet étrange sentiment qui n'avait pas encore fait battre son cœur, elle l'admettait volontiers, pourrait l'amener à renoncer à un mode de vie qui la satisfaisait pleinement. Il en allait différemment pour Cecily.

Sa cadette aspirait à une existence plus brillante que celle qu'elle menait au manoir. Douce, jeune, ravissante, elle trouverait certainement quelque élégant jeune homme de belle prestance qui saurait combler ses désirs. Telle était d'ailleurs la raison essentielle de leur prochain séjour à Londres.

Dorothea en était là de ses réflexions lorsqu'un bras

puissant lui encercla la taille. Elle entr'aperçut un visage hâlé et, avant qu'elle ait pu protester ou esquisser le moindre geste de défense, une bouche avide s'écrasa sur la sienne. A sa grande honte, elle sentit bientôt un frisson la parcourir et, bientôt, une envie irrépressible de s'abandonner à cette étreinte.

Puis, abruptement, le baiser prit fin.

Confuse, Dorothea leva les yeux. Deux prunelles noisette la considéraient avec un amusement manifeste. La colère s'empara d'elle. Elle allait gifler l'impudent! Mais sa main n'atteignit jamais son but, qui fut arrêtée à mi-chemin par une poigne ferme et doucement ramenée contre son flanc.

— Non, lui dit l'inconnu avec un sourire, je ne pense pas que je vous laisserai me frapper. Comment pouvais-je savoir que vous n'étiez pas la fille du maréchal-ferrant?

La voix était bien posée et aimable, assurément celle d'un homme cultivé.

Dorothea s'empourpra. Certes, avec sa vieille robe de basin vert et ses cheveux sur les épaules, elle devait avoir piètre allure.

— Si vous n'êtes pas la fille du maréchal-ferrant, qui donc êtes-vous? reprit l'inconnu.

Elle releva le menton d'un air de défi.

— Je suis Dorothea Darent. A présent, auriez-vous l'obligeance de me lâcher?

Le bras, autour de sa taille, ne bougea pas.

— Darent? répéta l'homme. De La Grange?

Elle ne put qu'acquiescer d'un hochement de tête, tout en se demandant qui diable il pouvait bien être, lui.

— Mon nom est Hazelmere.

Un instant, Dorothea crut avoir mal entendu. Puis elle se reprit. A qui d'autre, en effet, eût pu appartenir ce visage arrogant?

Elle était au courant des rumeurs qui circulaient sur son

compte. Leur vieille amie lady Moreton, dont la propriété ceignait ces bois, était décédée pendant que Dorothea et sa sœur se trouvaient à Darent Hall ; et c'était son petit-neveu, le marquis de Hazelmere, qui avait hérité de Moreton Park. La nouvelle avait suscité une vive émotion dans le comté, car on le disait joueur et coureur de jupons. Dorothea, de son côté, avait peine à croire que la respectable lady Moreton pût avoir un petit-neveu licencieux.

S'arrachant à la contemplation de l'envoûtant regard noisette et des lèvres admirablement sculptées, elle révisa son opinion quant au marquis de Hazelmere. L'homme était sans nul doute plus dangereux encore que ne le laissait entendre sa réputation !

— Et que faisait Mlle Dorothea Darent dans mes bois ? lui demanda-t-il.

— Lady Moreton nous avait donné la permission d'y cueillir ce que nous désirions. Toutefois, à présent qu'ils *vous* appartiennent...

— Vous continuerez bien entendu d'y venir, interrompit Hazelmere en lui rendant sa liberté. Et je m'efforcerai quant à moi de ne pas vous confondre avec la fille du maréchal-ferrant, la prochaine fois.

Dorothea le gratifia d'une petite révérence dédaigneuse.

— Merci, milord. Soyez certain que je ne manquerai pas de prévenir Hetty.

Ainsi qu'elle l'avait espéré, la repartie le désarçonna. Il en résulta quelques secondes de flottement dont elle profita pour ramasser son panier. Toujours perturbée par la façon dont elle avait réagi au baiser du marquis, elle jugeait préférable de battre en retraite.

C'était méconnaître Hazelmere.

— Et qui est au juste Hetty ? s'enquit-il.

— La fille du maréchal-ferrant, bien sûr, répliqua Dorothea d'un ton acerbe.

A sa plus grande surprise, le visage du marquis se détendit ; l'amusement fit place à une joie authentique.

— Je crois que nous sommes quittes, mademoiselle Darent... Maintenant, ajouta-t-il en lui prenant le panier des mains, si vous en avez terminé avec votre cueillette, je vais vous raccompagner. Non, ne protestez pas ! J'évolue dans un milieu où l'on ne saurait tolérer qu'une jeune lady sorte seule. Venez...

Il arborait le plus désarmant des sourires. Ne trouvant rien à répondre et ne voyant pas davantage le moyen de le faire changer d'avis, Dorothea lui emboîta le pas.

— A propos, reprit-il sur le ton de la conversation, consentiriez-vous à satisfaire ma curiosité ? Comment se fait-il que vous vous trouviez seule dans les bois, sans même une servante pour vous chaperonner ?

— Je suis connue dans la région, et j'ai dépassé l'âge d'avoir un chaperon.

— Ma chère enfant, vous n'êtes pas à ce point âgée, et il est clair que la protection d'un domestique ne serait pas superflue.

— Surtout lorsqu'on doit se promener dans *vos* bois ! souligna Dorothea. La prochaine fois, je veillerai à être accompagnée...

— Et vous ferez bien, murmura Hazelmere.

— Encore que je n'en voie pas réellement la nécessité. N'avez-vous pas affirmé que vous ne me confondriez plus avec quelque villageoise ?

— C'était une manière de dire que, la prochaine fois, je saurai au moins qui est celle que j'embrasse.

— Oh !

L'air outragé de sa compagne fit rire Hazelmere.

— Je le répète, mademoiselle, reprit-il, soudain sérieux, ne vous aventurez plus dans mes bois, ou n'importe où ailleurs, sans personne pour vous accompagner. Au cas où vous ne le sauriez pas, vous êtes beaucoup trop jolie pour vous promener seule... *malgré* votre âge vénérable.

Dorothea le foudroya du regard.

— Vous avez perdu votre mère récemment, n'est-ce pas? poursuivit-il. Il me souvient que ma grand-tante m'a dit que vous séjourniez chez des parents, dans le Nord.

— Vous l'avez donc vue avant son décès?

— Croyez-le ou non, mademoiselle, je lui rendais souvent visite — même si c'était chaque fois pour une brève visite. J'ai ainsi passé avec elle les trois jours qui ont précédé sa mort. Et comme j'étais son héritier, elle s'est évertuée à me renseigner sur les familles du comté.

— Nous étions très amies, et la nouvelle de sa disparition m'a beaucoup peinée.

— Elle s'est éteinte pendant son sommeil, précisa Hazelmere. Attendu les souffrances qui ont été les siennes ces dernières années, la fin a été un soulagement.

Les yeux pudiquement baissés, Dorothea hocha la tête.

— Votre sœur et vous envisagez de demeurer à La Grange? s'enquit alors son compagnon.

— Oh, non! Notre grand-mère, lady Merion, nous attend à Londres au début de l'année prochaine. Elle entend nous présenter à la haute société. Cecily, qui est ravissante, n'aura j'imagine aucune peine à faire un beau mariage.

— Et vous-même?

— Le célibat me convient parfaitement, affirma Dorothea en soutenant le regard de Hazelmere. Connaissez-vous lady Merion?

— Qui ne connaît pas Hermione Merion? En outre, c'est une amie intime de ma mère.

— Vraiment? Oh! je vous en prie, parlez-moi d'elle. Voyez-vous, ajouta Dorothea devant l'air étonné du jeune lord, je ne l'ai rencontrée qu'à deux ou trois reprises depuis mon enfance.

— Que puis-je vous en dire, sinon qu'elle est l'une des personnalités les plus en vue du Tout-Londres. Elle est très fortunée et réside à Cavendish Square, dans un hôtel particulier que lui a laissé lord Merion, son second mari décédé voici cinq ans. Elle l'avait épousé quelques années après la mort de votre grand-père. C'est une maîtresse femme, fort pointilleuse — à ce sujet, je vous conseillerai de ne pas vous essayer à des escapades en solitaire dans les rues de la capitale. En revanche, elle a beaucoup d'humour, et sa bonté et sa générosité sont légendaires. Cette femme assurément originale ne quitte Londres que pour rendre visite à ses amis campagnards. En résumé, votre sœur et vous ne pouviez trouver meilleur mentor pour présider à vos débuts dans le monde.

Chemin faisant, ils étaient arrivés devant une haute grille ouvrant sur une allée gravillonnée. Dorothea s'arrêta.

— Ce sont les jardins de La Grange, dit-elle.

— C'est donc ici que je vais vous laisser. Tenez, votre panier... Mais rappelez-vous mon avertissement ! s'exclama Hazelmere en s'emparant de la main de Dorothea pour la porter à ses lèvres. Si vous ne voulez pas vous attirer les foudres de votre grand-mère, ne sortez jamais dans Londres sans chaperon. Les jeunes ladies qui s'aventurent seules par les rues de la capitale ne le restent pas longtemps. A vous revoir, mademoiselle Darent.

Sur ces mots, il tourna les talons et s'éloigna.

Dorothea se dirigea vers la grande bâtisse qui se dressait au bout de l'allée. Là, elle gagna directement l'office.

— Doris, ordonna-t-elle à la servante qui s'était empressée à sa rencontre, portez ces mûres à la cuisinière, je vous prie. Et dites à ma tante que je suis montée m'étendre. Je demeurerai dans ma chambre jusqu'au dîner. Je crois que j'ai pris un coup de soleil.

Elle avait surtout rencontré le marquis de Hazelmere !

Quelle sotte elle faisait ! Elle avait quitté La Grange sereine et pleine d'assurance, et la voilà, à peine deux heures plus tard, qui réagissait comme l'eût fait Cecily si le fils de quelque châtelain des environs lui avait fait les yeux doux !

Ce n'était pourtant pas la première fois qu'un homme l'embrassait. Certes. Seulement, jamais encore elle n'en avait conçu un tel trouble. Et cette découverte exacerbait une humeur déjà fort éprouvée par un regard noisette des plus déstabilisants. Elle passa les dix minutes qui suivirent à se chapitrer sur l'inopportunité de s'enticher d'un libertin.

D'autant que le libertin en question avait sans nul doute déjà tout oublié d'elle. Et comme, de son propre aveu, il ne séjournait jamais longtemps à Moreton Park, il était probable qu'elle ne le reverrait pas de sitôt.

Désormais, cependant, Dorothea veillerait à ce que sa sœur l'accompagnât dans ses promenades.

Quinze jours plus tard, de retour à Hazelmere House, son hôtel particulier de Cavendish Square, situé presque en face de Merion House, le marquis trouva une pile impressionnante de lettres et d'invitations qui l'attendaient sur un guéridon de la bibliothèque. Parmi elles, une enveloppe d'un pourpre particulièrement virulent attira son attention. Reconnaissant l'écriture fleurie de sa dernière maîtresse, une pulpeuse créature dotée d'une cervelle de moineau, il plissa le front — signe chez lui d'une légère contrariété. Rapidement, il décacheta la missive, et parcourut tout aussi vite le contenu du billet. Puis, un sourire aux lèvres, la jeta dans la cheminée.

Le valet de pied qui, en réponse à son coup de sonnette, se présenta dix minutes plus tard le découvrit assis à son bureau, apposant son sceau sur une lettre.

Levant la tête à son entrée, Hazelmere agita l'enveloppe afin de faire refroidir la cire, puis la tendit.

— Faites porter ceci immédiatement, Pelham.

— Oui, milord.

Comme le domestique se retirait, Hazelmere essaya d'imaginer l'accueil que réserverait à cette lettre de rupture polie sa destinataire... Ainsi se terminait en tout cas une autre de ses liaisons. Une de plus !

La beauté de sa maîtresse répudiée n'était décidément en rien comparable à celle de la jeune fille aux yeux verts dont le visage le hantait depuis maintenant deux semaines.

Marc Saint John Ralton Henry, cinquième marquis de Hazelmere et, à trente et un ans, l'un des pairs les plus fortunés du royaume, se laissa aller à songer à la première fois où il avait entendu mentionner le nom de Dorothea Darent. C'était lors d'une conversation qu'il avait eue avec sa grand-tante, la veille de sa mort.

Avec sa franchise habituelle, la vieille lady l'avait interrogé sur ses projets matrimoniaux.

— Je ne puis te blâmer de ne pas vouloir unir ton sort à l'une des ces mijaurées qui te sont présentées chaque année, avait-elle déclaré après qu'il lui eut avoué n'en avoir aucun. Moi-même, je ne les supporte pas. Mais pourquoi ne pas élargir le champ de tes investigations ? Il y a pléthore de jeunes filles fort convenables qui, pour une raison ou pour une autre, ne sont jamais allées à Londres. Oh ! ne va pas croire, parce que ce sont des provinciales, qu'elles ne se comporteraient pas parfaitement en société... Prends Dorothea Darent, par exemple. Elle est jeune, belle, bien nantie, et de naissance égale à la tienne. La seule raison pour laquelle *elle* n'a pas fait ses débuts dans le monde est qu'elle a passé les six dernières années à seconder sa mère — depuis que celle-ci avait perdu son époux, en vérité. Cynthia Darent mériterait le fouet pour avoir ainsi négligé de présenter sa fille ! Enfin, il est trop tard à présent, car elle est morte...

— Qui cela ? avait demandé Hazelmere, perplexe. La belle Dorothea ?

— Mais non, voyons ! Cynthia ! Elle est décédée voilà quelques mois, et ses filles sont à Darent Hall pour un temps. C'est dommage, j'aurais aimé revoir Dorothea... En voilà une qui est vive !

— Et comment se fait-il que cette merveille ne soit pas encore mariée, bien qu'elle n'ait jamais été présentée ?

Sa grand-tante avait émis un petit rire.

— A mon avis, elle n'en voit pas l'utilité. Mets-toi à sa place : elle est titrée, riche et, par-dessus le marché, elle n'a de comptes à rendre à personne. Pourquoi se marierait-elle ?

Hazelmere avait souri.

— J'aurais bien une ou deux suggestions à avancer...

— Oh ! je n'en doute pas. Mais là n'est pas la question, car il est peu vraisemblable que tu la rencontres jamais. A moins que Hermione Merion ne s'en mêle. Je lui ai écrit, aussi la chose n'est-elle pas impossible. Et il y a Cecily — la sœur cadette, tout aussi belle, encore que d'un genre très différent. Elle aussi va devoir faire ses premiers pas dans le monde. Mais Cecily viendrait à bout de la patience d'un saint. Et comme tu n'as rien d'un saint, mon cher neveu, elle n'est pas pour toi. Mais assez parlé des sœurs Darent ! Je ne les ai citées qu'à titre d'exemples...

L'idée que sa grand-tante avait, en réalité, bien essayé de l'amener à considérer Dorothea Darent comme une épouse possible lui était venue à l'esprit peu de temps après sa rencontre avec cette remarquable jeune lady...

Au cours des dix dernières années, Hazelmere avait résolument déjoué toutes les ruses de Maria et de Susan, ses sœurs aînées, pour le marier. Il avait été soutenu en cela par sa mère et sa grand-tante Etta, qui partageaient toutes deux son peu de goût pour les débutantes aussi sottes que ravissantes. Mais s'il savait sa mère impatiente de le voir marié, jamais encore, avant ce soir-là, sa grand-tante n'avait abordé le sujet.

La vieille lady le connaissait presque aussi bien que sa mère, et il était tout à fait possible qu'elle eût voulu attirer son attention sur Mlle Darent.

« Eh bien, ma tante, songea-t-il avec un sourire, j'ai finalement rencontré votre Dorothea. Et quelle rencontre ! »

2.

Accompagnées de Betsy, leur gouvernante, les demoiselles Darent arrivèrent à l'auberge des Trois Faisans, située à mi-chemin entre La Grange et Londres, sur la route de Bath, par une morne fin d'après-midi de février.

— Je crains de ne pouvoir mettre de chambre avec boudoir à votre disposition, expliqua l'aubergiste, manifestement embarrassé, après les avoir fait entrer dans une grande salle où crépitait un feu. Il y a un combat de boxe au village, et nous affichons complet.

— Aucune importance, assura Dorothea. L'essentiel est que nous puissions nous reposer.

— En ce cas, si vous voulez bien me suivre...

Il les précéda à l'étage et ne s'arrêta qu'à l'extrémité d'un étroit corridor.

— Je vous installe dans cette chambre, reprit-il en ouvrant une porte, parce qu'elle est un peu à l'écart. L'auberge sera bientôt pleine de jeunes gens venus assister au combat. C'est pourquoi je vous conseille de vous enfermer. Je ne voudrais pas que vous soyez importunées. Ma femme et ma fille viendront vous servir le dîner.

Sur ces mots, et après un petit salut, il les quitta.

— Mon Dieu ! gémit Betsy en se laissant choir sur une chaise. Peut-être devrions-nous poursuivre notre route, mademoiselle Dorothea. Je suis certaine que votre grand-mère n'aimerait pas vous savoir dans un lieu peuplé de jeunes gens bagarreurs.

— Ne sois pas stupide, Betsy. Que veux-tu qu'il nous arrive? Surtout si, ainsi que nous l'a conseillé l'aubergiste, nous nous enfermons au verrou.

A cet instant, un coup hésitant fut frappé à la porte.

— Qui est-ce? s'enquit Betsy en se levant.

— Ce n'est que moi, m'dame. Hannah, la fille de l'aubergiste. Je vous apporte vos bagages.

Betsy alla ouvrir. Une jeune fille ronde au visage avenant pénétra dans la pièce. Elle posa les sacs des voyageuses sur le sol et se tourna vers Dorothea.

— Ma mère vous fait dire que votre dîner vous sera servi dans moins d'une heure. Elle demande si vous avez besoin de quelque chose.

— Un peu d'eau chaude serait bienvenue, acquiesça Dorothea. Et serait-il possible de dresser un lit d'appoint pour notre servante? Je préférerais qu'elle dorme avec nous.

La fille acquiesça de la tête.

— C'est comme si c'était fait, mam'selle.

Dix minutes plus tard, elle était de retour avec un broc d'eau bouillante et le lit requis. Tandis qu'elle l'installait avec Betsy, les deux sœurs se lavèrent mains et visage.

— Je reviendrai dans une demi-heure avec votre dîner, mam'selle, dit la jeune fille avant de s'éclipser.

Ses besoins immédiats satisfaits, Dorothea se mit à arpenter la chambre. Après une journée passée dans l'espace confiné de la voiture, elle avait envie de prendre l'air.

— Je vais descendre voir Lang, dit-elle à Betsy cependant que, fatiguée, Cecily s'étendait sur le lit. Si nous voulons éviter la bousculade, nous allons devoir partir tôt demain matin. Reste ici et occupe-toi de Cecily, ajouta-t-elle à voix basse en revêtant sa cape. Je ne serai pas longue.

Elle sortit avant même que Betsy ait pu protester. Des éclats de rire lui parvinrent depuis ce qu'elle supposa être la grande salle du rez-de-chaussée. Lentement, elle descendit l'escalier et longea le couloir dans la direction opposée, atteignant finalement une porte ouvrant sur la cour.

Elle y trouva nombre de chevaux et de palefreniers, mais de Lang, point.

— Eh bien ! eh bien ! Regardez-moi la jolie fille que voilà... On vient faire la fête avec nous, ma belle ?

Dorothea tressaillit. Des hommes, dans un état évident d'ébriété, s'étaient avancés, qui la déshabillaient du regard. L'un d'eux, plus hardi, ou peut-être moins éméché, la saisit par les épaules et l'attira à lui.

— Laissez cette jeune fille, Tremlow ! intervint une voix sèche. Elle est de mes amies.

L'effet fut instantané. L'homme lâcha prise et fit un pas en arrière cependant que la haute silhouette du marquis d'Hazelmere se matérialisait dans l'entrée de l'auberge.

— Oh ! désolé, Hazelmere. Je ne pouvais pas savoir que j'avais affaire à une lady.

Cette dernière phrase, proférée à mi-voix, amena le rouge aux joues de Dorothea. Elle releva sa capuche tandis que le petit groupe se rapprochait pour voir qui était la lady qui pouvait se réclamer de la protection de Hazelmere. Celui-ci vint nonchalamment se placer entre les hommes et elle, la cachant ainsi à leur vue.

Puis il se retourna.

— Nul doute que vous voudrez tous vous excuser auprès de cette lady de l'avoir importunée...

— Assurément ! s'exclamèrent-ils en chœur. Veuillez nous pardonner, m'dame.

L'aubergiste, attiré par le bruit, sortit à cet instant. Le regard du marquis s'arrêta sur lui.

— Simms ! Une tournée pour ces gaillards sera la bienvenue après le petit malentendu que nous venons de connaître.

— Oui, milord, certainement. Venez, messieurs. J'ai justement une pleine barrique d'une nouvelle bière sur laquelle j'aimerais avoir votre avis.

Tous le suivirent sans la moindre hésitation, à l'exception d'un gentleman de haute stature et à la mise élégante, qui resta dans la cour. Hazelmere se tourna vers lui.

— Assure-toi qu'ils sont bien tous à l'intérieur, veux-tu, Tony ? Je te rejoins dans quelques minutes.

Lord Anthony Fanshawe, ami d'enfance du marquis, hocha la tête et obtempéra sans un mot.

— Avant que de vous raccompagner, reprit Hazelmere lorsqu'il se retrouva seul avec Dorothea, est-il indiscret de vous demander ce que vous faisiez dehors à cette heure ?

— Je cherchais mon cocher, répliqua la jeune fille en le foudroyant du regard, afin de lui dire que je souhaitais partir très tôt demain matin. Mon intention était précisément de ne pas attirer l'attention et de m'éviter ce genre de désagrément.

Elle se tut, légèrement hors d'haleine, mais ne baissa pas les yeux.

Les yeux de son interlocuteur se plissèrent.

— Cela ne ressemble pas à Simms que d'avoir omis de vous prévenir que, ce soir, mieux valait rester dans votre chambre et vous y enfermer.

— Il l'a fait.

L'expression du marquis se durcit.

— En ce cas, je m'étonne que vous ayez jugé bon de passer outre cette recommandation. Il me semble vous avoir déjà dit que vos manières de garçon manqué risquaient de vous nuire dans la bonne société...

Il l'avait saisie par les bras, juste au-dessus des coudes. L'espace d'un instant, Dorothea crut qu'il allait la secouer. Mais il n'en fit rien.

— Vous ne devez, sous aucun prétexte, vous aventurer seule au-dehors, déclara-t-il. Ne vous avisez pas de recommencer, ou je me verrai contraint de vous administrer une telle fessée que vous ne pourrez vous asseoir de plusieurs jours ! Oh ! oui, j'en suis parfaitement capable, ajouta-t-il comme elle le regardait avec incrédulité.

A l'expression du marquis, Dorothea se rendit compte qu'il ne s'agissait point d'une menace en l'air. Mais elle était maintenant tout aussi en colère que lui. De quel droit cet homme autoritaire lui donnait-il des ordres et la menaçait-il ? Intransigeant, arrogant, et absolument *insupportable* !

Elle n'eut pas le loisir de lui dire son fait car, la prenant par la main, il l'entraîna à sa suite vers l'auberge.

— Quelle chambre Simms vous a-t-il attribuée ? demanda-t-il une fois en haut du petit escalier.

Incapable de parler, Dorothea désigna la porte, à l'extrémité du corridor.

— Très sage ! C'est probablement la chambre la plus sûre, ce soir. Simms !

L'aubergiste, qui avait paru au bout du couloir, s'avança.

— Oui, milord ?

— Un verre de votre meilleur cognac. Tout de suite.

— Oui, milord.

Si Dorothea trouva la requête étrange, elle ne s'y attarda pas. Elle se préoccupait davantage d'exprimer ses frustrations.

— Lord Hazelmere, sachez que je trouve inacceptable votre façon de vous adresser à moi ! En vérité, de quel droit vous permettez-vous de critiquer ma conduite ? Ce qui s'est passé ce soir n'était qu'un regrettable incident. Rien de plus. Et je suis tout à fait capable de...

— Auriez-vous préféré que je vous laisse vous débrouiller avec Tremlow et ses amis ? Croyez-m'en, vous n'auriez guère apprécié...

Simms revint sur ces entrefaites, un verre à la main.

— Je vous verrai tout à l'heure, lui dit Hazelmere en

s'en saisissant. Tenez, buvez cela, reprit-il à l'adresse de Dorothea quand l'aubergiste se fut éloigné.

— Non, merci. Je ne bois pas de cognac.

— Il y a une première fois à tout. Il est possible que vous ne vous en soyez pas rendu compte, mais vous êtes en état de choc. Vous êtes pâle tel un linge, et vos yeux brillent comme des escarboucles. Le cognac vous aidera à vous remettre. Allons, soyez raisonnable et buvez. Peut-être préférez-vous que je vous le fasse avaler de force ?

Comprenant qu'il était vain de résister, Dorothea céda. Hazelmere attendit patiemment qu'elle eût fini, puis il lui prit le verre des mains et le glissa dans l'une des poches de sa pelisse.

— J'imagine que vous vous rendez à Londres, dit-il tandis qu'elle levait les yeux vers lui.

Dorothea hocha la tête.

— Comment s'appelle votre cocher ?

— Lang. J'avais pensé partir à 8 heures.

— Sage décision. Je vais le faire prévenir. Je vous suggère maintenant de réintégrer votre chambre, de verrouiller votre porte, et de ne l'ouvrir à personne sinon à l'aubergiste ou à son épouse.

Le ton était calme, sans aucune trace d'émotion.

— Oui... Entendu, bredouilla Dorothea.

Elle ne savait plus très bien où elle en était. La tête lui tournait.

— Parfait ! conclut Hazelmere. Ah ! une chose encore. Veuillez dire à lady Merion que je me présenterai chez elle après-demain.

Sur ces mots, il obligea Dorothea à rentrer dans sa chambre. Il ne s'éloigna qu'après avoir entendu le verrou se fermer.

⁂

— Enfin, te voilà! s'exclama Fanshawe lorsque son ami le rejoignit dans le salon privé qui leur était toujours dévolu quand ils faisaient halte à l'auberge. Je commençais à m'impatienter.

— J'ai raccompagné Mlle Darent jusqu'à sa porte et ensuite... j'avais quelques détails à régler.

— Et qui diable est cette Mlle Darent?

— Je n'en fais pas mystère. Elle vit à La Grange, la propriété voisine de Moreton Park. Sa sœur et elle sont en route pour Londres afin d'y retrouver lady Merion, leur grand-mère.

— Je vois. Et comment se fait-il que je ne l'aie jamais rencontrée, et moins encore entendu parler d'elle?

— Rien de plus simple. Elle a jusqu'ici vécu à la campagne et ne fréquente pas les mêmes cercles que nous.

La porte s'ouvrit à ce moment et Simms entra, qui portait deux plateaux. Il les posa sur la table puis, s'assurant qu'il ne manquait rien, se tourna vers Hazelmere.

— Vos ordres ont été exécutés, milord. Le cocher est prévenu, et la porte des demoiselles sera gardée toute la nuit.

Hazelmere remercia d'un signe de tête.

— J'aimerais que tu m'expliques, dit Fanshawe après que l'aubergiste se fut éclipsé.

Quoique résigné à l'inévitable, le marquis n'en prit pas moins un air étonné.

— Je ne sache pas qu'il y ait quoi que ce soit à expliquer.

— Vraiment? Alors, dis-moi comment il se fait — puisqu'elle ne fréquente pas les mêmes cercles que nous — que *toi* tu connaisses cette Mlle Darent?

— En fait, nous ne nous sommes rencontrés qu'une fois. C'était en août dernier, lors de mon séjour à Moreton Park.

— Je t'y ai rendu visite à peu près à cette époque, et je t'entends encore me dire que l'endroit était à mourir d'ennui...

— Je m'en souviens, en effet.

— Sans doute Mlle Darent t'était-elle sortie de l'esprit ?

Le marquis esquissa un sourire.

— On ne peut rien te cacher, Tony.

— Par Dieu, tu n'espères tout de même pas que je vais croire une chose pareille ! Il va te falloir trouver meilleure explication, mon vieux. Dois-je te rappeler que sir Barnaby Ruscombe se trouve en bas dans la salle ?

Sir Barnaby Ruscombe était un colporteur de ragots de la pire espèce. Il y avait fort à parier que le Tout-Londres saurait bientôt que le marquis de Hazelmere avait, dans une cour d'auberge, volé au secours d'une lady importunée par des hommes venus assister à un combat de boxe. Et l'histoire révélerait que le marquis connaissait déjà Mlle Darent... Que de complications en perspective !

— En l'occurrence, dit Hazelmere au bout de quelques secondes de silence, mieux vaudrait que la vérité ne se sût pas. Si l'on venait à apprendre les détails de ma précédente — et unique — rencontre avec Mlle Darent, les mauvaises langues iraient bon train.

Tony Fanshawe s'attendait à tout sauf à cela.

— Dois-je comprendre que, lorsque tu as fait sa connaissance, elle se trouvait sans chaperon ?

— Nous étions seuls, en effet, et je... je l'ai embrassée. Et *pas* sur la joue.

— Bonté divine ! Et combien de temps lui a-t-il fallu pour sortir de son évanouissement ?

— Non seulement elle ne s'est pas évanouie, déclara Hazelmere, mais elle a essayé de me gifler.

Fanshawe était fasciné.

— Il me tarde de connaître cette demoiselle Darent. Elle semble être une jeune fille étonnante.

— Je te la présenterai dès notre retour à Londres. Souviens-toi seulement que c'est moi qui ai fait sa connaissance le premier.

« Voilà qui est fort révélateur », songa à part lui Fanshawe.

— Et elle a une sœur, dis-tu ? Tout espoir n'est donc pas perdu pour moi... Mais soyons sérieux. Comment vas-tu expliquer que tu la connaissais ?

— N'est-elle pas la petite-fille de lady Merion ? Je compte aller trouver sa seigneurie et, métaphoriquement parlant, m'en remettre à sa merci. Nous devrions arriver à inventer une histoire plausible.

— A supposer qu'elle te pardonne ton attitude à l'égard de sa petite-fille, souligna Fanshawe.

D'un geste de la main, Hazelmere écarta cette remarque.

— A mon avis, c'est plutôt Mlle Darent qui risque de poser problème. Je ne suis pas certain qu'elle soit disposée à oublier mon... écart de conduite. Enfin, nous verrons bien.

— Et... physiquement, comment est-elle ?

— Ravissante ! Et ce soir, au lieu de me remercier de l'avoir arrachée aux griffes de Tremlow, elle m'a clairement envoyé au diable. En résumé, mon cher Tony, je doute que Mlle Darent soit le moins du monde en danger de succomber au charme du marquis de Hazelmere.

[illegible] ries [illegible]

[illegible] sera [illegible] de la [illegible]

[illegible] le [illegible]

[illegible]

[illegible] rencontre [illegible] tilles [illegible]

[illegible]

[illegible] ceux [illegible] en [illegible]

[illegible] quand [illegible]

[illegible] puis [illegible]

[illegible]

[illegible] commença [illegible]

[illegible] s [illegible] durant [illegible]

[illegible] compagnie [illegible]

[illegible] matin [illegible] lamentations [illegible] que [illegible]

[illegible], nous [illegible] pour [illegible]

[illegible] i, on [illegible] (lundi [illegible]

[illegible] lités [illegible] que nous [illegible]

[illegible] essey [illegible]

[illegible] et la [illegible]. C'est [illegible]

[illegible] us y [illegible] r refaire l'[illegible]

[illegible] de lamentation.

[illegible] ciel commença [illegible] ne cessait pas

[illegible] ce point important.

[illegible] est [illegible] grand [illegible]

[illegible]

[illegible] ursuivi dans [illegible] observant les [illegible]

[illegible] nes d'une [illegible] de [illegible]

[illegible] commença [illegible] et [illegible]

[illegible] avec attention.

3.

Lady Merion accueillit ses petites-filles avec une joie et une excitation évidentes.

— L'essentiel est que vous soyez convenablement vêtues, leur dit-elle après le dîner, quand toutes trois eurent gagné le petit salon. J'ai donc pris rendez-vous pour vous avec Mme Célestine. Elle est, et à juste titre, considérée comme la meilleure couturière du moment. Ses créations sont réellement extraordinaires. Ensuite, nous nous occuperons de vous faire coiffer. Ah ! j'ai aussi engagé un maître de danse... Une fois que vous serez présentables, notre première sortie sera pour Hyde Park. L'après-midi, on y rencontre tout ce que Londres compte de personnalités. J'espère notamment que nous y croiserons lady Jersey et la princesse Esterhazy. Toutes deux font la pluie et le beau temps à l'Almack. C'est grâce à elles que vous y serez admises. S'en voir refuser l'accès signe la fin de toute saison.

— Juste ciel, commenta Dorothea, je ne pensais pas que c'était à ce point important !

— Ce l'est pourtant, répondit sa grand-mère avec conviction.

Et elle poursuivit dans cette veine, abreuvant les deux jeunes femmes d'une suite ininterrompue de renseignements et recommandations divers. Dorothea et Cecily l'écoutaient avec attention.

A 21 heures, voyant que Cecily étouffait un bâillement, sa seigneurie mit un terme à son monologue.

— Il est temps d'aller vous coucher. Dorothea, sonne Witchett, veux-tu? Elle vous aidera à vous mettre en tenue de nuit. Vous pouvez vous retirer à présent. Vous en avez eu assez pour la journée.

Restée seule, lady Merion esquissa un sourire satisfait. Cette saison s'annonçait prometteuse, qui mettrait un peu d'animation dans son existence.

Songeant à ses petites-filles, elle fronça les sourcils. Dorothea lui avait paru étrangement préoccupée. Elle espérait qu'elle ne s'était pas entichée de quelque gentilhomme campagnard. Si tel était le cas, les plaisirs de la saison londonienne auraient tôt fait de la distraire.

Ses réflexions furent interrompues par un coup donné à la porte. Dorothea, vêtue d'un déshabillé d'un rose délicat, ses longs cheveux bruns dénoués lui tombant en cascade sur les épaules, passa la tête par l'entrebâillement.

— Puis-je vous parler un instant?

« Je vais enfin savoir ce qui la tourmente », pensa lady Merion.

— Bien sûr, répondit-elle en lui faisant signe de venir prendre place à côté d'elle, sur le sofa.

— En premier lieu, il me faut vous avertir que le marquis de Hazelmere viendra vous voir demain.

— Bonté divine! Ma chère enfant, je m'étonne que tu connaisses un homme de l'acabit de Hazelmere... J'ignorais que ta mère fréquentait les Henry.

A la seule mention du nom de Hazelmere, Hermione Merion ne pouvait se défendre d'un sentiment de désastre imminent. Que le diable soit de ce garçon! Il était la bête noire des mères ayant filles à marier. Bien qu'il fût, indubitablement, un fort beau parti, lord Hazelmere ne figurait pas sur leurs listes des prétendants convenables.

— Commence par le début, mon enfant, ou je ne comprendrai jamais.

— Eh bien... J'ai rencontré lord Hazelmere pour la première fois en août dernier, alors que je cueillais des mûres dans les bois de Moreton Park. Sa grand-tante, lady Moreton, lui avait légué la propriété...

— Cela, je le sais! interrompit sa seigneurie. J'étais très liée avec Etta Moreton. En fait, elle m'a écrit après la mort de votre mère, me conseillant de vous prendre chez moi et de m'occuper de vous.

— Vraiment?

Voilà qui était nouveau pour Dorothea.

— Mmm... Et comment s'est passée ta rencontre avec Hazelmere? Je présume qu'il s'est montré charmant, comme à son habitude.

— Il s'est présenté. Puis, parce que j'étais sortie sans chaperon, il a insisté pour me raccompagner jusqu'au manoir.

— Et j'imagine qu'il t'a fait un brin de cour? C'est plus fort que lui. Il ne peut s'en empêcher.

— Charmant? Je l'ai trouvé plutôt arrogant.

Sa seigneurie cilla à ce froid jugement de l'une des célébrités de l'aristocratie.

Dorothea s'empressa de poursuivre :

— J'ai de nouveau rencontré lord Hazelmere hier soir, à l'auberge.

— Le marquis se trouvait à l'auberge, hier soir?

— Oui. Ainsi qu'un grand nombre d'autres gentlemen. Ils étaient venus assister à un combat de boxe qui devait avoir lieu le lendemain dans les environs.

Lady Merion se prépara au pire. Qu'allait donc lui révéler cette extravagante enfant?

C'est en silence qu'elle écouta la version, soigneusement édulcorée, des événements survenus à l'auberge.

Si Hazelmere avait agi comme il convenait en se portant au secours de Dorothea, lady Merion ne comprenait pas pourquoi il avait ensuite cédé à la colère. Perdre son calme, à plus forte raison avec une gamine qu'il connaissait à peine, ne lui ressemblait guère... S'apercevant que Dorothea attendait son verdict, elle décida d'oublier, pour l'instant, l'étrange comportement du marquis de Hazelmere.

— Eh bien, ma chérie, je ne vois rien dans ta conduite qui doive t'inquiéter. Cela dit, j'aimerais que tu ne sortes plus seule, à l'avenir. L'incident de l'auberge est extrêmement regrettable, mais tu ne pouvais pas le prévoir. Et par bonheur, Hazelmere se trouvait là pour te venir en aide.

Elle se tut, soudain pensive.

— Sais-tu pourquoi il souhaite me voir?

Dorothea avait beaucoup réfléchi à la question.

— Peut-être à cause des autres gentlemen qui ont été témoins de la scène. Ils savent maintenant que nous nous connaissions. Je suppose qu'il veut vous consulter quant à une explication vraisemblable à donner à ce fait.

— Sans doute as-tu raison.

Hazelmere avait en effet certainement conscience que cette reconnaissance publique de leur relation pouvait avoir de fâcheuses conséquences. Il était bien dans son caractère de tenter d'en limiter la portée.

— Lady Merion vous attend, milord, dit Mellow, le majordome, comme Hazelmere lui remettait sa carte.

La vieille lady attendait en effet son visiteur. Et avec impatience! Son instinct, ainsi que son expérience, l'avertissaient que sa petite-fille ne lui avait pas tout dit...

— Il semble que je doive vous remercier d'avoir tiré ma petite-fille d'un mauvais pas, milord, dit-elle tandis qu'il lui baisait la main.

— N'importe qui, même un homme ayant une âme aussi noire que la mienne, en eût fait autant, madame.

— Soit! Mais pourquoi cet entretien?

— Parce que, parmi les gentlemen présents, se trouvait sir Barnaby Ruscombe.

— Pouah ! Cet abject personnage ! On peut assurément compter sur lui pour ne pas oublier l'incident... et le raconter à sa manière. J'imagine qu'il n'est rien que vous soyez en mesure de faire le concernant ?

— Hélas, non ! Nous pouvons néanmoins concocter quelque histoire qui expliquerait que je connaissais Mlle Darent. De la sorte, sa réputation n'aurait pas à en souffrir.

— Bien sûr, acquiesça lady Merion. Je vais la faire quérir. Sonnez, voulez-vous ?

— En arrivant, je l'ai aperçue qui rentrait de promenade. Elle est montée dans sa chambre afin de se rafraîchir avant de nous rejoindre.

A peine avait-il terminé sa phrase que Dorothea entrait dans la pièce.

Hazelmere se porta nonchalamment à sa rencontre puis, s'emparant de sa main, il l'effleura de ses lèvres. Hommage que Dorothea accepta sans un battement de cils.

Lady Merion réprima un haut-le-corps. Baiser la main d'une jeune fille n'était pas pratique courante. Que diable se passait-il ?

— Nous nous demandions comment justifier le fait que lord Hazelmere t'ait reconnue à l'auberge, dit la vieille dame comme Dorothea s'asseyait à côté d'elle et en face du marquis.

— Peut-être Mlle Darent a-t-elle une suggestion à nous faire ? intervint Hazelmere, le regard gentiment provocateur.

— J'en ai une en effet. Je pense qu'il serait sage, et surtout plus sûr, de nous en tenir à des faits que nul ne serait à même de contester. Par exemple, imaginez qu'au cours de l'une de vos visites à lady Moreton, vous l'aviez emmenée promener dans votre calèche. Oh ! pas bien loin, évidemment — sa santé ne l'aurait pas permis.

— Et j'avais donné son après-midi à Jim, mon cocher, renchérit Hazelmere, entrant dans le jeu.

Dorothea hocha la tête.

— Vous regagniez le château lorsque vous nous avez rencontrées, ma mère et moi, qui revenions d'une visite à... Waverley Park.

— Et votre cocher?

— C'était son jour de congé, et je conduisais moi-même l'attelage. Lady Moreton vous a présenté à nous et, maman et elle étant très amies, toutes deux ont bavardé quelques minutes. Après quoi, chacun est reparti de son côté.

— Et quand, exactement, cette rencontre a-t-elle eu lieu? s'enquit Hazelmere.

— Voyons... Au mois de juillet d'il y a deux ans, quand maman et lady Moreton étaient encore de ce monde.

— Mes félicitations, mademoiselle! Tout cela est on ne peut plus plausible, et les deux seuls témoins qui pourraient démentir votre histoire ne sont plus.

— Un instant! intervint lady Merion. Comment expliquer que ta mère n'ait parlé de cette rencontre à personne?

— Voyons, grand-mère, vous savez comme moi combien maman était distraite. A peine rentrée au manoir, elle n'y pensait déjà plus.

— Fort bien. Mais, et toi? Pourquoi ne pas en avoir fait état auprès de tes amis?

Dorothea écarquilla ses grands yeux verts.

— Pourquoi l'aurais-je fait? Il n'est pas dans mes habitudes de relater un événement aussi insignifiant.

Lady Merion retint son souffle. Elle n'était pas certaine que le marquis appréciât le qualificatif. Mais il demeura impassible — même s'il sembla à la vieille lady que le regard noisette, pour l'heure fixé sur le visage de Dorothea, s'était — une fraction de seconde — assombri.

— C'est merveilleusement imaginé, mademoiselle, déclara-t-il en se levant.

Puis, avec grâce, il s'inclina au-dessus de la main de lady Merion.

— J'imagine que vous serez de toutes les réceptions, milady ?

— Oh ! certainement, répondit-elle. Du moins, dès que Célestine aura convenablement vêtu ces enfants.

Hazelmere alla se planter devant Dorothea, qui s'était levée pour le saluer. De nouveau, il porta sa main à ses lèvres.

— Je me réjouis à l'avance de faire plus ample connaissance avec vous, mademoiselle, dit-il en souriant de façon déconcertante. Et j'ose espérer que vous ne me trouverez pas insignifiant au point de ne pas vous souvenir de moi.

Il avait recouvré son ton gentiment moqueur.

— Oh, non ! lui assura Dorothea sur le même ton. A présent, je ne pense pas que je pourrais vous oublier, milord.

[illegible] les bancs d'accusé [illegible]

[illegible] et moi qui [illegible] la [illegible]

[illegible] Mais [illegible] pour [illegible]

[illegible] assister à [illegible] d'attitude [illegible]

[illegible] Dorrière [illegible]

[illegible] Dorrière [illegible] asseyez [illegible]

[illegible] effet, [illegible] vous [illegible] nos [illegible] nouveau [illegible] à Londres [illegible] halte pour [illegible] auberge [illegible] vait. Il [illegible] de me débarrasser [illegible] qui m'impor[illegible]

4.

Le lendemain après-midi, après une matinée passée en essayages, les deux sœurs partirent en compagnie de leur grand-mère pour une promenade en calèche dans Hyde Park.

A peine en avaient-elles franchi l'enceinte qu'un landau vint s'arrêter à leur hauteur.

— Sally ! s'exclama lady Merion, quelle joie de vous revoir ! Maria est-elle rentrée ? Permettez-moi de vous présenter mes petites-filles, poursuivit la vieille lady sans attendre la réponse. Dorothea, Cecily, voici lady Jersey.

— Hermione, dit celle-ci après les salutations d'usage, ces enfants vont provoquer une émeute ! Je vais vous faire porter les bons d'accès à l'Almack immédiatement ! Mon Dieu, et moi qui craignais que la saison ne fût ennuyeuse... Mais avec de telles beautés pour l'animer, nous allons assister à un véritable feu d'artifice.

A ces mots, Dorothea et Cecily s'empourprèrent.

— J'ai entendu dire, ma chère, reprit lady Jersey à l'adresse de Dorothea, que vous connaissiez lord Hazelmere.

— En effet, milady. Et le hasard a voulu que, tout récemment, nos chemins se croisent de nouveau. Lors de notre venue à Londres, nous avons fait halte pour la nuit dans une auberge où lui-même se trouvait. Il a d'ailleurs eu la bonté de me débarrasser de gentlemen qui m'importunaient.

— Ce n'était donc pas la première fois que vous le rencontriez ?

— Sa grand-tante, lady Moreton, nous l'avait présenté à ma mère et à moi-même. Nos propriétés du Hampshire étaient voisines.

— Oh ! je vois.

Manifestement déçue par cette explication, pour le moins banale, de la rencontre de Dorothea avec celui que beaucoup tenaient pour le plus libertin des célibataires de la capitale, lady Jersey reporta son attention sur lady Merion. Elle l'entretint pendant quelques minutes encore, puis reprit sa promenade.

Un quart d'heure plus tard, c'était au tour de la princesse Esterhazy de les aborder.

— Je vous ai vues discuter avec Sally, dit la rondelette princesse avec un sourire après les incontournables civilités. J'imagine qu'elle a dû vous promettre des bons pour l'Almack.

Lady Merion confirma la chose d'un hochement de tête.

— Elle semble penser que mes petites-filles vont faire sensation cette saison.

— Sans aucun doute, acquiesça la princesse.

A cet instant, deux élégants jeunes gens s'approchèrent.

— Votre serviteur, lady Merion, dit le premier en soulevant son chapeau tandis que le second demeurait, après avoir salué, légèrement en retrait. Princesse...

— Oh, Ferdie ! s'exclama la vieille lady. Votre mère est-elle déjà en ville ?

Assurée que Mme Acheson-Smythe arriverait à la fin de la semaine, lady Merion présenta ses petites-filles.

— Dites-moi, Hermione, déclara la princesse alors que les quatre jeunes gens devisaient entre eux, il paraîtrait que Hazelmere a tiré d'un mauvais pas l'une de ces charmantes enfants ?

— C'est positivement une chance qu'il se soit trouvé là, ma chère. Figurez-vous que...

Et la vieille lady de narrer l'incident de l'auberge, ainsi que les circonstances dans lesquelles Dorothea avait fait la connaissance du marquis.

— Je crois que nous pouvons être satisfaites, dit sa seigneurie quand, un peu plus tard, elles eurent regagné Merion House. Cette première sortie est un excellent préambule à votre saison. Mais n'est-ce pas l'heure du thé ? Venez, mes enfants, allons nous installer dans le petit salon.

— Ces jeunes gens que nous avons rencontrés tantôt sont charmants, observa Dorothea.

— N'est-ce pas ? Ferdie Acheson-Smythe est l'unique fils des Acheson-Smythe du Herefordshire. Très bonne famille, apparentée à Hazelmere. Marc et lui sont cousins. Dommage qu'il ne semble pas pressé de se marier. En tout cas, il fait autorité en matière d'étiquette ; s'il vous donne un jour un conseil quant à la façon de vous comporter, vous seriez bien avisées d'en tenir compte. En un mot, Ferdie est un jeune homme irréprochable. Etre vues en sa compagnie ne peut que vous servir.

— Et M. Dermont ? s'enquit Cecily.

— Les amis de Ferdie lui ressemblent. Encore que Ferdie les surclasse tous et de beaucoup.

Lady Merion ayant insisté pour qu'elles honorent toutes les invitations qui leur étaient faites, Dorothea et Cecily devinrent bientôt la coqueluche des salons. Il leur suffisait de paraître quelque part pour que, immédiatement, elles fussent entourées par une nuée d'ardents admirateurs.

Ferdie Acheson-Smythe était le plus assidu des chevaliers servants de Dorothea.

Au départ, il ne s'était attaché aux pas de la brune

beauté que parce que Hazelmere l'en avait prié. Celui-ci avait laissé entendre que cela pourrait aider à étouffer dans l'œuf toute rumeur les concernant, la ravissante Dorothea et lui. Or, Ferdie se serait jeté au feu pour son cousin. Puis, le temps passant et le charme de la jeune fille opérant, il avait pris sa tâche à cœur. En moins d'une semaine, une solide amitié s'était ainsi développée entre eux.

Ce fut lors d'une réception donnée par lady Bressington que Dorothea fit la connaissance d'Edward Buchanan. Robuste gentleman campagnard d'environ trente-cinq ans, il avait le visage rougeaud et de grands yeux battus. Pour une raison ignorée de la jeune femme, il l'entreprit dès qu'il l'aperçut.

— Ma chère mademoiselle Darent, j'espère que vous voudrez bien me pardonner de vous aborder de la sorte ! Je sais que nous n'avons pas été présentés... Mon nom est Edward Buchanan, et mon père était un ami de sir Hugo Clere chez qui je me suis arrêté en venant à Londres. Il m'a parlé de vous et m'a demandé de vous transmettre ses amitiés.

Dorothea leva un sourcil étonné. Sir Hugo était un voisin qu'elle ne fréquentait guère. Qu'il parle d'elle était difficile à croire — et qu'il lui transmette ses amitiés était tout bonnement impensable !

— La description que m'avait faite de vous sir Hugo est loin de rendre justice à votre beauté, poursuivit M. Buchanan. Vous éclipsez toutes les autres jeunes filles, encore que je trouve que la mode actuelle dévoile... euh, un peu trop certains attraits.

Ce disant, son regard s'était attardé sur la gorge dénudée de Dorothea.

— Mais je comprends que vous ne puissiez éviter de vous y soumettre, reprit-il. Il est vrai que votre grand-mère a toujours suivi la mode. Vous seriez vêtue autrement à la campagne où, j'en suis certain, vous vous sentiriez plus à l'aise.

Stupéfaite, Dorothea l'écouta pérorer quelques minutes encore puis elle n'y tint plus.

— Monsieur Buchanan, vous voudrez bien m'excuser, mais je dois m'entretenir avec des amis...

Et, le plantant là, elle s'éloigna en toute hâte.

Arriva enfin le soir de leur présentation à l'Almack.

Dès qu'elles pénétrèrent dans la grande salle de bal, il apparut évident que les demoiselles Darent étaient attendues avec impatience. A l'exception des deux seules valses de la soirée — l'usage voulant que ce fût l'une des dames patronnesses qui les présentât alors au cavalier de son choix —, toutes leurs danses furent bientôt retenues.

Les deux sœurs se divertissaient fort, qui passaient de bras en bras.

Vint le moment de la première des valses interdites. Dorothea s'apprêtait à rejoindre le coin des chaperons — où se trouvait sa grand-mère — au bras de son dernier cavalier, lorsqu'une voix qu'elle reconnut aussitôt la fit s'immobiliser.

— Mademoiselle Darent.

Elle se retourna. Le marquis de Hazelmere se tenait devant elle.

— Je reconduirai Mlle Darent auprès de lady Merion, dit-il à l'insignifiant jeune homme qui l'accompagnait.

Le lion avait rugi, la souris battit en retraite...

— Venez, reprit le marquis cependant que, la tenant par le coude, il la dirigeait à travers la foule. Il est quelqu'un que j'aimerais vous faire connaître.

Ils s'arrêtèrent devant une matrone aux cheveux de jais.

— Vous voilà, enfin, milord ! s'exclama cette lady.

— Mademoiselle Darent, permettez-moi de vous présenter Mme Drummond-Burrell.

Confrontée à la plus sévère des dames patronnesses de

l'Almack, Dorothea s'abîma dans une profonde révérence.

Mme Drummond-Burrell, à qui la surprise de la jeune femme n'avait pas échappé, eut la bonne grâce de sourire.

— J'imagine que lord Hazelmere ne vous a pas dit combien j'avais hâte de vous voir. Vous êtes encore plus ravissante que ce que l'on m'avait annoncé, mon enfant, et il serait vraiment dommage que, ce soir entre tous, vous manquiez ne fût-ce qu'une seule valse. En conséquence, et ainsi qu'il me l'a demandé, c'est bien volontiers que je vous accorde permission de valser, et avec lord Hazelmere.

Bien que décontenancée, Dorothea eut la présence d'esprit de remercier Mme Drummond-Burrell avant de suivre le marquis sur le parquet ciré.

C'était la première valse de la saison. Nombre de débutantes n'avaient pas été autorisées à danser, et tous les regards convergeaient vers les rares couples qui évoluaient sur la piste.

— Etre ainsi le point de mire de toute l'assistance ne vous ennuie pas, mademoiselle Darent ? demanda le marquis tandis qu'ils tournoyaient autour de la salle.

— Pas le moins du monde, milord, répondit-elle en le regardant droit dans les yeux. Cela le devrait-il ?

Il sourit.

— Certainement pas, ma chère. Permettez-moi cependant de vous dire que je ne m'attendais pas à une telle réponse de votre part. Vous êtes réellement une jeune personne peu commune.

— Qui donc est ce gentleman qui danse avec ma sœur ? demanda Dorothea, qui désirait orienter la conversation sur un terrain moins glissant.

— Lord Anthony Fanshawe, répondit Hazelmere sans un regard pour le couple.

— Il me semble reconnaître en lui le jeune homme qui se trouvait dans la cour de l'auberge, l'autre soir. Est-il de vos amis ?

Le marquis esquissa un sourire.

— Nous avons grandi ensemble. Mais rassurez-vous, nous sommes très dissemblables...

Cet homme était un démon, songea Dorothea avec un mélange de confusion et d'exaspération. Comment pouvait-il lire ainsi dans ses pensées ? Elle s'estima heureuse de n'avoir que très légèrement rougi.

— N'est-il rien qui vous décontenance, mademoiselle Darent ? lui demanda-t-il alors. Ou bien jugez-vous que vos vingt-deux ans vous dispensent d'affecter des airs de petite fille effarouchée ?

— Comment savez-vous mon âge ?

Pestant intérieurement contre lui-même, Hazelmere songea un instant à attribuer cette information à sa grand-tante, puis il se ravisa.

— Je le tiens de M. Matthews.

— Le pasteur ?

— C'est un incorrigible bavard que j'ai pris l'habitude de convier à dîner chaque fois que je suis à Moreton Park. Et comme rien de ce qui se passe dans sa paroisse ne lui échappe, il est au courant de tout. C'est ainsi que je n'ignore rien de vos visites à Newbury, des rhumatismes de votre tante Agnès ou encore des problèmes de Mme Warburton. A propos, j'allais oublier. Votre tante vous embrasse. Par l'intermédiaire du pasteur, naturellement, ajouta le marquis devant l'air incrédule de Dorothea.

S'avisant qu'il avait, une fois encore, lu dans ses pensées, la jeune femme lui retourna son sourire. Elle souriait toujours lorsque, la valse terminée, il la reconduisit auprès de lady Merion.

Si celle-ci avait été stupéfaite de voir Dorothea dans les bras du marquis, la vue de Cecily évoluant avec lord Fanshawe lui avait un instant fait douter de ses sens. Deux sœurs, toutes deux débutantes, dansant, pour leur première valse, avec deux des plus beaux partis du royaume... cela ne s'était jamais vu! Fallait-il que les deux gentlemen concernés eussent intrigué pour parvenir à pareil résultat! Et elle n'était pas certaine d'approuver attaque aussi directe et rapide.

Pendant la valse, Sally Jersey était venue la trouver.

— Il est sous le charme! lui avait-elle murmuré à l'oreille avec un regard vers le couple que formaient Dorothea et le jeune marquis. Jamais encore je n'avais vu Hazelmere se proposer pour une première valse!

Deux jeunes filles rayonnantes furent, comme il se devait, rendues à leur grand-mère pour être aussitôt enlevées par deux autres cavaliers. Hazelmere et Fanshawe connaissant lady Merion depuis leur enfance, ils s'attardèrent un instant auprès d'elle. Puis l'avenante lady Sefton vint réclamer le bras de Fanshawe.

Lady Merion saisit l'occasion qui lui était offerte.

— Eh bien, milord, dit-elle à Hazelmere, vous ne perdez pas de temps!

— Dois-je comprendre que mon intérêt pour Mlle Darent ne vous inquiète pas? s'enquit-il, tout sourires.

— Ne soyez pas stupide! Comme si vous ignoriez que vous êtes l'un des plus beaux partis d'Angleterre! Mais vous devez maintenant savoir qu'il est peu vraisemblable que ma petite-fille me demande mon avis sur la question.

— Assurément. Toutefois, *je* me considérerais obligé de tenir compte de votre opinion, même si elle s'y refusait.

— Edifiant, en vérité! répondit lady Merion.

Avisant Fanshawe qui revenait, elle les congédia tous les deux.

— Je suis sûre que vous avez bien mieux à faire que de rester à bavarder avec moi, ajouta-t-elle en riant tandis qu'ils s'inclinaient devant elle.

Vers la fin de la soirée, M. Edward Buchanan surgit devant Dorothea.

— Ma chère mademoiselle Darent... Je crains d'être un bien piètre danseur, mais peut-être accepterez-vous de faire quelques pas en ma compagnie ?

Ferdie, qui se tenait à côté de la jeune fille, roula de gros yeux ronds.

— J'ai bien peur, monsieur Buchanan, de n'être pas libre.

— Oh ?

Il était sincèrement étonné.

Par bonheur, le jeune lord Davidson vint à cet instant la chercher pour le cotillon qui se formait.

Ferdie fixait l'étrange M. Buchanan, qui s'empourpra légèrement sous son regard scrutateur.

— Je suis un ami d'ami, voyez-vous. De province. Mlle Darent pourrait avoir l'utilité de quelques conseils quant à la façon de se conduire à Londres. Il y a tellement de coureurs de dot à l'affût. Mais à présent que je suis là, je veillerai sur elle, soyez-en certain.

— Vraiment ? fit l'élégant Ferdie Acheson-Smythe d'un ton glacial.

Puis, avec un bref signe de tête en guise de salut, il s'en fut.

5.

Après la valse avec Dorothea, Hazelmere, soucieux de ne point faire jaser, avait dansé avec trois autres jeunes débutantes. Mais aucune n'ayant l'intelligence ni la vivacité de la ravissante petite-fille de lady Merion, l'ennui l'avait rapidement gagné. Il s'était donc mis en quête de Fanshawe et, ensemble, ils avaient quitté l'Almack pour se rendre dans un club très privé de la capitale.

L'aube les trouva alors qu'ils rentraient chez eux par les rues désertes, chacun plongé dans ses pensées. Hazelmere pensait à certaine jeune lady aux yeux verts cependant que Fanshawe s'interrogeait sur la séduisante Cecily Darent.

Hazelmere fut le premier à rompre le silence.

— Eh bien, il semble que Mlle Darent soit parvenue à faire taire les mauvaises langues, déclara-t-il.

Fanshawe regarda son ami à la dérobée.

— Elle te plaît, n'est-ce pas ?

— Est-ce si évident ?

— Franchement, oui.

— Attendu que la saison débute à peine, et qu'il est obligatoire de se conformer aux règles, j'imagine que l'intérêt que je lui porte sera bientôt un secret de Polichinelle...

— Tu as raison. Nous ne pourrons pas y déroger.

— Nous ? répéta Hazelmere.

— Cecily Darent est une jeune personne diantrement séduisante, expliqua Fanshawe. Fort attirante...

— Oh, certainement ! Mais satisfais ma curiosité. Sa conversation frise-t-elle comme celle de sa sœur... euh, l'inconvenance ?

— Juste ciel, oui ! Elle m'a carrément demandé si j'avais intrigué auprès de la comtesse Lieven pour obtenir la permission de valser avec elle. Elle s'est ensuite inquiétée d'en connaître la raison.

— Et que lui as-tu répondu ?

— Que je n'avais pu résister à ses beaux yeux.

— Ce qui l'a fait rire, devina Hazelmere.

— Exactement ! Tu sais, je n'arrive pas à comprendre pourquoi toutes ces mères transforment leur progéniture en gamines minaudantes incapables de soutenir une conversation sensée. Elles nous ennuient à mourir et se demandent pourquoi. Prends la jeune Tremlett, par exemple. Elle est fichtrement jolie, je le concède. Eh bien, il suffit qu'elle ouvre la bouche pour me donner envie de déguerpir ou me faire regretter de n'être point sourd. Et regarde notre petit groupe. En dehors de nous deux, il y a Peterborough et Markham, Alvanley, Harcourt, Bassington, Walsingham, Desborough... et une foule d'autres ! Or, bien que nous soyons tous titrés et fortunés, à trente ans passés, nous sommes toujours célibataires. Pourquoi ? Parce que les filles point trop laides que nous connaissons ont plus de cheveux que de cervelle... Et c'est précisément pour cela que nous serons de toutes les réceptions de cette saison.

— Bonté divine ! fit Hazelmere, frappé par la logique de son ami. Tu penses donc qu'ils vont tous courtiser les sœurs Darent ?

— Tu l'as dit toi-même. Nous sommes tous de beaux partis en quête d'épouses convenables. Ce que sont incontestablement les sœurs Darent... Nous n'avons, toi et moi, qu'une simple foulée d'avance sur les autres. Je serais très étonné que nos adversaires n'essaient pas de combler leur handicap, et très vite. Markham a déjà commencé à œuvrer en ce sens...

— J'ai vu cela en effet. Et Walsingham se trouvait là, lui aussi. Je te prédis que, d'ici à demain soir, toute la bande se sera rassemblée. Voilà qui va nous obliger à rester vigilants.

Ils étaient arrivés au coin de Cavendish Square et s'y arrêtèrent.

— Qu'y a-t-il de prévu demain soir? s'enquit Fanshawe d'un ton endormi.

— Un raout chez les Bedlington. Pourquoi ne viendrais-tu pas dîner avec moi? Nous nous y rendrions ensuite de conserve.

— Bonne idée! A demain donc, conclut Fanshawe dans un bâillement.

Puis il s'éloigna en direction de Wigmore Street, cependant que Hazelmere couvrait rapidement la courte distance qui le séparait de son hôtel particulier.

Après s'être, non sans mal, débarrassé de Murgatroyd, qui l'attendait, le marquis gagna sa chambre.

Là, il se dévêtit et, se jetant sur son lit, s'étira voluptueusement. Songeant à une paire de prunelles vertes, il ne put s'empêcher de sourire. Les faveurs des ravissantes sœurs Darent promettaient d'être âprement disputées. Or, pour des raisons qu'il ne s'expliquait pas vraiment, et pour la première fois de son existence, il était prêt à livrer bataille pour conquérir la belle et rétive Dorothea.

Hazelmere et Fanshawe se présentèrent tôt chez les Bedlington, y précédant de peu les dames de leurs pensées. Dès que Dorothea et Cecily firent leur apparition, Hazelmere, qui guettait leur arrivée, s'avança dans leur direction.

Le voyant approcher, Dorothea sourit puis, après qu'il se fut incliné devant elle, elle lui fit une petite révérence.

— Mademoiselle Darent, dit-il en lui effleurant la main d'un baiser, je compte bien que vous me réserverez une valse, ce soir. Que diriez-vous de la première ?

Comme elle acquiesçait en riant, il se saisit du petit carnet qu'elle portait attaché à son poignet par un ruban et inscrivit son nom à l'endroit approprié.

— Et pour me récompenser d'être venu de bonne heure, reprit-il à mi-voix de façon à n'être entendu que d'elle seule, je pense que vous pourriez m'accorder l'insigne honneur de vous escorter à table.

Dorothea hésita. Son regard se fit interrogateur.

— C'est tout à fait convenable, je vous l'assure, lui affirma Hazelmere.

Sur quoi, il s'écarta afin de laisser la place à la nuée d'admirateurs désireux d'obtenir une danse de la charmante Mlle Darent. Parmi eux, et ainsi qu'il s'y attendait, se trouvaient Markham, Peterborough et Alvanley. Il constata que Cecily avait à affonter la même situation. Autour d'elle se pressaient une dizaine de gentlemen, dont lord Harcourt, lord Bassington et, bien entendu, Fanshawe. Celui-ci adopta d'ailleurs la même tactique que son ami. Hazelmere n'en fut pas surpris, puisque tous deux l'avaient mise au point au cours du dîner.

Contents d'eux-mêmes, les deux amis s'éloignèrent.

Dorothea, de son côté, n'eut pas le loisir de s'interroger sur le manège du marquis. Elle s'amusait, rayonnante dans sa robe de soie couleur bronze, recouverte d'une faille délicate qui miroitait à chacun de ses mouvements. Ainsi parée, sa beauté était encore plus saisissante que d'ordinaire, et nombre de mères, dans l'assistance, se demandèrent pourquoi Célestine n'avait jamais honoré leurs filles de semblables créations.

A mi-soirée, alors qu'on annonçait la valse, Hazelmere vint enlever Dorothea à lord Walsingham. Ce dernier commençant à se montrer un peu trop pressant au goût de la jeune femme, ce fut avec un sentiment proche du soulagement qu'elle prit le bras de son nouveau cavalier.

— Le temps serait-il à l'orage, ce soir, mademoiselle Darent? lui demanda-t-il.

— Pardon? Oh! non, milord. Je trouve tout cela fort divertissant.

— Vous mentez bien, remarqua-t-il dans un murmure.

Dorothea ouvrit de grands yeux.

— Quelle façon de parler, milord! Et combien inconvenante!

— Puisque nous en sommes à discuter d'inconvenance, ma chère, dites-moi donc comment il se fait que, malgré tous mes efforts, je ne puisse me rappeler une conversation avec vous qui ne l'ait pas été.

— J'aurais cru que la raison en était assez évidente, milord.

Tandis que leurs regards se croisaient, Hazelmere vit la joie briller dans les yeux de sa compagne. C'était la deuxième fois qu'elle le remettait à sa place. Il devait vieillir. Mais il n'était pas encore battu.

— Permettez-moi de vous dire, ma chère mademoiselle Darent, qu'il n'est pas dans mes habitudes de tenir des propos inconvenants aux jeunes filles bien élevées.

— Vraiment?

— Oui, vous êtes la seule.

Les yeux de Dorothea étincelèrent cette fois d'une feinte indignation tandis qu'elle se mettait à rire.

— Lord Hazelmere, vous êtes décidément l'homme le plus inconvenant que je connaisse.

— Inconvenant, nous le sommes tous les deux, mademoiselle Darent, corrigea-t-il.

Peu après, l'orchestre s'étant tu, il la raccompagna auprès de sa grand-mère.

Plus tard, il vint la chercher pour la conduire à table, l'arrachant aux griffes de lord Peterborough. Comme il était fort versé dans l'art de souffler leur cavalière à ses amis les plus intimes, il y parvint sans anicroche.

Ils soupèrent avec lord Fanshawe et Cecily, ainsi que

Julia Bressington, que ne quittait pas le pointilleux lord Harcourt.

Le repas fut résolument joyeux. Les trois gentlemen firent assaut d'humour, relatant notamment, avec moult détails croustillants, la vie à la cour.

Après la soirée des Bedlington, le comportement du marquis et de lord Fanshawe à l'égard des demoiselles Darent ne devait guère varier.

Présentes à presque toutes les réunions majeures auxquelles les jeunes filles étaient conviées, leurs seigneuries étaient toujours parmi les premières à inscrire leur nom sur leur carnet de bal — habituellement pour une valse — et, le plus souvent, c'étaient elles qui escortaient les deux sœurs au souper.

Au fil des réceptions, l'aristocratie londonienne s'habitua à voir Mlle Darent au bras de lord Hazelmere et Cecily à celui de lord Fanshawe. Au début du mois d'avril, trois semaines après le commencement de la saison, et sept jours avant le bal de présentation des jeunes filles, on murmurait dans les salons qu'un accord était intervenu entre les demoiselles Darent et leurs chevaliers servants.

Dès lors, Hazelmere et Fanshawe comprirent qu'il leur serait permis une certaine licence avec les élues de leur cœur.

Au cours de ces premières semaines, ils s'étaient efforcés de ne point dépasser la mesure. Hazelmere savait que Dorothea considérait ses bras comme un asile sûr, un rempart qui la protégeait des libertins tels que lord Peterborough et lord Walsingham. Ces gentlemen lui rendant, sans le vouloir, un fier service, le marquis ne tenta pas de les évincer. Néanmoins, il trouvait prodigieusement amusant que, pour éviter ce qu'elle tenait pour de dangereuses attentions, elle eût choisi de chercher refuge auprès de lui. Elle ne pouvait se douter qu'il représentait pour elle un danger bien plus grand encore...

Elle appréciait sa compagnie. De cela, il en avait la certitude. Son regard vert le lui disait chaque fois qu'il songeait à y plonger le sien, c'est-à-dire souvent. Ce qu'il ignorait c'était si elle était ou non éprise de lui... Jamais encore il n'avait rencontré femme à la personnalité aussi insaisissable.

Mais il n'était pas pressé.

De son côté, à mesure qu'avançait la saison, Dorothea se trouvait confrontée à un dilemme d'un genre nouveau pour elle. Lord Hazelmere était l'homme le plus fascinant qu'elle eût jamais connu. Le seul, en fait, qu'elle aurait pu envisager d'épouser. Elle n'avait pas eu besoin des lourdes allusions de lady Merion pour s'aviser que le marquis l'avait, entre toutes, distinguée. A ses incessantes attentions, il était évident qu'il lui faisait la cour. En même temps, curieusement, il ne cherchait pas à pousser son avantage. Dorothea expliquait cette attitude par le fait qu'elle n'avait pas paru sensible à son charme. Qu'elle y succombât, et l'arrogante fierté de Hazelmere, ainsi que ses manières autoritaires, deviendraient, elle en avait le sentiment, insupportables.

D'ailleurs, des rumeurs circulaient à propos d'un pari qu'il aurait fait concernant l'issue de leur idylle. Si Dorothea ignorait la véracité de cela, elle avait plutôt tendance à y ajouter foi. De la part de cet homme, rien ne lui semblait impossible.

Plus que tout, c'étaient les raisons qui l'avaient incité à arrêter sur elle son choix qui la préoccupaient. Cette question commençait à perturber ses nuits. Nul doute que le jeune pair devrait se marier un jour. Mais pourquoi avec elle ? Nourrissait-il pour elle un tendre penchant, ou bien la trouvait-il simplement « épousable » ? Comment la considérait-il ? Comme un défi à relever, comme la petite-fille d'une amie de sa mère, comme une jeune femme de bon sens qui n'était pas assez belle pour requérir une vigilance de tous les instants ? Selon les principes de sa classe, cela aurait dû n'avoir aucune importance... Et pourtant, cela en avait pour Dorothea.

Incapable d'établir les motifs réels qu'avait Hazelmere de la courtiser, elle était de plus en plus frustrée.

Pour l'heure, c'était lui qui tenait les rênes, et il n'était rien qu'elle pût faire sinon se laisser conduire et profiter de sa compagnie. Et jusqu'à ce qu'elles exigent réponse, elle n'avait qu'à oublier toutes ces questions qui la taraudaient.

6.

Le samedi après-midi précédant leur premier bal, les sœurs Darent chevauchaient tranquillement dans Hyde Park, un exercice qu'elles pratiquaient chaque jour en compagnie de Ferdie, lorsque Dorothea s'entendit interpeller sur un ton familier et gentiment moqueur.

— Vous êtes une jeune lady accomplie, mademoiselle Darent !

Elle se retourna. Montant un hongre noir de toute beauté, le marquis de Hazelmere s'approchait. Elle soutint sans ciller le regard admiratif du jeune lord.

— Quel magnifique animal ! s'exclama-t-elle.

Ledit animal réagit à son éclat de voix par un écart, mais fut maîtrisé sans effort.

— Il n'est pas sorti de trois jours, aussi est-il un peu nerveux. Que diriez-vous d'un petit galop, mademoiselle Darent ?

Tentée, la jeune femme regarda sur sa droite afin de quêter l'avis de Ferdie. Mais celui-ci avait inexplicablement disparu.

— Auriez-vous peur ? interrogea Hazelmere.

Cette question eut pour effet de décider Dorothea.

— Entendu. Où allons-nous ?

— Suivez-moi.

Et le cheval noir s'élança en avant, empruntant une large allée qui s'enfonçait dans le parc. Cavalière émérite,

Dorothea n'était pas loin derrière le marquis quand celui-ci s'arrêta à l'extrémité de l'allée, juste sous un bouquet d'arbres. Elle le rejoignit au moment où il mettait pied à terre. Mais alors qu'elle s'apprêtait à l'imiter, une branche basse accrocha son chapeau.

Sans mot dire, Hazelmere alla décrocher le couvre-chef, puis vint se poster devant elle.

— Descendez, mademoiselle Darent.

Dorothea ne songea même pas à protester. Se dégageant des étriers, elle obtempéra.

— Ne bougez pas ! lui ordonna le marquis.

Et tandis qu'il lui reposait le chapeau sur la tête, elle se laissa faire, comme hypnotisée. Elle n'avait plus conscience que de l'homme qui se tenait devant elle. Un instant, elle crut même qu'il allait l'embrasser... Mais l'air moqueur réapparut, et elle fut promptement remise en selle.

— Du moins vous rendrai-je à Ferdie telle que je vous ai enlevée à lui !

Ayant dit, Hazelmere remonta sur son cheval, puis piqua des deux.

Ils eurent bientôt retrouvé Cecily et Ferdie, auxquels s'étaient joints lord Fanshawe et M. Dermont. Alors qu'ils poursuivaient tous les six leur promenade, Edward Buchanan surgit devant eux au détour d'une allée.

— Quelle joie de vous rencontrer, mademoiselle Darent, dit-il en saluant Dorothea.

— Monsieur Buchanan... Je crains que nous ne soyons sur le point de regagner Cavendish Square.

— Aucune importante, chère mademoiselle, répliqua Buchanan. Je ne serai que trop heureux de me joindre à votre compagnie.

Dorothea faillit s'étouffer de stupeur. A moins de l'éconduire purement et simplement, elle ne pouvait rien faire sinon le présenter à ses compagnons. Le visage fermé, elle s'exécuta donc. Le marquis se contenta d'un haussement de sourcils perplexe, et lord Fanshawe d'un bref signe de tête.

Tandis que le petit groupe se dirigeait vers les grilles du parc, M. Buchanan se lança dans une description circonstanciée de son exploitation du Dorset. Hazelmere et Fanshawe, qui avaient tous deux grandi à la campagne et étaient, de ce fait, rompus à toutes les techniques, eurent tôt fait de le ridiculiser. Au bout du compte, il s'avéra que l'exploitation de M. Buchanan n'était constituée que d'une fermette et qu'il ne possédait qu'une dizaine de poules et quelques têtes de bétail.

Dorothea jeta un coup d'œil à Ferdie. Un sourire béat illuminait son visage franc. A côté de lui, M. Dermont paraissait lui aussi se divertir fort. Quant à Cecily, qui rencontrait M. Buchanan pour la première fois, elle ne se tenait plus de joie.

Ils avaient maintenant atteint les limites du parc. Avec un soulagement évident, M. Buchanan prétexta un engagement urgent et prit congé dans l'instant.

Son départ fut salué — dès qu'il fut hors de vue — par un éclat de rire général. Puis, le petit groupe se remit en route. M. Dermont partit de son côté cependant que Hazelmere, Ferdie et Fanshawe raccompagnaient les sœurs Darent jusqu'à Merion House.

— Au revoir, mesdemoiselles, leur lança le marquis en les saluant avec son air amusé habituel. Je suppose que nous nous reverrons ce soir au bal de la duchesse de Richmond.

Etendue sur son lit, Dorothea exhala un soupir. Depuis leur première rencontre, le marquis de Hazelmere occupait toutes ses pensées. Il lui avait fallu quelque temps pour analyser les sensations et les sentiments — inédits — qu'il éveillait en elle. Mais, aujourd'hui, elle ne pouvait plus s'abuser. Elle était bel et bien éprise de lui.

Lorsqu'il n'était pas là, à se moquer d'elle ou à la provoquer, elle se sentait sans ressort. Plus rien ne semblait devoir l'intéresser.

Qu'allait-elle faire ? Car à présent qu'elle était sûre de ses sentiments, elle ignorait quels étaient ceux qu'il éprouvait à son égard. Certes, il semblait attiré par elle... Mais à ce jeu il était un expert quand elle n'était que novice. Normalement, il apparaissait certain que, tôt ou tard, il lui demanderait sa main. Et elle la lui accorderait. Seulement, l'aimait-il ?

Elle réfléchit à cette épineuse question pendant presque deux heures.

En dépit de l'aptitude du jeune lord à lire dans ses pensées, elle avait la certitude de ne s'être point trahie. Et mieux valait qu'il continuât d'en aller ainsi. Jusqu'à ce qu'elle sache à quoi s'en tenir.

A peine eut-il franchi le seuil de sa demeure que Hazelmere s'arrêta net. Le hall était encombré de malles.

— Mytton, que diable signifie tout ceci ?

Le majordome s'avança.

— Sa seigneurie est arrivée, milord.

— Quelle seigneurie ?

— Eh bien, mais, la douairière, milord, répondit Mytton, une fraction de seconde décontenancé par la question.

Absorbé par ses affaires, Hazelmere avait totalement oublié que sa mère, la marquise douairière de Hazelmere, venait toujours à Londres pour quelques semaines au cours de la saison et ne manquait jamais le bal de la duchesse de Richmond.

— Dieu soit loué ! L'espace d'un horrible instant, j'ai cru que Susan et Maria avaient débarqué avec armes et bagages !

Ferdie et Fanshawe, qui se tenaient toujours près de la

porte, esquissèrent un sourire. L'antipathie de Hazelmere pour ses sœurs aînées était connue de tous.

— Et comment va sa seigneurie, Mytton ? demanda-t-il.

— Elle est montée se reposer, milord. Mais elle a dit qu'elle se joindrait à vous pour le dîner.

Hazelmere hocha la tête d'un air distrait puis, se frayant un passage entre malles et paquets, il gagna la bibliothèque, de l'autre côté du hall. Ferdie suivit, Fanshawe fermant la marche.

— Quelle plaie ! Dîner seul avec ma mère à qui rien n'échappe est au-dessus de mes forces. Tony, tu vas rester, n'est-ce pas ? Et toi aussi, Ferdie ?

— Volontiers, acquiesça sur-le-champ Fanshawe

Ferdie, quant à lui, se fit prier.

— Je dois conduire les Merion au bal..., commença-t-il.

— Nous dînerons de bonne heure, l'interrompit Hazelmere.

— En ce cas, c'est entendu.

Hazelmere sonna Mytton.

— Vous ferez ajouter deux couverts, lui dit-il. Et faites prévenir la marquise que le dîner sera servi à 17 heures. Ah ! je veux aussi que le carrosse soit devant la porte à 19 heures.

— Où en es-tu avec Mlle Darent ? demanda Fanshawe losrque le domestique se fut retiré.

Le marquis eut un haussement d'épaules désabusé.

— Je suis toujours incapable de dire si Dorothea s'amuse à mes dépens ou si son cœur m'est tout acquis.

— Tu plaisantes, Marc ! intervint Ferdie. Ce n'est pas possible. Toi, entre tous ! Tu devrais le savoir.

— Comment ?

Ferdie ne répondit pas, qui se tourna vers Fanshawe.

— Et toi ?

Fanshawe se contenta d'un signe de tête pour indiquer qu'il n'était pas plus avancé.

— Cependant, elles semblent apprécier votre compagnie.

— Oh ! certainement, acquiesça Hazelmere. Mais en dehors de cela, je ne saurais rien affirmer.

— Et moi pas davantage, renchérit Fanshawe. Il ne fait pas de doute qu'elles aiment converser et danser avec nous. Mais de là à en conclure qu'elles soient éprises de nous... Allons, reprit-il au bout d'un long silence, je ferais bien de rentrer me changer. Tu m'accompagnes, Ferdie ?

C'est le cœur allègre que la marquise de Hazelmere descendit le grand escalier. A cinquante ans révolus, elle était encore étonnamment belle avec son abondante chevelure châtaine qui encadrait un visage avenant sur lequel le temps semblait n'avoir point de prise.

Elle était venue du Surrey — ainsi qu'à son habitude — afin de passer quelques semaines à Londres. Seulement, cette année, elle attendait beaucoup de la saison.

Ses amies londoniennes lui avaient écrit que son fils se montrait fort empressé auprès de Dorothea Darent. Elle avait ainsi reçu pas moins de six longues missives, qui lui décrivaient toutes en détail l'engouement de Hazelmere pour Mlle Darent. La plus instructive émanait de la comtesse d'Eglemont. Les parents de Tony avaient regagné Londres une semaine plus tôt, et Amelia Fanshawe avait fidèlement rapporté à son amie ce qu'il en était entre son fils et Cecily Darent, et entre Hazelmere et l'aînée des jeunes filles. En conséquence, la marquise avait été davantage amusée que surprise lorsque son fils, d'ordinaire imperturbable, avait avancé l'heure du dîner. Sans doute comptait-il arriver au bal avant la jeune beauté qui avait enflammé ses sens.

Quand elle pénétra dans le salon, elle fut stupéfaite d'y découvrir son fils en compagnie de Tony Fanshawe et de Ferdie.

— Bienvenue à Londres, maman, dit le marquis en l'embrassant affectueusement. Vous êtes splendide, comme toujours.

Son regard innocent ne la trompa point. Tandis que Ferdie et Tony la saluaient à leur tour, Mytton vint annoncer que le dîner était servi.

Secondé par son cousin et son ami, Hazelmere l'entretint tout au long du repas, lui relatant les événements récemment survenus à Londres.

— Tout ceci est très bien, dit-elle, interrompant le récit d'une anecdote sans intérêt que faisait Ferdie, mais j'aimerais savoir pourquoi aucun de vous n'a encore jugé bon de mentionner les petites-filles d'Hermione Merion. Si j'en crois ce qui m'est parvenu aux oreilles, Tony et toi en êtes fort entichés.

— Mais, maman, vous savez déjà tout les concernant — car je ne doute pas que vous ayez reçu nombre de lettres à leur sujet. Nous ne voulions pas vous ennuyer.

L'herbe lui étant ainsi, et habilement, coupée sous le pied, sa seigneurie ne trouva rien à répondre.

— J'imagine qu'elles assisteront au bal de ce soir? demanda-t-elle au bout de quelques secondes d'un silence songeur.

— Bien sûr. Ferdie est d'ailleurs chargé de les y conduire.

— En ce cas, vous devez tous deux promettre de me les présenter. En contrepartie, *je* vous promets de n'en pas parler pendant le trajet jusqu'à Richmond House.

— Et aussi pendant celui du retour? s'enquit Fanshawe, qui connaissait bien la marquise.

Elle éclata de rire.

— C'est entendu.

— Dans ces conditions, vous avez ma promesse, maman, dit Hazelmere avec un sourire.

— Et la mienne, renchérit Fanshawe.

— Bonté divine! s'exclama alors Ferdie, les faisant

tous sursauter. Il me faut me presser, ou je vais être en retard. On ne fait pas attendre des ladies...

Et c'est sous les rires que, non sans avoir exhorté ses amis à se hâter, il les quitta pour s'en aller rejoindre l'autre côté de Cavendish Square.

7.

L'attelage de lady Merion parvint sans encombre à Richmond House.

La duchesse les accueillit, qui se tenait en haut de l'escalier d'honneur, puis les trois ladies et leurs chevaliers servants furent dirigés vers l'immense salle de bal et annoncés par deux imposants valets de pied à la voix de stentor.

Dorothea avait à peine fait quelques pas qu'Hazelmere surgit à son côté. Levant vers lui un visage souriant, elle s'avisa que le regard noisette qu'il posait sur elle brillait d'un éclat inhabituel. Tous les symptômes qu'elle associait désormais à sa présence — souffle court, confusion, et une certaine appréhension — se manifestèrent immédiatement. Puis il sourit, et le regard intense recouvra son expression amusée, dissipant du même coup sa gêne.

De ses lèvres, il effleura le bout de ses doigts gantés.

— Venez avec moi, mademoiselle Darent, dit-il en glissant le bras de Dorothea sous le sien. J'aimerais vous présenter quelqu'un.

— Oh... Et qui, je vous prie ?

— Moi.

Elle eut un petit rire.

Et Hazelmere la tira du flux incessant des invités qui arrivaient, tactique qui désorienta le petit groupe de gentlemen qui attendaient patiemment de la saluer. Il l'entraîna à l'écart, fendant la foule tel un automate, ne voyant et n'entendant personne. L'esprit en ébullition, le jeune lord éprouvait une sensation jusqu'alors inconnue de lui, tout à la fois excitante et embarrassante.

La cause en était la ravissante créature qui marchait à son bras.

Lorsqu'il l'avait aperçue, toute d'ivoire vêtue, son cœur s'était arrêté de battre un instant. Puis elle lui avait souri, d'un sourire si chaleureux qu'il avait eu toutes les peines du monde à se retenir de l'embrasser devant tout le monde.

La tentation était forte, en tout cas, de poursuivre leur promenade dans les nombreuses pièces adjacentes. Hazelmere connaissait Richmond House comme sa poche. Nul doute qu'il trouverait facilement quelque antichambre déserte où Mlle Darent et lui discuteraient de l'étrange façon dont il réagissait à sa seule présence. Malheureusement, songea-t-il en réprimant un soupir, les entretiens privés ne figuraient pas sur la liste des choses permises.

A contrecœur, il s'arrêta et la regarda. Il vit ses yeux émeraude s'écarquiller, d'abord interrogateurs et puis, comme il ne pipait mot, avec une perplexité croissante.

— Je vous avoue être à court d'idées, mademoiselle Darent. Je ne sais plus que faire pour vous enlever à la foule de vos admirateurs.

— Vous paraissez pourtant y parvenir assez bien, ce soir. Je me sens littéralement abandonnée.

— Vraiment? Si seulement ce pouvait être vrai...

En dépit de ses résolutions, Dorothea éprouvait de plus en plus de mal à soutenir le regard du marquis avec son indifférence coutumière.

Finalement, Hazelmere s'empara de son carnet de bal et le consulta.

— Peut-être ne devrais-je pas vous le dire, mais lord Markham vous cherche partout. Non, ne vous retournez pas ou il pourrait vous voir. Et si Alvanley, Perterborough et Walsingham ne l'imitent pas, c'est parce qu'ils observent Robert œuvrer pour eux... Mademoiselle Darent, je remarque qu'il doit y avoir une valse immédiatement avant le souper — ce qui constitue une innovation pour laquelle il me faudra féciliter la duchesse. Me ferez-vous l'honneur, ma chère mademoiselle Darent, de me l'accorder et de m'autoriser ensuite à vous mener à table ?

— Ce sera pour moi un plaisir, répondit Dorothea d'un ton serein.

— Dites-vous vrai ?

Refusant de se laisser entraîner sur un terrain aussi peu sûr, la jeune femme se contenta de lui adresser un sourire charmeur.

Hazelmere s'esclaffa.

— Promettez-moi, dit-il en lui prenant le menton, que jamais vous ne perdrez votre franchise. L'existence deviendrait tellement monotone si cela arrivait.

La caresse et le ton, provocant, firent s'enflammer les grands yeux verts.

— Mais venez... Il est temps de regagner la salle de bal. Vos cavaliers doivent commencer à s'impatienter.

Et de fait, à peine eurent-ils pénétré dans la grande salle que Dorothea lui fut enlevée.

La soirée passa à une vitesse vertigineuse. Dorothea, elle, passa de bras en bras.

N'éprouvant nulle envie de danser avec une autre qu'elle, Hazelmere trompa son ennui en errant de salle en salon, s'arrêtant çà et là pour deviser poliment avec les amis ou relations qu'il croisait. A un moment, il aperçut, assises à l'écart, dans une alcôve, lady Merion et lady Bressington qui conversaient. Il se joignit à elles.

Tous trois discutaient depuis une dizaine de minutes quand, sentant une présence derrière son dos, Hazelmere se retourna. Lord et lady Darent se tenaient devant lui.

La marquis avait eu l'occasion d'être présenté à Herbert Darent quelques années auparavant lorsque cet ennuyeux jeune homme était venu pour la première fois à Londres. De deux ans plus jeune que lui, Herbert avait une tête de moins; et dans son habit mal coupé, il faisait bien piètre figure. Il était heureux pour Dorothea et Cecily que lady Merion eût décidé de les prendre sous son aile. Qui savait ce qu'il serait advenu d'elles si elles étaient demeurées à la garde de leur cousin!

Finalement, après maintes platitudes, le couple s'éloigna, pour le plus grand soulagement de leurs compagnons involontaires. Hazelmere demeura encore un moment avec les deux ladies; puis, alors que l'orchestre attaquait les premières mesures de la musique de Roger de Clovely qu'il savait précéder la valse tant attendue, il s'excusa et prit la direction de la salle de bal afin d'y chercher Dorothea. Il n'eut aucune peine à la localiser. Elle se trouvait dans les bras de Peterborough.

Comme la danse arrivait à son terme, il alla se poster à l'extrémité de la salle où, selon ses calculs, Peterborough et sa cavalière devaient s'arrêter.

— Comme c'est obligeant de ta part, Gerry, de m'amener Mlle Darent, dit-il quand le couple se fut immobilisé juste devant lui.

Peterborough fit volte-face.

— Hazelmere! marmonna-t-il. J'aurais dû m'en douter! Je suppose que la valse t'est réservée, ajouta-t-il tandis que le marquis s'emparait de la main de Dorothea.

— Tu ne te trompes pas.

Lord Peterborough se retourna vers la jeune femme.

— Si j'étais vous, mademoiselle Darent, je me méfierais de Hazelmere, lui dit-il. J'ignore si l'on vous en a prévenue, mais l'homme est dangereux. Vous feriez mieux...

— Mlle Darent sait exactement à quoi s'en tenir à mon sujet, Gerry, coupa Hazelmere. Et elle est d'accord pour ne pas tenir compte de mes mauvaises manières... n'est-ce pas, mademoiselle Darent ?

Répondre à pareille question serait extrêmement inconvenant. Dorothea, qui le savait, resta coite.

— Nous ne te retenons pas, Gerry...

— Oh ! n'aie crainte, je vous laisse. Prenez garde à vous, mademoiselle Darent, ajouta Peterborough avant d'aller se fondre dans la foule.

Se retournant vers Dorothea, Hazelmere vit qu'elle avait ouvert son éventail.

— Vous êtes cramoisie, mademoiselle Darent. Est-ce le fait de ces pièces surchauffées, de la musique de Clovely, ou bien des remarques de Peterborough ? A moins que ce ne soient les miennes...

— Eh bien, je vous répondrais que c'est une combinaison de tout cela.

— En ce cas, plutôt que d'attendre la prochaine danse, pourquoi n'irions-nous pas sur la terrasse ? Je vois que certains s'y trouvent déjà pour jouir sans doute d'un peu d'air frais.

Dorothea hésita à peine. Ensemble, ils allèrent jusqu'à l'une des portes-fenêtres donnant sur le parc. Dorothea poussa un cri à la vue, en contrebas, des jardins éclairés par la lune. Quelques couples s'y promenaient à pas lents.

— Il y a une orangerie au bas de ces marches et, si ma mémoire est bonne, des fontaines d'une réelle splendeur, indiqua Hazelmere. Voulez-vous que nous y allions voir ?

Fascinée par la beauté argentée du site, Dorothea acquiesça.

Ensemble, ils descendirent les degrés. Trois fontaines fonctionnaient en effet, l'eau retombant en une pluie de gouttelettes, scintillantes sous le clair de lune, dans de larges bassins de marbre.

Dorothea s'était immobilisée, comme éblouie.

Hazelmere, qui se tenait derrière elle, ceignit alors de ses bras la taille fine de sa compagne et, doucement, l'attira à lui. Ils demeurèrent ainsi sans bouger de longues minutes. Puis Dorothea se retourna... et il prit les lèvres qui s'offraient.

Quand, finalement, leurs bouches se désunirent, la jeune femme avait le souffle court et elle était étourdie.

Etourdie, mais immensément heureuse.

— Restons là, murmura-t-elle. Tout y est si beau.

— Si nous ne paraissons pas au souper, votre grand-mère verra ses pires craintes me concernant confirmées, lui fit remarquer Hazelmere. Probablement m'interdira-t-elle de vous adresser la parole !

Dorothea esquissa un petit sourire en imaginant lady Merion accabler de reproches son compagnon. Puis, elle se laissa ramener dans la salle de bal.

La première personne qu'ils y rencontrèrent fut Edward Buchanan.

— Mademoiselle Darent, vous êtes écarlate ! s'exclama celui-ci. Peut-être pourrais-je vous persuader de venir faire quelques pas dehors avec moi. Je suis certain que lord Hazelmere vous excusera.

Mais celui-ci, qui savait tout de la cause de cette rougeur, sourit.

— Certainement pas ! Lord Hazelmere est sur le point de conduire Mlle Darent à la salle à manger. A présent, si *vous* voulez bien *nous* excuser...

Buchanan ne put que s'écarter.

— Suis-je réellement rouge ? s'enquit Dorothea dès qu'ils furent hors de portée de voix.

— Délicieusement rouge ! lui confirma-t-il.

Après moult haltes pour saluer des personnes de leur connaissance, ils parvinrent enfin à la salle à manger. Fanshawe et Cecily leur avaient réservé deux places à une table sur laquelle était disposée une multitude de mets délicats.

Le repas fut tout entier placé sous le signe de la gaieté.

— N'oublie pas la promesse faite à ta mère, Marc, dit

Fanshawe, comme, à la fin du repas, ils se levaient. J'ai tenu la mienne. Je n'ai nulle envie qu'elle nous harcèle tout au long du trajet de retour jusqu'à Cavendish Square !

— Bon sang, j'avais oublié ! avoua Hazelmere. Mademoiselle Darent, ma mère, qui se trouve quelque part dans cette cohue, m'a fait promettre de vous présenter à elle. M'autorisez-vous à vous mener auprès d'elle ?

La jeune femme y consentit.

— Je suis tentée de vous demander pourquoi lord Fanshawe tient tant à vous voir honorer votre promesse, dit-elle tandis qu'il la guidait adroitement à travers les immenses pièces bondées.

— Si j'étais vous, je ne m'y aventurerais pas. La réponse ne ferait qu'accentuer votre rougeur...

Il finit par localiser sa mère. Installée sur un sofa, dans l'un des salons, elle devisait avec une amie qui, lorsqu'elle les vit, s'éclipsa avec tact.

Si la marquise savait déjà — par les lettres de ses amies — que Dorothea Darent était particulièrement séduisante, elle ne s'attendait certes pas à découvrir une jeune fille d'une beauté à ce point saisissante.

Elle sourit à cette apparition vêtue de satin ivoire.

— Laisse-nous, Marc, dit-elle cependant qu'elle faisait signe à Dorothea de s'asseoir à côté d'elle. Cette ravissante enfant et moi allons bavarder un peu.

Ainsi congédié, Hazelmere dut bien obéir. Il prit congé de Dorothea et se mit en quête de lady Merion.

Une fois seule avec Dorothea, lady Hazelmere se découvrit le point de mire d'une paire d'immenses yeux verts. Avec une aisance née d'une longue expérience, elle engagea la conversation sur des sujets d'une absolue banalité, évitant avec grand soin de faire aucune mention de son fils.

Elle s'avisa rapidement que la jeune fille qui se tenait, le port fier, assise à côté d'elle, possédait assurance et sang-froid, en même temps qu'une rafraîchissante franchise. Point n'était difficile de comprendre l'engouement de Marc pour la belle Dorothea Darent. Et sans aucun doute songeait-il à l'épouser; sinon, il ne la lui aurait pas présentée.

Au fur et à mesure de leur entretien, elle découvrit que l'humour et un esprit vif étaient à ajouter aux attraits de Mlle Darent.

Lorsque lord Alvanley vint chercher Dorothea pour la dernière valse de la soirée, la marquise était fort satisfaite du choix de son fils. Cependant, comme la jeune fille s'éloignait au bras de son cavalier, elle se demanda si sa conquête se révélerait aussi aisée que Marc s'y attendait certainement.

Pour le bien de Dorothea, elle se surprit à espérer que celle-ci ne succomberait pas trop facilement au charme de son libertin de fils. Habitué à agir à sa guise et à obtenir tout ce qu'il voulait, Marc devenait insupportable.

Une rebuffade le rendrait beaucoup plus humain.

8.

Le marquis interrompit la lecture des documents que lui avait remis sa mère, relatifs à la gestion de ses propriétés. A l'évidence, il ne pourrait pas différer plus longtemps sa visite au domaine de Hazelmere.

Son regard se posa sur la pendule de la cheminée. 15 heures. Il sonna Mytton, lui donna ordre de faire atteler la calèche, puis il gagna l'étage où se trouvaient ses appartements. Un quart d'heure plus tard, impeccable dans sa redingote de serge anthracite et ses bottes à revers, il descendait les marches du perron de Hazelmere House.

— Soyez prêt à partir pour Hazelmere dès mon retour, dit-il au cocher avant de le congédier.

Ensuite de quoi, il grimpa sur le perchoir et, manœuvrant habilement les deux magnifiques chevaux gris de l'attelage, il fit le tour du square pour aller s'arrêter devant Merion House.

Il fut introduit par Mellow.

— Sa seigneurie est-elle visible, Mellow ?

— Pas pour l'instant, milord.

Hazelmere fronça les sourcils.

— En ce cas, voulez-vous aller demander à Mlle Darent si elle peut m'accorder quelques minutes ?

— Certainement, milord.

Quelques minutes plus tard, Dorothea le recevait dans le salon, dont elle laissa grande ouverte la porte.

— Mademoiselle Darent, dit-il après avoir baisé la main qu'elle lui tendait, ma calèche est en bas. Une promenade dans Hyde Park vous tenterait-elle ?

La jeune femme se souvint que Ferdie lui avait un jour confié que, pour la plus phallocrate des raisons, Hazelmere n'emmenait que rarement des ladies dans sa calèche. Consciente de l'honneur qui lui était fait, elle accepta donc avec empressement.

— Laissez-moi seulement le temps d'aller chercher ma pelisse.

— Je vous donne dix minutes, pas une de plus.

Il n'en fallut que deux à Dorothea pour le rejoindre.

— Juste ciel ! s'exclama-t-elle à la vue de l'attelage. Vous êtes venu avec vos chevaux gris !

— En effet, mademoiselle Darent. Mais pourquoi cet étonnement ?

— Selon Ferdie, il est rare que vous les sortiez pour aller dans le parc.

A en croire Ferdie, les chevaux gris de Hazelmere étaient considérés comme les plus rapides du royaume, et nombreux étaient ceux qui avaient essayé de les lui acheter. Mais sa seigneurie avait décliné toutes les offres. Il refusait de se séparer de ces splendides bêtes qu'il avait élevées et dressées.

— Mademoiselle Darent, je vais devoir m'absenter de Londres pendant quelque temps, lui annonça-t-il lorsqu'ils se furent installés. Mes affaires, voyez-vous, réclament mon attention.

— Je comprends.

Dorothea ne fut tout d'abord pas autrement contrariée par cette nouvelle. Puis elle se souvint de l'imminence de son premier bal et le ciel, soudain, lui parut s'obscurcir.

— Je compte être de retour mardi dans la soirée. Aussi vous reverrai-je mercredi soir.

Ils avaient fait un tour de parc lorsque Hazelmere reprit le chemin des grilles d'entrée.

— Le vent tourne, mademoiselle Darent... j'espère que vous ne m'en voudrez pas de vous ramener à Cavendish Square ?

— Pas le moins du monde. Une promenade derrière vos chevaux gris, aussi brève soit-elle, est déjà un grand honneur, j'en ai parfaitement conscience.

Levant la tête, elle se trouva sous le feu du chaud regard noisette.

— Je l'espère bien, belle enfant, murmura-t-il. Et rappelez-vous : vous devez bien vous conduire durant mon absence.

Agacée par ce ton possessif, elle faillit lui opposer quelque cinglante réplique mais, se souvenant qu'il l'avait, à plusieurs reprises, tirée d'un mauvais pas, elle s'abstint. Le mieux était encore d'ignorer cette dernière remarque.

Une fois devant Merion House, Hazelmere sauta à bas de la calèche, l'aida à en descendre, et l'escorta jusqu'à la porte. Puis, Mellow ayant répondu à son coup de heurtoir, il porta sa main à ses lèvres.

— Au revoir, mademoiselle Darent. A mercredi.

Le jour tant attendu du premier bal des demoiselles Darent arriva enfin.

Les jeunes filles se levèrent tard, déjeunèrent sans se presser, et rejoignirent leur grand-mère dans le petit salon, où avaient été entreposés les présents envoyés par leurs nombreux admirateurs.

Aidées de la vieille lady, elles s'attelèrent à l'agréable tâche d'ouvrir leurs cadeaux.

Lorsqu'elle en arriva à un petit paquet et vit qu'il provenait de chez Astley, Dorothea eut un froncement de sourcils. Il n'était pas courant d'offrir un bijou à une débutante. Intriguée, elle ôta le papier d'emballage.

— Je me demande qui en est l'expéditeur, murmura-t-elle pour elle-même.

Lady Merion l'entendit, qui vint vers elle.

— Comme c'est étrange. Ouvre vite, ma chérie ! Il y a certainement un bristol à l'intérieur.

Curieusement, aucune carte n'accompagnait le bijou, une broche d'une exquise finesse. En or et sertie d'émeraudes et de rubis, elle avait la forme d'une mûre. Un sourire éclaira le visage de Dorothea quand elle comprit la signification de ce présent et en devina sans peine l'auteur.

Quelle audace ! songea-t-elle avec un délicieux frisson.

A la vue de la broche, Cecily, qui s'était elle aussi approchée, fit immédiatement la relation.

— Oh ! lord Hazelmere t'a gâtée ! s'exclama-t-elle.

Lady Merion considéra sa petite-fille d'un air ahuri. Quel rapport pouvait-il y avoir entre Hazelmere et des mûres ? Cependant, connaissant le gentleman, elle devina que le présent n'était pas innocent.

— Dorothea, déclara-t-elle, j'ignore le sens de cette broche — et je ne suis pas certaine de vouloir le connaître. Mais tu ne peux sérieusement songer à la porter ce soir.

— Et pourquoi pas ? répliqua sa petite-fille. C'est un défi qu'il m'a lancé, et j'entends bien le relever.

Ce fut le moment que choisit Mellow pour venir annoncer qu'un certain M. Buchanan demandait à être reçu. Tout en pestant d'être ainsi dérangée en un jour pareil, lady Merion descendit donc dans la bibliothèque, où le fidèle serviteur avait introduit le visiteur. Elle en ressortit bientôt et, pensive, alla quérir l'aînée de ses petites-filles.

Dix minutes plus tard, Dorothea, d'une pâleur inhabituelle, descendait à son tour. Parvenue devant la porte de la bibliothèque, elle prit une profonde inspiration et entra.

M. Buchanan, un bouquet de marguerites — des marguerites ! — déjà flétries à la main, s'empressa à sa rencontre.

— Ah ! mademoiselle Darent ! Je suppose, ma chère, que vous savez pourquoi je suis ici.

— Eh bien, à dire vrai...

— Non ? vous ne devinez pas ? Je suis venu vous demander votre main ! Je me doute que vous ne vous y attendiez pas. Rares sont les jeunes ladies qui peuvent se flatter d'avoir été demandées en mariage avant même leurs débuts dans le monde, n'est-ce pas ?

Dorothea ne put en supporter davantage.

— Monsieur Buchanan, je vous remercie de votre... offre, mais je crains de devoir la décliner.

— Oh ! n'ayez aucune inquiétude, ma chère enfant, Edward Buchanan connaît les usages. Lord Herbert a déjà donné son consentement. Il ne vous reste plus qu'à dire oui et, ce soir, lors de votre bal, nous pourrons annoncer nos fiançailles.

De telles paroles étaient précisément de celles qu'il fallait éviter quand on avait affaire à Dorothea.

— M. Buchanan, dit-elle sans chercher à cacher le dégoût qu'il lui inspirait, je crois que vous n'avez pas bien compris. Si Herbert Darent est mon tuteur, cela ne lui confère nullement le pouvoir de me marier contre mon gré. Or, je n'ai nul désir de vous épouser. J'imagine que j'ai été suffisamment claire ? Et maintenant, veuillez m'excuser, mais nous avons beaucoup à faire. Mellow va vous reconduire.

Sur ces mots, elle quitta la pièce, la tête haute.

Lady Jersey et la princesse Esterhazy furent parmi les premières à arriver et à féliciter les deux jeunes filles. Comme Dorothea s'éloignait pour s'entretenir avec Mlle Bressington, Sally Jersey se tourna vers lady Merion.

— Dorothea est époustouflante de beauté dans cette robe de bal à la simplicité presque choquante. Et ce vert est exactement du même ton que ses yeux. J'attends avec impatience la réaction de Hazelmere à la vue d'une telle apparition.

— Voulez-vous bien vous taire, Sally ! s'exclama la grand-mère de la jeune fille. Je crains que Dorothea ou lui, ou tous les deux, n'oublient où ils se trouvent et ne se comportent de façon scandaleuse, ce soir !

— Pour une fois, je ne connais personne qui l'en blâmerait si cela se produisait.

Au même moment, Mellow annonça justement le marquis de Hazelmere et la marquise douairière. Tous deux allèrent saluer leur hôtesse puis, abandonnant sa mère au groupe d'amies qui entouraient lady Merion, Hazelmere se mit en quête de Dorothea.

Il la découvrit qui bavardait avec sa sœur cadette, lady Alison Gisborne. Blondinette à l'esprit vif, celle-ci, ne doutant pas de l'identité de l'élue de son frère, s'était présentée elle-même à Dorothea.

— Bonsoir, Marc ! Oui, je sais, mère désire me voir, dit-elle en lui souriant avant de les laisser.

— Comme ma petite sœur me comprend bien, murmura Hazelmere en même temps que, selon son habitude, il portait la main de Dorothea à ses lèvres.

— Il me faut vous remercier, lord Hazelmere. Cette broche que vous m'avez offerte est une véritable splendeur.

— J'ai pensé qu'elle vous rappellerait d'agréables souvenirs...

— Et vous ne vous êtes pas trompé. J'ai toujours trouvé les bois de Moreton Park particulièrement... reposants.

Elle affichait un air tellement serein que, pour un peu, Hazelmere eût cru qu'elle avait tout oublié de leur première rencontre.

— Vous êtes devenue si experte dans l'art de vous dérober, ma chère, que je crains d'être obligé de recourir à... des méthodes plus directes.

Un éclair traversa le regard vert de la jeune femme. Mais Hazelmere ne devait jamais savoir ce qu'elle allait dire car, à cet instant, Marjorie Darent survint, qui interrompit leur aparté. Arrivée depuis peu, et atteinte d'une forte myopie, ce ne fut qu'une fois à quelques centimètres de sa cousine qu'elle s'avisa de l'audace de son décolleté.

— Ma chérie ! s'exclama-t-elle après avoir gratifié le marquis d'un semblant de sourire, ne penses-tu pas que tu pourrais t'accommoder d'un châle ?

— Non, je ne le pense pas, ma cousine, rétorqua Dorothea en contenant mal sa colère. Outre qu'il ne fait pas froid, je m'en voudrais d'embarrasser grand-mère en adoptant un style vestimentaire à ce point provincial.

Se retenant d'applaudir, Hazelmere jugea opportun d'intervenir dans ce duel à fleurets mouchetés.

— Mademoiselle Darent, il me semble que ma mère essaie d'attirer notre attention. Si lady Darent veut bien nous excuser... Merveilleuse enfant ! reprit-il quand ils se furent éloignés. Votre repartie m'a prévenu de lui servir bien pis. Rappelez-moi à l'occasion que, s'il me reste encore beaucoup de choses à vous apprendre, du moins n'aurai-je pas à vous enseigner l'art d'accabler votre prochain des piques les plus redoutables.

Un petit rire, vite réprimé, accueillit cette saillie, et Dorothea leva vers lui un visage rayonnant. La marquise, vers laquelle ils se dirigeaient et qui avait surpris l'éclat de leurs regards, esquissa un sourire.

Les conversations se poursuivirent jusqu'au moment où, magnifique dans son habit d'apparat, Mellow annonça que le dîner était servi.

En tant qu'aîné des pairs présents, Hazelmere eût dû normalement offrir son bras à lady Merion, mais Herbert Darent jugea que l'honneur lui en revenait. Le marquis se retrouva donc en charge de Mlle Darent, cependant que Cecily était escortée par lord Fanshawe.

Le dîner fut une réussite.

Puis, l'heure du bal approchant, lady Merion invita ses hôtes à passer dans la grande salle de réception aménagée à cet effet. Les fleuristes et décorateurs s'étaient surpassés, mais les exclamations et félicitations furent noyées dans le tumulte que suscita l'arrivée des invités au bal.

L'étiquette voulait que Dorothea ouvrît la danse avec Herbert, Cecily la suivant avec lord Wigmore, un cousin de lady Merion. Toutefois, sa seigneurie l'en ayant prié, lord Wigmore se désista volontiers. Herbert fut simplement informé que, attendu qu'il ne valsait pas, on lui avait trouvé un remplaçant. Lady Merion, qui n'avait pas davantage prévenu ses petites-filles de ces changements de dernière minute, leur fit les recommandations d'usage puis, l'œil malicieux, elle les embrassa.

— Allez, mes chéries, leur dit-elle en voyant que les musiciens se préparaient. Vos cavaliers vous attendent. Et que mes vœux vous accompagnent !

Les yeux déjà immenses et brillants de Dorothea s'écarquillèrent plus encore lorsque, pénétrant dans la salle de bal, elle vit, magnifique et souriant, le marquis de Hazelmere s'avancer et s'incliner devant elle. Elle prit le bras qu'il lui offrait et, radieuse, le laissa la guider jusqu'au centre du parquet ciré où Cecily et son cavalier, qui n'était autre que lord Fanshawe, les rejoignirent bientôt.

Elle exhala un soupir de soulagement.

— Si vous saviez comme je suis heureuse que ce soit vous !

Hazelmere sourit.

— Votre grand-mère et moi avons pensé que Herbert et lord Wigmore n'étaient point dignes...

Sensible au silence qui s'était fait autour d'eux, Dorothea leva vers son cavalier un visage rayonnant.

— Nous donnons-nous scandaleusement en spectacle ?

— J'en ai bien peur, murmura-t-il en réponse. Mais pas pour la raison que vous imaginez.

Elle le regarda d'un air interrogateur.

— Que Tony et moi ouvrions avec vous le bal n'est pas précisément convenable. Mais cela est néanmoins acceptable attendu que votre seul parent proche, Herbert, ne sait pas danser.

— Autrement dit, si on peut ne pas approuver, il serait déplacé de condamner.

— Exactement !

Ils avaient atteint l'extrémité de la salle et Hazelmere effectua une volte qui les ramena au milieu des autres couples qui avaient maintenant envahi la piste.

— A propos, cette occasion est la seule où je puis, en toute impunité, valser par deux fois avec vous. Cette première danse est particulière et ne figure pas au programme. Elle ne compte par conséquent pas. Donc, ma chère mademoiselle Darent, m'accorderez-vous le double plaisir de danser avec vous la valse précédant le souper et de vous escorter à table ?

Songeant que cela lui assurerait une soirée fort agréable, Dorothea acquiesça en riant.

La réaction de lady Hazelmere à cette première valse fut sensiblement la même que celle de nombre d'autres personnes de l'assistance. La prestation de son fils et de sa cavalière avait frisé l'indécence.

Quand le marquis avait enlacé Dorothea, tous les invités avaient retenu leur souffle, s'attendant à quelque scandale. Car si la vue de Mlle Darent dans les bras de lord Hazelmere était devenue chose courante, jamais encore ils n'avaient, comme ce soir, dansé seuls au milieu d'une salle de bal déserte. Or, à la façon dont ils évoluaient sur le parquet rutilant, gracieusement et si totalement à l'unisson, il fut bientôt évident qu'il existait entre eux une certaine intimité.

Mais le plus merveilleux, songea lady Hazelmere, était

que nul ne pouvait reprocher aux deux jeunes gens un geste déplacé ou un battement de cils inconvenant.

Du moins savait-elle maintenant pourquoi Marc lui avait, en début de soirée, demandé d'avertir Maria et Susan qu'il ne tolérerait aucune remarque de leur part.

Ce ne fut que bien plus tard, après avoir dansé avec tous les amis de Hazelmere, notamment, que Dorothea retrouva — juste avant le souper — les bras du marquis.

— Fatiguée, ma ravissante Dorothea?

Elle ne réagit tout d'abord pas à l'emploi de son prénom. Puis elle leva la tête... et découvrit que son intention de lui contester le droit de l'utiliser s'était évanouie. Le regard rivé au sien, elle sentit une délicieuse chaleur l'envahir. Elle répondit à sa question par un sourire, ses longs cils s'abaissant sur sa joue satinée.

Après le souper, Mlle Buntton, une jeune fille de deux ans sa cadette, l'interpella.

— Ma chère, votre toilette est réellement superbe! Mais je doute que mère me permette jamais d'en porter une semblable. Elle dit toujours qu'il est malséant de se faire remarquer.

Dorothea, rompue depuis longtemps à la jalousie de Mlle Buntton, se contenta de sourire.

— Quant à cela, il n'y a pas de risque que vous déplaisiez à votre mère!

Elle allait poursuivre son chemin, lorsqu'une autre femme, plus âgée que la beauté blonde à côté de laquelle elle se tenait, s'interposa.

— Mademoiselle Darent, je suis ravie de vous connaître. Je suis lady Susan Wilmot, la sœur de Hazelmere.

Dorothea serra la main tendue et proféra quelque banalité.

— Oui, ma chère, reprit lady Wilmot, ainsi que je le

disais justement à Mlle Buntton, voir mon frère vous faire danser cette première valse m'a agréablement surprise. D'ordinaire, il se montre plutôt réticent quand il s'agit de satisfaire à de telles obligations. Mais attendu que lady Merion a dû lui demander, comme une faveur, de remplacer Herbert, il ne pouvait décemment pas refuser. Pour une fois, il s'est conduit ainsi qu'il convenait. Peut-être est-ce le signe qu'il songe enfin à s'établir... Bien sûr, celle qu'il épousera devra être une jeune fille accomplie. Je ne pense pas trahir de secret en disant que toute la famille considère d'un très bon œil notre chère Mlle Buntton, ajouta-t-elle avec un sourire à l'adresse de cette dernière.

— Oh ? fit simplement Dorothea que l'éloquence de sa seigneurie laissait sans voix.

A cet instant, une main se posa sur son bras. Celle de lady Alison Gisborne, qui venait à sa rescousse.

— Dorothea, je vous trouve enfin ! Venez, que je vous présente à mon beau-frère. Je le lui ai promis.

Le regard de lady Alison croisa celui de sa sœur aînée, laquelle s'empourpra violemment. Puis, après un petit signe de tête à l'adresse de Mlle Buntton, la jeune femme entraîna Dorothea.

— Comptez-vous monter demain dans Hyde Park, mademoiselle Darent ? s'enquit Hazelmere comme, les derniers invités étant partis, il s'apprêtait à les imiter.

— Eh bien... oui, sans doute.

— En ce cas, Ferdie et moi passerons vous prendre à 10 heures. Soyez prête !

Alors que Dorothea songeait lui dire ce qu'elle pensait de cette façon qu'il avait d'organiser *sa* matinée, il l'entraînait déjà vers le hall où se tenait sa grand-mère.

Lady Merion les accueillit avec un petit sourire las.

— Mes enfants ! Quelle réussite, n'est-ce pas ?

— Réussite qui vous revient entièrement, grand-mère, assura Dorothea en l'étreignant affectueusement.

— Il est temps de te retirer, ma chérie, dit sa seigneurie d'un ton bourru. Cecily est déjà montée. Je suis sûre que lord Hazelmere t'excusera.

Hazelmere s'empara de la main posée sur sa manche et l'effleura de ses lèvres.

— Je vous verrai demain matin, Dorothea. Bonne nuit.

Non sans avoir foudroyé le marquis de son beau regard vert, la jeune femme s'éloigna.

— Vous jouez avec le feu, milord, remarqua lady Merion.

— Uniquement avec votre petite-fille, répondit-il. Ai-je raison de penser que Herbert est le tuteur de cette splendide créature ?

— Oui... Malheureusement. Quand allez-vous demander sa main ?

— En temps voulu, rétorqua-t-il, pas le moins du monde décontenancé.

— Votre intention est donc bien de l'épouser ?

Il sourit.

— En doutez-vous ?

— Après cette première valse, aucune des personnes présentes ne le pourrait.

— Tel était précisément mon dessein.

Toujours souriant, Hazelmere s'inclina devant la vieille lady et prit congé.

Lady Merion le regarda s'éloigner, pensive. Si elle applaudissait à sa façon de mener cette affaire, elle savait par expérience qu'il était peu probable qu'une jeune fille de l'entêtement de Dorothea l'appréciât autant qu'il semblait le penser.

« Non, milord, songea-t-elle, vous n'êtes pas au bout de vos peines. Je serais étonnée que vous ne rencontriez pas encore de nombreuses difficultés. »

9.

Hazelmere et Ferdie — qu'accompagnaient Fanshawe et M. Dermont — se présentèrent à 10 heures précises chez les deux sœurs. Celles-ci étaient fin prêtes et les attendaient de pied ferme; aussi le petit groupe prit-il immédiatement la direction de Hyde Park, où il fut rejoint par lord Harcourt et Julia Bressington.

Trois couples se formèrent bientôt, qui partirent chacun de son côté, cependant que Ferdie et M. Dermont, abandonnés à eux-mêmes, se lançaient dans une discussion animée.

Ainsi que c'était souvent le cas quand elle se trouvait seule avec Hazelmere, le calme qu'affichait Dorothea n'était qu'apparent. En fait, elle éprouvait une difficulté croissante à ne pas se départir de la tranquille indifférence qui constituait son unique défense face au regard noisette auquel rien n'échappait...

A dire vrai, la proximité du marquis l'affectait de plus en plus. Si, en public, elle se savait capable de suffisamment de sang-froid pour contrer ses subtiles attaques, il en allait différemment lorsqu'ils n'étaient que tous les deux. Elle n'était même plus certaine de parvenir à lui céler quoi que ce fût.

Comme ils s'enfonçaient dans le parc, chevauchant côte à côte, Hazelmere annonça soudain qu'il allait de nouveau s'absenter jusqu'à la semaine suivante. Ses intentions concernant Dorothea à présent affirmées — il avait fait tout ce qui était en son pouvoir pour qu'il en soit ainsi —, il était déterminé à s'occuper sans délai de ses affaires.

— Si vous aviez pendant mon absence besoin d'aide, ou un problème à résoudre, quel qu'il soit, adressez-vous à Ferdie ou à Tony, ou encore à Alvanley. Ils se substitueraient à moi sans hésiter, le cas échéant.

Dorothea tourna vers lui un regard surpris. Mais, hormis une lueur dans ses yeux, son visage était impénétrable.

Cette lueur provenait de ce que Hazelmere s'était rendu compte, un peu tard, qu'il en avait dit plus qu'il n'aurait dû. Pourquoi ses amis protégeraient-ils Mlle Darent ? Qu'ils le fissent pour la future marquise de Hazelmere était une pensée qui ne manquerait pas de lui venir à l'esprit... Et quand elle s'aviserait à quel point leur relation était communément admise, nul doute qu'elle en serait ébahie, sinon furieuse — au moins au début.

Lui forcer la main aussi tôt dans la saison n'entrait pas dans les projets de Hazelmere. Aussi, et sentant sa maîtrise de soi aller diminuant, s'en tira-t-il avec une pirouette qui laissa la jeune femme confuse.

Lorsqu'ils rejoignirent les autres, elle se demandait encore où il avait bien voulu en venir.

Un bal masqué devait avoir lieu le jeudi suivant chez les Bressington. Chaque invité porterait un domino noir sur son habit de soirée, et un masque lui serait fourni qu'il devrait garder jusqu'au douzième coup de minuit.

Lorsqu'elle comprit que le marquis ne serait pas de retour à temps pour y assister, Dorothea songea un instant à décliner l'invitation. Puis elle se reprocha une telle attitude. Elle n'allait pas rester cloîtrée chez elle uniquement parce qu'un certain gentleman n'était pas à Londres ! En outre, lady Merion s'étant excusée, il fallait que quelqu'un chaperonnât Cecily.

A peine les deux jeunes filles étaient-elles arrivées à Bressington House que Julia Bressington s'approcha de Dorothea pour lui remettre subrepticement, avec des mines de conspiratrice, un feuillet plié en quatre. Dorothea le déplia. Il ne contenait qu'une simple phrase : « Retrouvez-moi à minuit sur la terrasse. »

Elle eut tout de suite la certitude que seul Hazelmere pouvait être l'auteur d'une telle missive. Il allait donc honorer le bal de sa présence, en fin de compte. Sans doute serait-il en retard et aurait-il moins de temps pour la retrouver dans la cohue.

Un loup recouvrant son visage, la capuche de son domino relevée, Dorothea pénétra dans la salle de bal, Cecily dans son sillage.

Elle s'y trouvait depuis quelques minutes quand un bras familier entoura sa taille. Elle se retourna et se trouva confrontée à une paire d'yeux noisette, qui plongèrent dans les siens. Dorothea se détendit instantanément.

— Vous êtes déjà là !

— Déjà ? répéta Hazelmere avec surprise. Comment saviez-vous que j'allais même venir ?

— Mais... par le message que vous m'avez fait passer.

— Quel message ? Non, attendez... Venez par là, ajouta-t-il en prenant son bras.

Et il l'entraîna un peu à l'écart.

— Montrez-le-moi, ordonna-t-il.

Dorothea s'exécuta.

A la lecture de la brève missive, les traits de Hazelmere se durcirent. La pensée que Dorothea pût tomber dans les rets de quelque gentleman aussi expérimenté que lui-même l'avait amené à avancer son retour d'un jour. Apparemment, il avait bien fait. Mais que diable signifiait ce message ?

Blême sous son masque, Dorothea le fixait avec une inquiétude manifeste. Glissant un bras autour de sa taille, il la ramena vers le centre de la salle.

— Faites-moi penser, ma chérie, à vous montrer un jour un spécimen de mon écriture. Ainsi, si je vous envoie jamais une lettre, vous saurez qu'elle est de moi.

— Mais qui en est l'auteur, si ce n'est vous ? s'enquit Dorothea, préférant ignorer le tendre qualificatif.

Hazelmere fut tenté de lui servir quelque histoire de son invention, mais un coup d'œil au visage déterminé de la jeune femme l'en dissuada.

— Je ne le sais pas plus que vous, ma chère.

Une valse étant annoncée, Dorothea se retrouva quelques secondes plus tard dans les bras du marquis, tournoyant autour de la salle. A la fin de la danse, il était parvenu à la convaincre de ne plus penser à la mystérieuse missive et de lui accorder toute son attention. Elle apprit que le principal intérêt d'un bal masqué était qu'une lady pouvait danser toute la soirée avec le même gentleman sans provoquer de scandale. Pour ce qui le concernait, il n'avait à l'évidence nulle intention de l'abandonner à un autre. Par bonheur, comme la plupart des couples sur la piste étaient, de la même façon, immuables, Dorothea ne trouva rien à redire à cet arrangement. L'attitude possessive de son cavalier passait inaperçue.

Après la deuxième danse, il la conduisit jusqu'à une alcôve. Là, tandis que Dorothea s'était blottie dans ses bras, ils échangèrent leurs nouvelles.

— Et lord Peterborough s'est montré *fort* prévenant, conclut Dorothea avec un soupir alangui.

Les sourcils bruns de Hazelmere se froncèrent.

— Vraiment ?

— Oui. Il semblait d'ailleurs tenir à ce que je vous le dise, ajouta innocemment la jeune femme.

Le rire que suscita cette remarque la fit frissonner.

— Je remercierai Gerry à l'occasion. En attendant, mon doux tourment, venez danser.

Hazelmere consacra le reste de la soirée à persuader Dorothea de le laisser se rendre à sa place au rendez-vous. En vain. Comme minuit approchait, il renonça.

Ils se dirigèrent donc vers l'une des portes-fenêtres donnant sur la terrasse.

— Etes-vous certaine de vouloir aller jusqu'au bout?

— Mais bien sûr!

Que croyait-il? Qu'elle avait peur? Dorothea en fut légèrement chagrinée. C'était bien mal la connaître!

— Avant que je ne vous autorise à vous lancer dans cette aventure, lui dit-il, je veux que vous me promettiez de vous conformer exactement à mes consignes.

Dorothea faillit rétorquer que c'était à *elle* que le message était adressé. Et elle n'avait certainement pas besoin de sa permission pour se rendre sur la terrasse! Mais ils n'avaient plus le temps de discuter. En outre, la lueur amusée dans le regard de Hazelmere disait assez que, de toute façon, il avait deviné les pensées qui l'agitaient.

Elle acquiesça.

— Très bien. Vous avez ma promesse. Que dois-je faire?

— Vous allez sortir, en veillant à laisser ouverte la porte-fenêtre. Je demeurerai dans l'ombre, derrière vous. Une fois dehors, arrêtez-vous à mi-terrasse et, comme je veux vous avoir toujours sous les yeux, ne vous éloignez pas de plus d'un mètre de part et d'autre de la porte-fenêtre. Est-ce compris?

Elle hocha la tête. Satisfait, Hazelmere souleva le lourd rideau.

— Allez-y.

Dorothea obéit et, après une dizaine de pas, s'immobilisa. A quelques mètres, juste en face d'elle, se trouvait une volée de marches en pierre menant à une allée gravillonnée. Une voix résonna soudain dans la nuit, trouant le silence.

— Mademoiselle Darent ! Par ici !

La voix lui paraissant venir de là, elle s'avança vers l'escalier. Mais à cet instant, quelqu'un ouvrit une porte-fenêtre voisine, pour la fermer aussitôt, comme on annonçait l'heure venue de la tombée des masques.

Une cavalcade sur l'allée gravillonnée s'ensuivit.

— Ne bougez pas d'ici ! murmura Hazelmere qui l'avait rejointe.

Déjà, il s'élançait vers l'escalier. Les buissons de rhododendrons qui bordaient la terrasse étaient épais et plus grands que Hazelmere lui-même. L'endroit était idéal pour un enlèvement. Au bout de quelques minutes à tâtonner dans l'obscurité, il rebroussa chemin. Au bruit des pas — maintenant à peine distinct —, il semblait que le mystérieux auteur du message fût parvenu à prendre le large.

— L'oiseau s'est envolé, dit-il à Dorothea quand il la rejoignit. C'est dommage. Enfin, il n'a pas eu le temps de nuire, et c'est l'essentiel.

— Mais qui pourrait avoir l'idée d'une plaisanterie aussi stupide ? demanda Dorothea en abaissant la capuche de son domino.

Elle se débattait avec le ruban de son masque lorsque Hazelmere l'arrêta.

— Laissez-moi faire.

L'instant d'après, le loup finalement ôté, il s'empara de ses lèvres. Cette fois encore, Dorothea s'abandonna, consentante, à ses baisers.

Puis, tout aussi soudainement qu'il l'avait étreinte, le marquis la relâcha.

— Nous ferions mieux de réintégrer la salle de bal avant que notre absence ne devienne trop difficile à expliquer, dit-il.

Il glissa son bras sous le sien et fit demi-tour.

De retour dans l'immense pièce avant d'avoir totalement recouvré ses esprits, Dorothea n'eut pas le loisir de prononcer un mot. Des amis les entourèrent aussitôt, riant et parlant en même temps. Mais, jusqu'à la fin de la soirée, elle n'eut conscience que des deux prunelles noisette qui s'attardaient sur elle tandis que ses lèvres lui semblaient encore palpiter du baiser que lui avait donné Hazelmere.

Un peu plus tard, alors qu'ils quittaient ensemble la salle de bal, il se souvint du message.

— A propos, ma chère, si jamais vous recevez d'autres missives vous invitant à quelque inconvenance et supposées émaner de moi, rappelez-vous qu'il est davantage dans mon style de faire de telles propositions de vive voix.

Quelques instants après, les deux sœurs, accompagnées de Hazelmere et de Fanshawe, prirent congé de leurs hôtes. S'avisant, un peu tardivement, qu'elle avait laissé Hazelmere la monopoliser toute la soirée, Dorothea le gratifia d'un regard qui, elle l'espérait, traduisait sa désapprobation face à de telles manières.

En réponse, il éclata d'un rire tonitruant et lui murmura à l'oreille que si elle continuait à le provoquer de la sorte avec ses œillades, il allait se voir contraint de l'embrasser de nouveau.

Et, dans l'ombre de l'allée, il mit sa menace à exécution avant d'aider une Dorothea éminemment troublée à monter dans la voiture de sa grand-mère.

Hazelmere et Fanshawe regagnèrent Cavendish Square à pied.

Le marquis était beaucoup plus perturbé par la mystérieuse missive et l'incident de la terrasse qu'il ne l'avait laissé croire à Dorothea.

Des jeunes filles avaient déjà été enlevées et rendues à

leur famille contre rançon. Cependant, si elle était fort bien dotée, Dorothea n'appartenait pas au cercle restreint des riches héritières. La conclusion s'imposait donc d'elle-même. A travers elle, c'étaient les coffres d'Hazelmere qui se trouvaient visés. En rendant public l'intérêt qu'il lui portait, il l'avait désignée comme la cible idéale pour d'éventuels ravisseurs.

Il considéra la silhouette qui marchait à côté de lui. Tout n'allait pas pour le mieux pour son ami et, supposant à son silence que la cause de ses soucis était la cadette des sœurs Darent, il répugna à ajouter à ses tracas.

L'idylle entre Fanshawe et Cecily ne progressait en effet pas ainsi que le jeune lord l'avait espéré. Il avait découvert que l'élue de son cœur avait un caractère bien trempé et que, une fois qu'elle s'était mis quelque chose en tête, rien ni personne ne pouvait la faire changer d'avis. Lors du bal masqué, elle s'était rebellée contre ce qu'elle appelait son attitude possessive, le délaissant au profit d'autres cavaliers. Et si, à la fin de la soirée, elle s'était laissé fléchir et lui avait permis de l'escorter jusqu'à sa voiture, elle était néanmoins restée distante.

Les deux amis se séparèrent au coin de Cavendish Square afin de gagner leurs quartiers respectifs. Tous deux troublés pour des motifs différents, mais chacun s'interrogeant sur ce que lui réservait l'avenir.

10.

Les trois jours qui suivirent, Hazelmere se montra très empressé auprès de Dorothea.

Mais s'il ne rencontrait guère de problème lorsqu'il s'agissait de surveiller la jeune fille aux bals et réceptions auxquels ils étaient tous deux conviés, il en allait différemment durant la journée.

— Mytton, dit-il à son majordome le vendredi matin, savez-vous s'il existe quelque lien entre ici et Merion House ?

S'il fut surpris par cette étrange question, Mytton n'en laissa rien paraître.

— Il me semble que Charles, le valet de pied, courtise la nouvelle femme de chambre de Mlle Darent.

— Vraiment ? Mytton, dites à Charles que j'aimerais qu'il se renseigne — discrètement — sur les projets de Mlle Darent pour les jours à venir. Croyez-vous qu'il puisse s'acquitter d'une telle tâche ?

— Charles est un jeune homme fort capable, milord, répondit gravement Mytton.

— Parfait.

Lorsqu'il rentra chez lui aux premières lueurs de l'aube, le samedi matin, Hazelmere découvrit que Charles s'était montré efficace. Nanti de l'emploi du temps de Dorothea pour les deux prochains jours, le marquis fut à même de limiter ses apparitions à ses promenades habituelles dans le parc et, le dimanche soir, à une réception où la jeune femme se rendit.

— Que faites-vous au juste? s'enquit-elle alors qu'ils évoluaient autour de la salle, lors de la seule valse de la soirée.

— Eh bien, il me semble que je danse, répondit Hazelmere avec innocence. On dit généralement que je suis assez bon à cet art.

— Et je suppose que vous avez pour habitude d'assister à des réceptions aussi ennuyeuses que celle-ci?

— Ah! mais vous oubliez une chose, ma chère. Mon cœur vous est acquis, et je ne suis venu que pour vous. Ne le saviez-vous pas?

Alors que les mots étaient ceux qu'elle attendait, le ton employé ne laissa à Dorothea aucun doute quant à la façon de les traiter. Elle s'esclaffa.

— Oh, non! Vous ne détournerez pas mon attention aussi facilement. Il va vous falloir trouver prétexte plus plausible à votre présence ici.

— Vous est-elle si désagréable? demanda Hazelmere en feignant la gravité.

— Certainement pas. D'ailleurs, je crois qu'en l'occurrence, même la compagnie de lord Peterborough me serait agréable.

Il partit d'un grand éclat de rire.

— Voilà qui est clair, ma chère. Mais pourquoi avoir accepté d'assister à cette réception si elle vous ennuie à ce point?

— Ma grand-mère a insisté pour venir, avoua Dorothea. Encore que j'ignore pourquoi. Elle s'amuse d'autant moins que Herbert et Marjorie sont ici. Dieu merci, ils repartent demain pour Darent Hall... Et Cecily erre comme une âme en peine. A propos, ne pourriez-vous dire à lord Fanshawe de faire montre d'un peu plus d'autorité à son égard? Elle a besoin que quelqu'un la remette à sa place de temps en temps. Et elle a toujours bien réagi à la fermeté.

— Contrairement à sa sœur aînée? murmura Hazelmere d'un ton provocant.
— Précisément.

Le lundi matin, jour du pique-nique organisé par lady Oswey dans sa propriété de Twickenham, sur les bords de la Tamise, Ferdie, qui devait y escorter les deux sœurs, se présenta de bonne heure à Merion House.

Dorothea arborait un sourire ravi. La perspective de passer une journée à la campagne l'emplissait de joie. Cecily, quant à elle, était bougonne. Si elle reconnaissait s'être montrée injuste envers lord Fanshawe, elle se refusait catégoriquement à le laisser ordonnancer son existence.

Pourquoi Dorothea, d'une nature plus indépendante que la sienne, acquiesçait-elle de si bon cœur à toutes les suggestions du marquis? Il ne pouvait y avoir à cela qu'une seule explication. Son aînée était éprise d'Hazelmere. Elle en voulait pour preuve le sourire lointain qui flottait en permanence sur ses lèvres — comme en ce moment tandis qu'elle regardait distraitement le paysage défilant sous ses yeux.

Pour ce qui la concernait, elle s'était lourdement trompée sur les sentiments que lui inspirait lord Fanshawe. Si elle en avait été amoureuse, elle eût accepté de laisser prévaloir le jugement du jeune lord. Mais il s'était montré d'une sévérité démodée à l'encontre de certains des jeunes gens qui, au bal masqué, l'avaient fait danser. Et savoir, dans le secret de son cœur, qu'il n'avait peut-être pas eu tout à fait tort de la mettre en garde, n'arrangeait en rien l'humeur de la jeune fille.

Ce fut donc la mine renfrognée qu'elle descendit du cabriolet, à Oswey Hall.

Le soleil radieux et le ciel azur eurent tôt fait de lui rendre son sourire. Elle se mêla à un groupe de jeunes ladies de sa connaissance cependant que Dorothea allait s'asseoir à côté d'une cousine des Oswey.

Après le déjeuner, les invités s'égaillèrent dans la nature, qui au bord de l'eau, qui dans les bois environnants. Ferdie devisait sous une tonnelle avec deux jeunes beautés lorsqu'un valet de pied les aborba. Savaient-ils où se trouvait Mlle Darent?

— Je l'ai aperçue tout à l'heure qui s'éloignait avec sa seigneurie, indiqua Ferdie. Est-ce pour elle? ajouta-t-il en avisant une enveloppe sur le plateau que tenait le domestique.

Celui-ci répondit par l'affirmative, stipulant qu'elle venait d'être apportée par un garçon d'écurie.

— Oh! je puis la lui remettre, si vous voulez, proposa Ferdie. Je suis un très bon ami de Mlle Darent.

Le valet, qui le savait être arrivé avec les deux sœurs, ne vit point de raison de ne pas lui confier la missive. Le jeune homme s'en saisit, la glissa dans une poche, et, tout à ses charmantes compagnes, n'y pensa plus.

Jusqu'au lendemain.

Le jeune homme se sustentait de bon matin quand, Higgins, son valet, vint interrompre son petit déjeuner.

— J'ai trouvé ceci dans une poche de votre redingote, monsieur.

Attendu qu'il lui arrivait souvent d'oublier des lettres dans ses vêtements, Ferdie l'ouvrit et prit connaissance de son contenu.

— Higgins, dans quelle redingote l'avez-vous trouvée? demanda-t-il en repliant le feuillet.

— Dans celle que vous portiez hier au pique-nique, milord.

— C'est bien ce que je pensais.

Après s'être vêtu à la hâte, Ferdie se mit en route pour Hazelmere House. Dieu fasse que son cousin ne soit pas déjà parti pour l'une de ses matinées en ville! La chance le favorisa. Lorsque, hors d'haleine, il atteignit l'hôtel particulier de Cavendish Square, le marquis en sortait en compagnie de Fanshawe.

— Ferdie ! s'exclama Hazelmere. Que diable t'arrive-t-il ?

— J'ai à te parler, Marc. Tout de suite !

Devant l'air inhabituellement grave de son jeune cousin, Hazelmere n'hésita pas.

— Rentrons.

Ils s'installèrent dans la bibliothèque. Le souffle toujours court, Ferdie exhiba la lettre et la posa sur le bureau.

— Tiens, lis cela.

Hazelmere s'exécuta. Puis, il leva la tête.

— D'où la tiens-tu ? demanda-t-il, le visage impassible.

— J'ai proposé au valet de pied qui cherchait Dorothea de la lui remettre moi-même. Je l'ai mise dans ma poche et l'y ai oubliée. C'est Higgins qui l'a trouvée ce matin. Comme je ne me souvenais plus de quoi il s'agissait, je l'ai ouverte. J'ai ensuite pensé qu'il valait mieux te l'apporter immédiatement.

— Dorothea n'en a donc pas eu connaissance ?

Ferdie secoua la tête.

— L'un de vous peut-il m'expliquer ce qui se passe ? intervint Fanshawe.

Sans mot dire, Hazelmere lui tendit le feuillet.

« Ma chère Mlle Darent, lut-il, je ne puis imaginer que les hôtes du pique-nique de lady Oswey soient de votre goût. Je vous invite donc à venir me retrouver à la petite porte blanche située à l'extrémité du sentier traversant les bois. Je vous y attendrai à 15 heures avec mes chevaux gris pour une promenade sans témoin. Soyez ponctuelle. Hazelmere. »

— Qui est l'auteur de cette plaisanterie ? demanda-t-il, une fois sa lecture terminée.

— J'aimerais bien le savoir! répliqua le marquis. C'est la deuxième.

— Quoi? s'exclamèrent en chœur ses deux amis.

Reposant la lettre apportée par Ferdie, Hazelmere ouvrit un tiroir de son bureau et y prit celle remise à Dorothea lors du bal des Bressington. A les voir ainsi côte à côte, il apparaissait évident que toutes deux étaient l'œuvre de la même main. Fanshawe et Ferdie s'approchèrent.

— De quand date la première? demanda celui-ci.

— Du bal masqué. La tentative eût réussi à coup sûr si je n'étais rentré un jour plus tôt. N'est-ce pas exactement le genre de chose que l'on peut attendre de moi?

— Tu aurais dû nous en parler. Nous lui aurions tendu un piège.

— Nous nous y sommes essayés, dit Hazelmere.

Et il leur narra la scène de la terrasse et leur échec.

— Et tu n'as vu personne? s'enquit Ferdie.

— Personne.

— Crois-tu que Dorothea serait allée à ce rendez-vous, si Ferdie n'avait pas oublié de lui remettre la lettre?

— J'en doute. Elle n'est pas femme à se laisser prendre deux fois à la même ruse. Cela dit, je donnerais cher pour savoir qui est à l'origine de cette plaisanterie.

— En tout cas, il ne peut s'agir que de quelqu'un qui te connaît, reprit Ferdie.

— En effet. Et c'est bien cela qui m'inquiète le plus. J'avais pensé à un complot à des fins d'enlèvement. Qui dit enlèvement dit forcément rançon...

— J'ignorais que les demoiselles Darent étaient riches à ce point, remarqua Fanshawe.

— Elles ne le sont pas, mais moi si.

— Oh! Je n'avais pas songé à cela...

Les trois hommes continuèrent d'étudier les lettres, espérant en tirer quelque indice quant à l'identité de leur auteur.

— Pourquoi as-tu dit qu'il ne pouvait s'agir que de quelqu'un connaissant Marc ? demanda Fanshawe en se tournant vers Ferdie.

— Si l'écriture n'est pas la sienne, c'est assurément son style.

— Tout de même, il ne le connaît pas aussi bien que cela ! Jamais le marquis de Hazelmere n'aurait emmené une jeune lady derrière ses chevaux gris.

L'intéressé s'interposa.

— J'ai déjà fait une exception pour Mlle Darent.

— Oh ! fit Fanshawe, finalement convaincu.

— Donc, résuma Hazelmere, la personne que nous cherchons me connaît suffisamment pour être capable d'écrire une lettre dans un style pouvant passer pour le mien ; elle était aussi au courant de la promenade de Dorothea derrière mes « gris ». Enfin, ce quelqu'un savait que, n'étant pas en ville, je ne devais pas assister au bal des Bressington.

— Par conséquent, conclut Fanshawe, il s'agit de l'un de nous. De l'aristocratie, veux-je dire.

— C'est la conclusion qui s'impose, acquiesça Hazelmere avant de reporter son attention sur les lettres.

— Qu'allons-nous faire ?

— Pour autant que je sache, la seule chose que nous puissions faire est de soumettre Dorothea à une surveillance de tous les instants. Comme nous ignorons qui est derrière tout cela, nous allons aussi devoir nous assurer que personne ne peut l'approcher, à part nous, bien sûr, sitôt qu'elle se retrouve seule.

— Nous trois uniquement ? s'enquit Fanshawe.

— Pour le moment. Plus tard, si besoin est, nous verrons à nous faire seconder.

— Pour ce qui concerne cet après-midi, dit Ferdie, l'affaire est entendue. Je dois monter avec elles dans Hyde Park. Et, ce soir, elles sont invitées au bal de Carlton House. Nous aussi. Il nous sera donc facile de les avoir à l'œil. Maintenant, si vous voulez mon avis, il existe un moyen beaucoup plus simple de résoudre tous ces problèmes.

— Lequel ?

— Mais, les épouser, bien sûr ! Marc pourrait passer toutes ses journées avec Dorothea, Cecily ne broierait plus du noir, et moi je pourrais retourner à ma petite existence tranquille.

Voyant que ce conseil ne recevait pas l'accueil espéré, Ferdie se dirigea vers la porte.

— Ne dites rien, je m'en vais ! A ce soir au bal...

Le bal de Carlton House était présidé par le prince régent, et y étaient conviés tous les membres du corps diplomatique ainsi que les débutantes de l'année. Etaient également invités les pairs du royaume et l'élite de la bonne société. Le prince tirait quelque amusement de penser que, l'espace d'un soir, tout ce beau monde était prêt à se mettre en quatre pour lui.

Hazelmere, qui connaissait son prince, s'avisa que s'il était fort improbable que Dorothea fût kidnappée dans l'enceinte de Carlton House, elle et Cecily pourraient bien se trouver confrontées à une menace d'un tout autre genre...

Cecily escortée par Fanshawe, et lady Merion au bras de Ferdie, les trois couples avaient atteint le centre de la gigantesque salle quand un remue-ménage annonça l'entrée du prince régent. Le silence se fit, et il s'avança, nonchalant. Sur son passage, les gentlemen inclinaient la tête cependant que les ladies s'abîmaient dans une profonde révérence.

Dorothea fit de même. Elle était censée ne se relever qu'une fois Son Altesse passée. Alors qu'elle attendait, absolument immobile, elle s'aperçut que les pieds du prince — la seule partie de son auguste personne qui entrât dans son champ de vision — s'étaient arrêtés devant elle. Risquant un coup d'œil, elle découvrit qu'il la fixait de ses gros yeux d'un bleu délavé. Il esquissa un sourire lascif et, s'emparant de sa main, l'aida à se redresser.

Comme les autres, autour d'elle, abandonnaient leur pose obséquieuse, elle eut conscience que Hazelmere se rapprochait légèrement. Pour discret qu'il fût, ce mouvement ne manqua pas d'attirer l'attention du prince. Elle vit le regard clair se voiler et, tandis qu'il croisait celui du marquis par-dessus son épaule droite, son sourire s'évanouir.

Le prince pesta intérieurement. Il savait la ravissante Mlle Darent virtuellement fiancée à Hazelmere, mais, devant l'affriolante beauté aux cheveux sombres, il avait oublié combien le marquis était ombrageux.

— Vous êtes réellement très belle, ma chère, lui dit-il, un sourire charmeur aux lèvres.

Puis il lâcha sa main et, toujours souriant, reprit sa lente progression.

Dorothea se retourna. Ne sachant trop comment formuler sa question, elle leva vers Hazelmere un regard interrogateur.

— Eh oui ! fit-il en même temps qu'il glissait la main sous son bras. Mais vous vous en êtes fort bien sortie, ma chérie.

— Pourquoi ne pas m'avoir prévenue qu'il pouvait être si... Enfin, comme cela ? demanda-t-elle.

— Parce qu'il est imprévisible.

— Est-ce pour cette raison que vous vous êtes substitué à grand-maman ?

— Son Altesse a parfois le mauvais goût de faire... certaines propositions. Ce qui, dans votre cas, eût été totalement inopportun.

— Je vois. Est-ce à dire que, si vous n'aviez pas pris la place de grand-maman, il ne s'en serait pas privé ?

Hazelmere se contenta de hocher la tête. Puis il entraîna la jeune femme vers la salle de bal.

Lorsque, la valse terminée, il la ramena auprès de lady Merion, Dorothea était dans un état d'extrême confusion.

Au fil des jours, elle était arrivée à accepter l'idée que Hazelmere et elle parviendraient — en temps voulu, peut-être un peu plus tard dans la saison — à un accord mutuellement consenti. Mais il lui apparaissait aujourd'hui qu'elle n'allait même pas avoir voix au chapitre. Tout le monde, le prince régent y compris, tenait déjà pour acquis qu'elle épouserait Hazelmere !

Le sentiment de n'être qu'un pantin entre les mains du marquis la mettait en rage. Alors qu'elle était éperdument amoureuse de lui, s'inquiétant de savoir s'il l'aimait ou non, il avait convaincu le Tout-Londres qu'elle était sienne. Comment osait-il ainsi disposer de sa personne ?

Pendant les trois valses qui suivirent — la valse était la seule danse en vigueur à Carlton House —, elle réfléchit à ce qu'elle lui dirait le lendemain. Il apprendrait qu'elle n'était pas l'une de ces jeunes ladies insipides que l'on pouvait manipuler à sa guise !

Et danser avec ses amis qui, tous, elle s'en rendait compte à présent, la traitaient comme si elle était déjà l'épouse d'Hazelmere, ne réussissait qu'à alimenter sa colère.

Ce fut donc avec soulagement qu'elle vit un Français s'incliner devant elle et solliciter l'honneur d'une danse. Lady Merion ayant donné son consentement, elle suivit le comte de Vanée sur la piste. Il n'était, il l'en informa, que récemment arrivé de Paris. Tandis qu'il la guidait avec assurance parmi les autres danseurs, le comte se lança dans une conversation à laquelle Dorothea ne prêta que peu d'attention.

Jusqu'au moment où elle l'entendit mentionner le nom d'Hazelmere.

— Je suis désolée, comte, l'interrompit-elle sans vergogne. Je crains de n'avoir pas saisi votre dernière phrase.

— Ah ! mademoiselle, je disais simplement que cela ressemblait bien au marquis de s'attacher les plus belles femmes et d'en faire ses maîtresses. La ravissante lady Walford, par exemple, que vous voyez là-bas bavardant avec sa seigneurie.

Dorothea regarda dans la direction indiquée et entraperçut Hazelmere en grande conversation avec Helen Walford, sa tête brune toute proche de celle, blonde, de sa compagne, qui l'écoutait avec une vive attention.

L'attitude trahissait une familiarité certaine. Dorothea eut l'impression que le sol se dérobait et que son cœur cessait de battre. Néanmoins, elle parvint à soutenir sans ciller le regard du comte.

Le jeune homme, cependant, l'avait sentie se raidir à la vue du couple. Trop avisé pour pousser son avantage, il poursuivit sa récitation.

Mais Dorothea ne l'écoutait plus. Elle se souvenait de la visite de Marjorie, le dimanche précédent.

— Herbert étant ton tuteur, je considère qu'il est de mon devoir, à moi, sa femme, de te mettre en garde, lui avait-elle dit. Hazelmere se joue de toi. Oh ! tu n'es pas la première à succomber à son charme... Herbert et moi ne voudrions pas critiquer ta grand-mère, mais te savoir entre les griffes d'un tel homme nous attriste profondément.

Dorothea avait écouté avec patience, certaine qu'il n'y avait pas un mot de vrai dans ce discours. Marjorie ignorait tout du comportement de Hazelmere à son égard. Et lady Merion n'eût pas permis qu'il la courtisât si ses intentions n'avaient pas été honorables.

Marjorie s'était alors lancée dans l'énumération des nombreux travers de sa seigneurie.

— Dorothea, cet homme est un débauché ! De haute naissance, sans doute, mais un débauché tout de même. J'ai entendu parler de ses maîtresses, dont certaines sont aussi bien nées que toi ou moi, et toutes fort séduisantes. Comme toi, ma chérie.

Elle avait conclu en disant que ni Herbert ni elle ne toléreraient qu'elle se compromette davantage avec le marquis. Une fois Marjorie partie, Dorothea s'était empressée d'oublier ses avertissements.

Mais aujourd'hui, il lui apparaissait que sa cousine ne s'était pas trompée, sur un point du moins. Et elle se demandait si elle connaissait réellement Hazelmere.

Elle supposait bien que son existence avait été émaillée de nombreuses femmes, des demi-mondaines pour la plupart, qui appartenaient maintenant au passé. Or Lady Walford, qui était un des fleurons de l'aristocratie, faisait à l'évidence partie intégrante de son présent.

Quand le comte la ramena auprès de lady Merion, Dorothea était silencieuse et décomposée. Le Français s'attarda quelques minutes puis, avisant Fanshawe qui venait vers eux, Cecily à son bras, il prit subitement congé et disparut dans la foule.

Dorothea n'eut pas le temps de s'en étonner. Hazelmere l'avait rejointe. Il l'observa un instant, comme s'il s'était rendu compte de son trouble. Puis, le prince s'étant retiré, il proposa à lady Merion de l'imiter.

De retour chez lui — après avoir déposé les jeunes filles et leur grand-mère —, Hazelmere se rendit dans la bibliothèque, se servit un cognac, et s'assit dans un fauteuil devant l'âtre.

Le moment était venu de demander la main de Dorothea.

Ce soir, il avait en quelque sorte officialisé leur relation et, manifestement, cela n'avait pas eu l'heur de lui plaire. Dieu sait comment elle réagirait si elle apprenait que l'annonce de leur mariage était considérée comme imminente ! Il sourit à imaginer sa colère. Toutefois, il ne parvenait pas à regretter d'avoir agi ainsi.

Sans lui, Dorothea se serait sans nul doute retrouvée

mariée à quelque gentilhomme campagnard ennuyeux et à l'esprit lent qui n'eût eu sur elle aucun ascendant. Et elle avait assurément besoin de quelqu'un pour la diriger, pour la protéger, pour l'aimer et la chérir. Il frémit à la pensée de ce qu'il lui serait advenu si, à plusieurs reprises, il ne s'était pas trouvé là. Elle était incapable de reconnaître le danger lorsqu'elle le croisait.

Qu'elle lui fît confiance, à *lui*, en était la preuve...

Cela l'étonnait encore. Alors qu'elle se méfiait de Peterborough et de Walsingham, jamais, depuis leur première rencontre dans les bois de Moreton Park, où il l'avait pourtant embrassée, elle n'avait montré la moindre défiance à son égard.

Avec un soupir, il se reporta à leurs problèmes présents.

Un tiers s'était immiscé dans cette partie qui n'aurait dû concerner qu'eux, et il ignorait qui il était. Dans ces conditions, il n'y avait qu'une seule ligne de conduite à adopter. D'abord, il lui fallait rencontrer le régisseur de son domaine du Leicestershire, qui réclamait sa présence. Il s'arrêterait au retour à Darent Hall. Il lui fallait également prévenir sa mère, ce qui signifiait qu'il allait devoir passer une soirée à Hazelmere. Cela faisait sept jours en tout. Le mardi suivant, il serait rentré à Londres et, dès que possible, il épouserait Dorothea.

Enlever la marquise de Hazelmere se révélerait une entreprise beaucoup plus difficile qu'enlever Mlle Darent. En fait, il s'assurerait que ce soit impossible.

Il termina son verre de cognac et monta se coucher.

Douillettement installé entre ses draps de soie, il se prit à évoquer la beauté brune aux yeux verts qui allait devenir sa femme. Depuis leur étreinte à Richmond House, il n'avait plus aucun doute quant à ce qu'éprouvait pour lui Dorothea. Elle l'aimait. Cette pensée lui était d'un grand réconfort, une source constante de joie et d'émerveillement. La certitude de savoir ses sentiments partagés lui avait donné la patience de la laisser profiter pleinement de sa saison d'indépendance. Et il avait apprécié la résistance courageuse qu'elle lui opposait, ainsi que ses efforts — de plus en plus infructueux — pour cacher l'amour qu'il lui inspirait. Mais le temps qu'il lui avait imparti était écoulé.

Hazelmere esquissa un sourire béat. La prochaine semaine verrait la fin du jeu... et le début de tant d'autres choses !

11.

Dorothea lisait dans le salon lorsque Mellow vint la prévenir que lord Hazelmere demandait à la voir.

— Très bien... Qu'il entre.

La jeune femme, qui ne décolérait pas depuis la veille, posa son livre sur un guéridon voisin et, se levant, se prépara à recevoir son visiteur. Elle allait enfin pouvoir lui dire son fait !

Quelques secondes plus tard, le marquis faisait irruption dans la pièce.

Il ne fallut pas longtemps à Hazelmere pour comprendre — à son visage fermé et ses lèvres pincées, à la froideur de son regard, surtout — que l'élue de son cœur était de mauvaise humeur. Pis, furieuse !

— Vous me paraissez fatiguée, ma chère, dit-il après avoir baisé sa main glacée. Sans doute n'êtes-vous pas encore remise de votre soirée d'hier et...

— Justement, interrompit-elle, parlons-en de cette soirée. Lady Walford s'y est-elle divertie ?

Hazelmere eut un moment de flottement.

— Helen ? demanda-t-il d'un ton perplexe.

— Votre maîtresse ! rétorqua Dorothea, cinglante.

— Ma *quoi* ? Qui vous a dit qu'Helen Walford était ma maîtresse ?

— Je ne pense pas que cela vous regarde...

— Eh bien, vous pensez mal. Cela me regarde, car

Helen Walford n'a jamais été, n'est pas, et ne sera jamais ma maîtresse. Alors, ma crédule Dorothea, qui a osé prétendre qu'elle l'était ?

Il y avait dans sa voix un tel accent de sincérité que Dorothea sut aussitôt qu'il disait vrai.

— Le comte de Vanée, répondit-elle.

— Un homme de peu d'importance... Il vous intéressera peut-être de savoir que je connais Helen Walford depuis son enfance. C'est moi qui lui ai appris à grimper aux arbres.

— Il n'y a pas que cela, reprit Dorothea, comme le marquis faisait un pas dans sa direction. Je trouve inqualifiable votre comportement à mon égard ! Et pourtant, ce n'est pas faute d'avoir été prévenue contre vous. Marjorie m'avait mise en garde... Je sais ne représenter pour vous qu'un défi. Car vous ne supportez pas que l'on résiste à votre charme légendaire, n'est-ce pas ? Mais cette façon que vous avez eue, hier soir, et devant le Tout-Londres, de...

Elle ne put aller plus loin.

La bouche de Hazelmere venait de s'écraser sur la sienne avec une brutalité presque bestiale. Un frisson la parcourut tandis qu'elle ouvrait les lèvres sous l'irrésistible pression et que le désir montait en elle. Elle s'avisa alors qu'elle répondait à ses baisers avec une ardeur mortifiante. Mais elle n'en avait cure. Sa seule et unique pensée était que cette étreinte durât toujours.

Elle prit fin, cependant. Et soudainement.

Hazelmere s'écarta, la considéra d'un air étrange puis, sans un mot, il quitta la pièce.

— J'ai décidé de partir immédiatement pour le Leicestershire, dit-il à Mytton, sitôt rentré chez lui. Je pense être de retour mardi prochain. Envoyez-moi Murgatroyd et dites à Jim de préparer la calèche. Je la veux devant la porte dans une demi-heure d'ici.

Déjà, il commençait à gravir les marches de l'escalier.

Habitué aux manières du marquis — il le servait depuis plus de vingt ans —, Mytton gagna sur-le-champ l'office afin de transmettre les ordres de sa seigneurie aux domestiques concernés, ajoutant que le maître était d'une humeur effroyable.

Dix minutes plus tard, Hazelmere, en tenue de voyage, redescendait. Il fit un détour par la bibliothèque. Son regard s'arrêta sur la pile de lettres, délivrées dans l'après-midi et que Mytton avait posées sur son bureau. Parmi elles, une enveloppe de médiocre qualité attira son attention. Elle était adressée à « M. M. Henry »... Il l'ouvrit et parcourut rapidement le feuillet qu'elle renfermait. Lorsqu'il en eut fini la lecture, son front était barré d'un pli soucieux.

Il demeura un moment immobile, les yeux dans le vide, puis, glissant la missive, dont il avait fait une boule, dans sa poche, il s'assit à son bureau et entreprit de rédiger une lettre à l'intention de Ferdie.

Il l'informait simplement qu'il lui fallait s'absenter jusqu'au mardi de la semaine suivante, que Tony était au courant, que, ce même jour, à déjeuner, il avait prévenu leurs amis des tentatives d'enlèvement dont avait été victime Dorothea et que ceux-ci avaient promis de les aider, Tony et lui, à la surveiller. Il terminait en demandant à Ferdie de prendre soin de Dorothea pour lui, ajoutant qu'il préférerait que la jeune fille ignorât qu'ils craignaient pour sa sécurité.

Ensuite de quoi, ayant apposé son sceau sur la lettre, il sonna un valet de pied.

Dorothea avait gagné sa chambre aussitôt après le départ du marquis et, en pleurs, s'était jetée sur son lit. Ses sanglots commençaient à s'apaiser quand lady Merion frappa et entra dans la pièce.

En voyant sa petite-fille, d'ordinaire si maîtresse

d'elle-même, ainsi effondrée, la vieille dame sentit son cœur se serrer.

— Oh ! grand-mère, lui dit Dorothea comme elle venait s'asseoir sur le lit, à côté d'elle, que dois-je faire ?

— Tout d'abord, te moucher, répondit la bonne lady, pratique. Ensuite, te laver la figure. Allez, exécution ! Tu verras, tu te sentiras immédiatement beaucoup mieux.

Dorothea obtempéra, puis la rejoignit sur le lit.

— A présent, déclara lady Merion, je t'écoute.

Dorothea fit une petite grimace, prit une profonde inspiration, et se lança.

— Hier soir, au bal, le prince... eh bien, il était évident qu'il croyait... qu'il était au courant qu'il y a quelque chose entre lord Hazelmere et moi. Je me rends compte maintenant que nombreux sont ceux qui savent qu'il existe entre nous une sorte... d'arrangement.

— Après votre première valse, il aurait fallu être aveugle pour ne pas s'en apercevoir.

— Que voulez-vous dire ?

— Ce que tu éprouves pour Marc devient chaque jour plus visible. N'importe qui, à vous voir ensemble, comprendrait l'intérêt que tu lui portes. Et au vu de sa prévenance à ton égard depuis le début de la saison, ses intentions sont très claires. D'ailleurs, après votre premier bal, il m'a dit qu'il demanderait ta main... « en temps voulu », a-t-il précisé. Cela lui ressemble bien.

— Je l'ignorais. En fait... je pensais que, pressé de se marier par sa famille depuis des années, il voyait en moi l'épouse accommodante dont il avait besoin. Une épouse qui le laisserait libre de continuer d'entretenir des maîtresses.

— Ma chère Dorothea, sache que je suis entrée dans le salon tantôt pendant que Hazelmere et toi étiez... occupés. Si je m'en réfère à mon expérience, son comportement n'était pas celui d'un homme qui envisage un mariage de convenance. Je crois que tu dois être la dernière personne dans tout Londres à ne pas t'être avisée qu'il était épris de toi.

Pensive, Dorothea hocha la tête. Puis elle entreprit de relater à sa grand-mère ce que lui avait dit le comte de Vanée à propos d'une liaison entre Helen Walford et Hazelmere; elle lui rapporta aussi l'explication de ce dernier.

— Ma chérie, je crains qu'il ne faille t'habituer à la malveillance des gens, lui dit lady Merion. Pour qui veut nuire, tous les moyens sont bons. Et Hazelmere n'a pas que des amis. Je ne doute pas qu'il s'en trouve certains qui essaieront de l'atteindre à travers toi. Entre parenthèses, si j'étais toi, je n'aborderais plus jamais le sujet de ses maîtresses. Je t'accorde que Marc en a eu quelques-unes. Ou plutôt, un nombre certain. Et toutes étaient des créatures splendides. Mais, ma chérie, elles n'ont fait que traverser sa vie ! Elles appartiennent à son passé alors que toi, tu représentes son avenir. Et s'il suit les traces de son père, je serais étonnée que tu aies à fermer les yeux sur des aventures. Contrairement à tant d'autres épouses de ma connaissance...

Comme Dorothea esquissait un petit sourire las, lady Merion se pencha en avant et lui tapota la main.

— Tu es épuisée, ma chérie. Je vais demander à Trimmer de te monter un plateau, et ensuite, tu te coucheras. Nous avons encore à réfléchir à ce qu'il convient de faire, mais je pense que cela peut attendre demain.

La jeune femme acquiesça de la tête. Elle était en effet étrangement fatiguée — mais aussi et surtout folle de joie.

Demeurée seule, elle se laissa aller à rêver. Ce que venait de lui dire sa grand-mère à propos de l'amour que lui portait Marc l'emplissait d'une indicible joie. Mais que n'eût-elle donné pour entendre ces mêmes paroles, claires et sans ambiguïté, de sa propre bouche !

⁂

— Tu sembles en meilleure forme, ma chérie, dit lady Merion lorsque Dorothea vint l'embrasser, le lendemain matin.

— Et je le suis *effectivement* !

Tandis que sa petite-fille prenait place en face d'elle, la vieille lady hocha la tête. Dorothea avait recouvré son calme et son assurance habituels.

— Je crois le moment venu d'avoir une petite discussion, annonça-t-elle. Pour commencer, j'imagine que tu reconnaîtras éprouver pour Hazelmere ce qu'il est convenu d'appeler un tendre penchant ?

— Je suis en effet éprise de lord Hazelmere depuis... quelque temps.

— Ainsi que je te l'ai dit, il m'a déjà fait part de son intention de te demander en mariage. Cela étant entendu, j'aimerais savoir quelle sera ta réponse ?

Dorothea laissa échapper un petit rire.

— Oh ! grand-mère, pensez-vous réellement que j'aie le choix ?

— Pour être franche, ma chérie, j'en doute. Hazelmere est parfaitement au courant de tes sentiments. Et d'après ce que j'ai pu entrevoir hier, dans le salon, ton accord *verbal* n'est plus qu'une simple question de formalité.

A ces mots, les joues de Dorothea se colorèrent légèrement.

— Cela dit, poursuivit sa seigneurie, je ne pense pas que tu fasses une mauvaise affaire en épousant Hazelmere. Il ressemble en tout point à son père, et Anthea était la femme la plus heureuse de Londres...

Dorothea jugea plus sûr d'accepter cette assertion sans rien dire.

— Il nous faut maintenant décider de ta conduite future, poursuivit lady Merion. L'essentiel est de ne pas donner prise aux ragots. Mais Ferdie et moi serons là pour te prodiguer nos conseils. Tu dois continuer d'honorer tous tes engagements comme si rien n'était et paraître égale à toi-même. Ce qui, pour l'instant, ne semble pas te poser de grandes difficultés.

— Grand-mère, je vous promets de me comporter toujours et en tout ainsi qu'il convient... mais vous comprendrez qu'après le bal de Carlton House, il ne m'est plus possible d'être la même.

Si cette réflexion laissa lady Merion perplexe, elle décida de s'en satisfaire.

— Une dernière chose, ma chérie, dit-elle. Ferdie est passé tout à l'heure afin de m'annoncer, entre autres, que Hazelmere serait absent de Londres jusqu'à mardi.

Après réception du message de son cousin, Ferdie avait décidé qu'il était grand temps que quelqu'un mît lady Merion au courant des menaces dont sa petite-fille faisait l'objet — même si Dorothea ne devait pas être informée du danger qui la menaçait.

— Non, assura aussitôt la vieille dame, devant le regard interrogateur de sa compagne, il ne part pas à cause de votre... discussion. Il avait déjà prévenu ses amis qu'il comptait partir hier soir.

Dorothea remercia intérieurement le ciel pour cette petite semaine de répit qui lui était ainsi offerte. Cela lui laisserait le temps de peaufiner sa nouvelle personnalité. En outre, elle commençait à avoir le sentiment qu'il lui restait encore quelques plis à abattre dans le jeu qui l'opposait à l'arrogant marquis...

[illegible]

Cela [illegible] a avec d'ailleurs [illegible] que les mots « Havel [illegible] dit [illegible] à présent [illegible] sur [illegible], [illegible] ont à tout [illegible] de sa part. Il en éprouvait [illegible] abus même [illegible]. Il espérait cependant [illegible] que l'absence de son cousin ne se prolongerait pas.

Tous [illegible] les plus proches, [illegible] marquis était aux petits soins pour elle. Dorothea [illegible] pour les amener à lui confier quels étaient leurs [illegible] d'intérêt et comment ils occupaient leurs loisirs. [illegible], ils la renseignèrent sur [illegible] et, petit à [illegible] lui permirent de mieux cerner la personnalité [illegible] du jeune lord.

[illegible] de leur part, les jeunes [illegible] seigneurie trouvaient la tâche [illegible] gardiens que [illegible] leur avait assignée fort plaisante. Et il n'en est pas [illegible] ces fût hypnotisé par les

12.

Au cours des jours qui suivirent, et malgré leurs efforts de discrétion, Dorothea s'aperçut que les amis de Hazelmere exerçaient sur elle une vigilante et protectrice surveillance.

Intriguée, elle en demanda la raison à Ferdie.

— Mieux vaut poser la question à Hazelmere si vous voulez la connaître, répliqua le jeune homme.

Comprenant à cette réponse que sa seigneurie avait laissé instruction de ne rien lui dire, Dorothea s'abstint d'interroger plus avant le pauvre Ferdie.

Celui-ci s'avisa d'ailleurs bientôt que les mots « Hazelmere l'a dit... » avaient un effet magique sur Dorothea, en coupant court à toute discussion de sa part. Il en usa donc, et en abusa même sans vergogne. Il espérait cependant ardemment que l'absence de son cousin ne se prolongerait pas.

Tous les plus proches amis du marquis étant aux petits soins pour elle, Dorothea en profita pour les amener à lui confier quels étaient leurs centres d'intérêt et comment ils occupaient leurs loisirs. Ce faisant, ils la renseignèrent sur Hazelmere et, petit à petit, lui permirent de mieux cerner la personnalité complexe du jeune lord.

Pour leur part, les intimes de sa seigneurie trouvaient la tâche d'anges gardiens qu'on leur avait assignée fort plaisante. Et il n'en est pas un qui ne fût hypnotisé par les grands yeux verts de Dorothea. D'autant qu'en l'absence de Hazelmere, l'assurance naturelle de Dorothea ressortait davantage; elle donnait maintenant l'impression d'avoir pris une distance nouvelle. Comme si elle attendait quelque chose ou quelqu'un. Toutefois, aucun d'eux ne trouva dans sa façon d'être quoi que ce fût qui pût suggérer qu'il lui déplaisait d'être courtisée par Hazelmere. Aussi, pestant contre la chance infernale du marquis, même le versatile Peterborough succomba-t-il à l'invitation subtile de la jeune fille d'être son ami.

Et tous de devenir bientôt ses esclaves soumis.

Pour Dorothea, les jours s'écoulaient en un tourbillon somme toute monotone. Que n'eût-elle donné pour revoir Hazelmère ! En même temps, elle savait qu'il lui faudrait, lors de leurs retrouvailles, expliquer sa conduite, et justifier la nuée d'admirateurs qui papillonnait en permannce autour d'elle... Mais plus tôt elle s'y trouverait confrontée, mieux cela vaudrait. En outre, son enthousiasme pour le badinage commençait quelque peu à s'atténuer.

Le seul incident pénible de la semaine survint lors du bal des Melchett, le samedi soir. Edward Buchanan, qu'elle avait fini par oublier, revint à la charge.

Il l'aborda alors qu'elle se tenait sur le côté de la piste en compagnie de lord Desborough. Peu désireuse que ce dernier fût témoin des galanteries de M. Buchanan, Dorothea l'envoya lui chercher un verre de citronnade; elle espérait, dans l'intervalle, disposer de son indésirable soupirant.

Son plan échoua lamentablement.

En dépit de ses protestations, et de certains regards étonnés, il l'entraîna dans une antichambre déserte.

— J'ai l'assentiment de votre tuteur, lui dit-il tout de go. Des rumeurs circulent selon lesquelles vous vous seriez mal conduite envers Hazelmere... Ma chère, je vous l'affirme, aucun beau parti ne voudra plus de vous à présent. Vous feriez bien d'abaisser vos prétentions, car

Hazelmere et ses semblables sont désormais hors de votre portée. En vérité, vous devriez réfléchir à la proposition que je vous ai faite.

— Monsieur Buchanan ! répliqua Dorothea, la voix frémissante de colère. Pour la dernière fois, je vous le répète : jamais je ne vous épouserai. Sous aucun prétexte. Il me semble que c'est clair, non ? Et ne comptez pas que je change d'avis. Herbert a eu tort de vous encourager à faire votre cour. Maintenant, veuillez m'excuser, je dois regagner la salle de bal.

Comme elle se dirigeait vers la porte, celle-ci s'ouvrit et la haute silhouette de Desborough, qui l'avait cherchée partout, parut dans l'encadrement.

A sa vue, un intense soulagement envahit Dorothea. Mais au même instant, alors qu'elle passait devant M. Buchanan, il la saisit par les épaules et, l'attirant à lui, tenta de l'embrasser. Elle se débattit et détourna la tête pour éviter les lèvres qui s'approchaient des siennes.

La lutte tourna court.

Buchanan fut arraché à sa victime et projeté contre le mur. Ebahi, il se laissa glisser sur le sol, où il resta assis à regarder autour de lui d'un air idiot.

— Remerciez le ciel d'avoir eu affaire à moi et non à Peterborough ou à Walsingham, ou, pis encore, à Hazelmere ! s'exclama Desborough. N'importe lequel de ces trois gentilshommes vous eût brisé les reins. A l'avenir, monsieur Buchanan, vous seriez bien avisé de ne plus importuner Mlle Darent. A ne pas vous revoir, monsieur.

Et sur ces mots, il ramena une Dorothea encore tremblante, mais reconnaissante, dans la salle de bal.

Le résultat de ce fâcheux incident fut que les amis de Hazelmere ne la laissèrent plus jamais seule. Où qu'elle se rendît, à un bal, dans Hyde Park, ou même à un simple thé, il s'en trouvait toujours un pour l'accompagner.

⁂

Hazelmere atteignit Lauleigh, sa propriété sise entre Melton Mowbray et Oakham, dans le Leicestershire, le jeudi, en fin d'après-midi.

Son régisseur, un homme austère du nom de Walton, n'avait pas commis d'erreur de jugement en réclamant sa présence. Il y avait beaucoup à faire, et tous deux se mirent au travail le soir même.

Le samedi, après le déjeuner, Hazelmere s'accorda une pause et se retira dans son bureau. Il informa Jim, son cocher, qu'ils partiraient de bonne heure, le lendemain matin. Ces deux jours passés loin de la capitale avaient accompli le miracle de lui faire recouvrer son calme. Après s'être servi un verre, il alla prendre place dans le fauteuil confortable devant le foyer, présentant ses longues jambes à la chaleur des flammes.

Que faisait Dorothea en cet instant? se demanda-t-il. Ah! oui, le bal des Melchett. À des lieues de Londres, l'envie qu'il avait d'elle était encore plus pressante.

Il se souvint de leur dernière entrevue à Merion House. Par bonheur, elle n'avait pas tardé à lui apprendre la raison de sa colère. Aucune autre femme de sa connaissance — hormis sa mère, peut-être, songea Hazelmere avec un sourire — n'eût osé admettre être au courant de l'existence de ses maîtresses, et moins encore aborder le sujet.

Comme les liens qui l'unissaient à Helen Walford étaient connus de tous, il ne lui était jamais venu à l'esprit qu'une version différente pût être présentée à Dorothea. C'était très intelligent de la part du comte. Hazelmere se souvenait vaguement d'avoir eu un problème avec M. de Vanée à propos d'une femme. Quel était son nom, déjà? Madeline? Myriam? Bah! qu'importe... Les mensonges du comte avaient sans nul doute été à l'origine de l'affliction de Dorothea, ce soir-là, et étaient venus s'ajouter à l'incident avec le prince. La réaction de la jeune femme n'était, somme toute, pas surprenante.

Mais pourquoi, *pourquoi*, avait-elle ajouté foi à ces imbécillités ?

Même si Marjorie Darent avait fait pression sur elle, il semblait improbable qu'elle eût cru qu'elle constituait pour lui un défi à relever. Non, elle n'avait pas pu prêter foi à pareille stupidité !

Les Darent avaient quitté Londres le lundi. Si Dorothea s'était entretenue avec sa cousine, cela avait forcément eu lieu plus tôt. Mais le dimanche soir, au cours de cette ennuyeuse réception, Dorothea s'était comportée tout à fait normalement. Et lors du bal de Carlton House, elle avait fait montre d'un calme imperturbable... du moins, jusqu'à l'épisode avec le prince. Et même alors, Dorothea n'avait pas paru particulièrement bouleversée — simplement furieuse, ainsi qu'il s'y attendait. Ce n'est que bien plus tard, après l'immixtion du comte, qu'elle était apparue anéantie, au bord des larmes. Pourtant, leur étreinte dans le salon de sa grand-mère aurait dû la rassurer. Etait-il possible qu'elle n'en ait pas compris la signification ?

Avant aujourd'hui, Hazelmere ne s'était jamais rendu compte qu'en l'aimant, il avait donné à la jeune femme le pouvoir de le blesser. Fort d'un caractère naturellement assuré, il ne connaissait que très peu de personnes dont l'opinion lui importât suffisamment pour le toucher. Il y avait sa mère, Alison, Tony et Ferdie, et, à un degré moindre, Helen. Or, Dorothea avait plus d'importance à ses yeux qu'eux tous réunis. Si une telle vulnérabilité était le prix de son amour, eh bien, il était prêt à le payer.

Elle s'était répandue en invectives contre lui parce qu'elle l'imaginait perfide. A l'avenir, il veillerait à ce que semblables malentendus n'arrivent plus.

Où en étaient-ils, à présent ? Plus ou moins au même point que précédemment, songea Hazelmere. A ceci près que, maintenant, Dorothea savait probablement qu'il l'aimait. Si tout se déroulait comme il l'escomptait, ils seraient mariés dans un mois d'ici.

Ses frustrations et ses incertitudes appartiendraient alors au passé.

Il parvint à Darent Hall, près de Corby, juste avant 10 heures.

— Je suis le marquis de Hazelmere, dit-il au majordome venu lui ouvrir. Lord Darent peut-il m'accorder quelques instants ?

Le domestique l'introduisit dans la bibliothèque et s'en fut prévenir son maître.

L'entretien fut rondement mené.

Après avoir écouté la requête du marquis, force fut à Herbert de lui avouer qu'il avait déjà donné permission à Edward Buchanan de faire sa cour à Dorothea.

— Ne me dites pas que vous lui avez abandonné votre pupille sans vous être, au préalable, renseigné sur lui ?

— Je sais qu'il possède un domaine dans le Dorset, répliqua Herbert, nerveux. Et, bien entendu, il connaît sir Hugo Clere.

— Qui, sans doute aucun, lui a appris que Dorothea avait hérité de La Grange. Pour votre gouverne, sachez que la propriété d'Edward Buchanan est en fait une fermette délabrée et qu'il est complètement désargenté. La raison de sa présence à Londres est qu'après avoir essayé de s'enfuir avec une héritière locale, il est indésirable dans le Dorset. Je suis surpris, milord, que vous preniez si légèrement vos devoirs de tuteur.

Le visage cramoisi, Herbert ne répondit pas.

— Connaissant ma famille et l'étendue de ma fortune, reprit le marquis avec hauteur, ainsi que mon rang dans la société, vous ne mettrez pas, je présume, d'objection à ce que *je* fasse ma cour à Mlle Darent ?

— Eh bien... Naturellement, non. Seulement, imaginez qu'elle ait déjà accordé sa main à Buchanan ?

— J'en doute, mon cher monsieur. Votre pupille a, heureusement pour elle, beaucoup plus de discernement que vous.

A présent qu'il avait l'autorisation de Herbert, seuls manquaient à Hazelmere les nom et adresse du notaire en charge des affaires de la famille. Il s'en informa.

Herbert se montra étrangement embarrassé.

— Je crois que Dorothea a confié ses intérêts à l'étude Whitney et fils, dans Chancery Lane.

Il fallut quelques secondes au marquis pour assimiler cette information. Puis son regard s'étrécit.

— Mlle Darent a donc son propre notaire?

— C'était une idée de ma tante, expliqua Herbert. Elle en avait parfois de fort bizarres. Selon elle, il était mieux que Dorothea et Cecily gérassent elles-mêmes leur fortune.

— Fortune dont elles conserveront toutes deux le contrôle lorsqu'elles se marieront?

— Eh bien... oui, bredouilla Herbert, de plus en plus rouge. Mais voilà qui ne devrait pas vous soucier. Les biens de Dorothea sont si peu de chose comparés aux vôtres.

— Oh! certainement, acquiesça Hazelmere. Je me demandais simplement si Buchanan était au courant de ces dispositions.

— Non. Il ne s'en est pas inquiété.

— Je m'en doutais.

Quelques minutes plus tard, ayant obtenu ce pour quoi il était venu, il prenait congé.

Le marquis arriva à Hazelmere, ultime étape de son voyage, au début de la soirée du lendemain.

— Vas-tu me dire *enfin* pourquoi tu es ici? s'enquit sa mère, une fois le dîner terminé, quand il l'eut mise au courant des derniers potins.

— Certainement, maman. Mais je pense que nous serions mieux dans votre boudoir. Allons-y, voulez-vous ?

Lady Hazelmere prit place dans son fauteuil favori, devant la cheminée, cependant que son fils s'asseyait dans l'autre.

— Alors, pourquoi es-tu venu ?

— Je voulais vous annoncer de vive voix que j'étais sur le point de demander la main de Dorothea Darent. Mais je suppose que cette nouvelle ne vous surprend pas ?

— Je m'y attendais en effet. Quand doit avoir lieu la cérémonie ?

— Attendu que je n'ai pas encore fait ma demande, je suis bien incapable de le dire. Si cela ne dépendait que de moi, je vous répondrais : le plus tôt possible. Voyez-vous, certains faits se sont produits récemment qui m'imposent diligence.

— Vraiment ?

Et Hazelmere de lui relater, succinctement, les événements survenus avant son départ de Londres. Il rapporta aussi les deux tentatives d'enlèvement dont avait été victime Dorothea — découvrant, ce faisant, que sa mère l'avait déjà appris de lady Merion.

— Si Dorothea est à ce point en danger, quel besoin avais-tu de courir la campagne ? s'enquit lady Hazelmere.

— Je devais aller à Lauleigh. Au retour, j'en ai profité pour m'arrêter à Darent Hall.

— Je suppose que Herbert a été enchanté.

— Pas vraiment ! répondit Hazelmere avec un sourire. Sa femme et lui me tiennent pour un incorrigible coureur de jupons. Mais qu'importe ! J'imagine que vous approuvez ma décision ?

— Bien sûr, répondit la marquise. Cette enfant est parfaite. En fait, elle est éminemment convenable puisque, en sus de ses innombrables qualités, elle a su réussir l'exploit d'éveiller ton intérêt. Quand comptes-tu lui parler ?

— Dès mon retour. Mercredi, probablement. Si elle accepte, nous viendrons passer quelques jours avec vous. Il pourrait être utile qu'elle voie sa future demeure.

Lady Hazelmere exhala un soupir. Son arrogant de fils était, comme d'habitude, parvenu à ses fins. Si les choses continuaient de la sorte, Marc aurait tôt fait de devenir absolument invivable. Elle avait tant espéré de Dorothea... Enfin, du moins allait-elle avoir une belle-fille — et tel qu'elle connaissait son fils, elle pouvait s'attendre à être grand-mère sous peu. Cette pensée la rasséréna.

— Certainement, dit-elle d'un ton résigné. Il va nous falloir redécorer les appartements jouxtant les tiens...

13.

Ferdie, que son rôle d'ange gardien et de confident avait épuisé, accueillit Hazelmere avec joie et soulagement.

— Si tu savais comme je suis heureux de te revoir !

— A ce point ?

Le marquis avait froncé les sourcils.

— Tout s'est bien passé ! s'empressa d'assurer le jeune homme. Mais Dorothea se doute de quelque chose, et il me devenait de plus en plus difficile d'éluder ses questions.

— Pauvre Ferdie ! On dirait que la tâche n'a pas été simple...

— Pas vraiment, non. Elle a su se gagner les faveurs de tous nos amis. Je n'en connais pas un qui ne lui soit dévoué corps et âme... Eh oui ! tu ne t'attendais pas à cela, n'est-ce pas ?

Ferdie eut la satisfaction de voir s'écarquiller les yeux de son cousin.

— A l'évidence, j'ai commis une erreur en te confiant Dorothea. Tu n'étais pas de taille.

— Facile à dire ! Je n'ai jamais rencontré femme plus enjôleuse. Il va te falloir la reprendre en main, et rapidement !

Hazelmere s'esclaffa.

— Telle est bien mon intention, Ferdie. Mais pas ce soir. Je dois assister au dîner annuel d'Alvanley.

— Et moi me rendre avec Dorothea et Cecily à une petite réception chez lady Rothwell, à Vauxhall. Nous ne serons que quelques intimes, et la soirée sera tranquille.

— Puisque tu dois la voir, peux-tu informer Dorothea que j'irai lui rendre visite demain matin ?

— Certainement.

— Je te remercie. A présent, je me sauve. A demain.

Quelque deux heures plus tard, Hazelmere se présentait chez Fanshawe.

— Oh ! déjà de retour ? commenta celui-ci en guise de salut.

— N'avais-je pas dit que je rentrerais aujourd'hui ?

— Que fais-tu des impondérables ? Alors, ce voyage, concluant ?

— Très. Je me suis rendu à Lauleigh, Darent Hall et Hazelmere.

— Je m'en doutais. Et as-tu déjà vu Dorothea ?

— Non. Je la verrai demain. Ferdie, que je quitte à l'instant, m'a dit que Cecily et elle devaient assister à une réception, ce soir.

— Demain ? Parfait ! Mais où as-tu dit que se trouvait Darent Hall ?

Le regard de Hazelmere pétilla.

— Oh ! oh ! Serait-ce une épidémie ?

— Tu n'es pas le seul à pouvoir subitement décider de te laisser passer la corde au cou par une femme de caractère, rétorqua Fanshawe d'un ton acerbe.

— C'est dans le Northamptonshire, pas très loin de Corby, et très facile à trouver. Il suffit de demander. Et maintenant, partons ! Alvanley nous attend.

Depuis six ans, Jeremy Alvanley avait l'habitude de convier ses intimes à un dîner composé des mets les plus délicats et arrosé des plus grands crus.

A un moment, Desborough vint s'asseoir à côté du marquis afin de l'éclairer sur Edward Buchanan.

— J'aurais dû me douter qu'il ne se découragerait pas,

commenta sa seigneurie en secouant la tête. Dieu merci, tu es intervenu !

Après le dîner, ainsi qu'ils y étaient accoutumés, les convives rallièrent le White pour y finir la soirée. A 23 heures, tous étaient absorbés par le jeu.

Dorothea et Ferdie s'étaient éloignés pour faire quelques pas dans le jardin lorsqu'un individu s'approcha de lady Rothwell et de Cecily qui bavardaient.

— Lady Rothwell ?

— Oui.

— J'ai là un message urgent pour Mlle Cecily Darent, dit l'homme en exhibant une lettre scellée.

Sur un signe de tête de lady Rothwell, Cecily s'en empara, rompit le sceau, et déplia le feuillet.

— Mon Dieu ! s'exclama-t-elle, soudain blême, après en avoir pris connaissance. Lisez, ajouta-t-elle en tendant la missive à son hôtesse.

Celle-ci la parcourut rapidement.

— Bonté divine ! Oh ! ma chérie, je suis désolée.

— Je dois aller le retrouver, dit Cecily. Où est ma cape ?

— Ne pensez-vous pas que vous devriez attendre Ferdie et votre sœur ? insista lady Rothwell.

— Oh, non ! Il me faut partir sans délai. Je vous en supplie, milady...

Sa seigneurie ne put résister aux grands yeux bleus de la jeune fille. Néanmoins, c'est avec une vive inquiétude qu'elle la regarda disparaître dans la nuit avec le messager de Fanshawe.

— Oh ! Ferdie, Dorothea ! Il me tardait de vous voir revenir, s'exclama la bonne lady quand, dix minutes plus tard, les jeunes gens la rejoignirent. Cecily a reçu un message fort troublant et elle s'en est allée immédiatement avec l'homme envoyé par Fanshawe. D'ailleurs, tenez et voyez vous-mêmes...

Et elle leur remit la lettre adressée à Cecily.

« A Mlle Cecily Darent.

« Lord Fanshawe, gravement blessé lors d'un accident, est actuellement dans mon cabinet et vous réclame. Je vous fais parvenir la présente par son domestique que, comme je l'espère, vous voudrez bien suivre. Il vous mènera au chevet de sa seigneurie. Point n'est besoin d'ajouter que le temps presse.

« Votre dévoué, James Harten, chirurgien. »

— Balivernes ! s'écria Ferdie dès qu'il en eut terminé avec sa lecture.

Dorothea tourna vers lui un regard incrédule.

— Je vous demande pardon ?

— Cette lettre est une mauvaise plaisanterie.

— Comment le savez-vous ? s'enquit lady Rothwell.

— Parce que ce soir, Fanshawe était convié au dîner annuel d'Alvanley, avec plusieurs de nos amis, et qu'ils ont dû tous se rendre ensuite au White. Or, où que soit Tony, Marc se trouve avec lui. Et jamais Marc n'aurait permis cela. Je le connais. Il est diablement guindé pour certaines choses...

— Mais s'il s'agit bien d'une plaisanterie, quel en est le dessein ?

Ferdie s'avisa soudain qu'ils avaient tous commis une erreur monumentale en oubliant qu'il y avait *deux* sœurs Darent.

— Eh bien... Désolé d'avoir à vous l'annoncer aussi brutalement, mais je crains que Cecily n'ait été enlevée.

— Je savais que quelque chose n'était pas normal ! se lamenta sa seigneurie. Oh ! mon Dieu, que vais-je dire à Hermione ?

Ferdie, dont l'esprit pouvait, sous la pression, être vif, se tourna vers leur hôtesse.

— Qui d'autre est au courant, pour cette lettre ?

— Personne, répondit-elle. Nous étions seules lorsque cet homme l'a remise à Cecily.

— Bien. Dorothea et moi allons regagner Merion House. Car c'est probablement là-bas que le ravisseur fera parvenir ses exigences. Milady, vous allez dire à vos autres invités que, Dorothea ayant eu un malaise, Cecily et moi l'avons ramenée.

— Entendu.

Lady Rothwell se tourna vers Dorothea.

— Veuillez assurer Hermione que je ne soufflerai mot de toute cette affaire à personne. Je me sens tellement responsable de n'avoir pas su retenir Cecily ! Je redoute ce que votre grand-mère ne manquera pas de penser de moi. A présent, hâtez-vous, mes enfants...

En dépit des efforts du cocher, le retour jusqu'à Cavendish Square prit plus de vingt minutes.

Introduits par un Mellow surpris, ils trouvèrent, ainsi que l'avait prédit Ferdie, un pli récemment délivré et adressé à Dorothea. Lady Merion n'était pas là ; elle avait une partie cartes chez Mlle Berry et ne rentrerait que fort tard.

Dorothea se saisit de la missive.

« Ma chère mademoiselle Darent, je détiens votre sœur. Si vous voulez la revoir, vous suivrez à la lettre mes instructions. Rendez-vous immédiatement à l'Auberge du Château de Tadworth, au sud de Banstead. Venez-y seule, ou rien ne ressortira de notre entrevue, et la réputation de votre sœur sera ruinée. Si vous n'êtes pas là avant l'aube, j'en déduirai que vous avez prévenu les autorités et je me verrai alors contraint de fuir le pays, emmenant votre sœur avec moi. Certain de pouvoir me fier à votre bon sens, je reste votre humble serviteur. Edward Buchanan. »

— Le goujat ! s'écria Ferdie, qui avait lu par-dessus

l'épaule de la jeune fille. Il n'est pas question que vous vous rendiez là-bas. Cependant, il va bien falloir que quelqu'un y aille à votre place.

— La question est qui ? Et comment ?

— Le mieux est de mettre la main sur Marc et Tony. Ils sauront ce qu'il convient de faire.

— Non, Ferdie, je refuse que Hazelmere, ou Fanshawe, ou qui que ce soit d'autre, soit impliqué dans cette affaire.

Ce fut en vain que Ferdie tenta de la faire changer d'avis. Finalement, Dorothea proposa un compromis.

— Mais si vous voulez bien aller quérir ma grand-mère, peut-être saura-t-elle nous conseiller.

Soulagé, Ferdie partit sur-le-champ.

Lorsqu'il revint une heure plus tard, accompagné de lady Merion, Dorothea avait disparu. Elle avait laissé un mot pour sa grand-mère.

— L'insensée ! s'exclama cette dernière après l'avoir lue. Elle est partie chercher Cecily !

— Quoi ?

— Vous avez bien entendu. A l'en croire, c'est sa faute si sa sœur a été enlevée ; et elle prétend être capable de se charger elle-même de Buchanan. Pour ma part, j'en doute. Je pense que nous devrions prévenir Hazelmere. Et que Dorothea soit contre m'indiffère ! Il est temps pour elle de prendre conscience qu'étant virtuellement fiancée à lui, elle ne peut battre ainsi la campagne et moins encore le lui cacher.

Sa seigneurie fixa Ferdie de son regard perçant.

— Alors, où peut-on le trouver ?

Hazelmere reconnut aussitôt l'écriture de Ferdie sur l'enveloppe que lui tendait un valet. Fronçant les sourcils, il s'en saisit et l'ouvrit. La lettre émanait en réalité de lady Merion.

« Mon cher Marc, disait-elle, Cecily a été enlevée par Edward Buchanan. Dans un message qu'il lui a fait parvenir, il exigeait de Dorothea qu'elle le rejoignît dans une auberge de Tadworth. Après avoir envoyé Ferdie me chercher, elle est partie pour cette auberge. Ferdie semble penser que vous pourriez nous aider. Nous sommes à Merion House et vous y attendons. »

Repoussant sa chaise, le marquis se leva.

— Je crains de devoir vous abandonner, mes amis.

— Un problème ? s'enquit Peterborough.

— J'espère que non. Mais il me faut rentrer. Tu m'accompagnes, Tony ?

Quelques minutes plus tard, les deux amis quittaient le club.

— Qu'y a-t-il ? demanda Fanshawe dès qu'ils furent dans la rue.

En réponse, Hazelmere lui tendit la lettre. Son ami s'immobilisa bientôt.

— Bon sang ! Cecily !

— J'ai peur que nous n'ayons trop bien protégé Dorothea, souligna Hazelmere en hochant la tête. Cela a obligé ce maudit Buchanan à changer ses plans. Il faut nous hâter !

Ils couvrirent la distance qui les séparait de Cavendish Square en un temps record. Mellow les introduisit sans tarder auprès de lady Merion.

— Cette lettre de Buchanan qui vous attendait, où est-elle ? demanda Hazelmere après que la grand-mère de Dorothea, avec l'aide de Ferdie, leur eut raconté les événements de la soirée.

— La voici.

— Est-ce la même écriture que les précédentes ? s'enquit Fanshawe.

Hazelmere hocha la tête.

— C'était donç Buchanan...

— Alors, intervint Ferdie, que faisons-nous ? N'allez-vous pas voler au secours de Cecily et Dorothea ?

— Bien sûr que si ! acquiesça Hazelmere. Toutefois, ne cédons pas à la précipitation.

— Mais il y a urgence !

— Dorothea est partie aux alentours de 23 h 30, et il va lui falloir presque trois heures pour atteindre Tadworth. Il est maintenant minuit et demi. Nous pouvons certainement effectuer le trajet en deux heures et ainsi arriver à l'auberge peu de temps après elle. Mais ensuite, que ferons-nous ?

— Comment cela, que ferons-nous ? Mais nous les ramènerons à Londres, bien sûr !

— Nous ne serons jamais de retour avant le matin, remarqua Hazelmere. J'imagine la scène, les demoiselles Darent regagnant la capitale en aimable compagnie au vu et au su de tout le monde ! Les commères s'en donneraient à cœur joie.

— Que faire, en ce cas ? demanda Fanshawe.

Le marquis sourit.

— Aucun problème n'est insurmontable... Il est dommage que votre petite-fille ne soit pas là pour nous aider, lady Merion. Son imagination eût fait merveille. Mais moi-même je n'en suis pas dépourvu et je ne doute pas de pouvoir inventer une histoire qui se tienne...

Hazelmere sonna Mellow et lui demanda d'aller quérir son cocher.

— Jim, lui dit-il, vous allez atteler mes « gris »...

— Tu n'y songes pas, Marc ! intervint Ferdie. De nuit et sur une telle route !

— A quoi sert d'avoir les chevaux les plus rapides du royaume si c'est pour les laisser à l'écurie ? lui fit observer son ami. Vous les ferez amener ici, Jim. Ensuite, vous sellerez Eclair et vous vous rendrez à Eglemont. Tes parents s'y trouvent, n'est-ce pas, Tony ?

— Oui.

— Parfait. Vous demanderez à voir lord Eglemont et lui annoncerez la venue, avant le matin, de lord Fanshawe et de Cecily Darent. S'il vous pose des questions, répondez-lui que sa seigneurie se chargera de tout lui expliquer. Puis vous pousserez jusqu'à Hazelmere et vous préviendrez ma mère que Mlle Darent et moi ne saurions tarder. A elle aussi, vous direz que je lui en donnerai explication dès mon arrivée. Mieux vaut que vous n'en sachiez pas davantage... Ainsi, ajouta Hazelmere en souriant, vous aurez la conscience tranquille lorsqu'il s'agira d'assurer que vous n'êtes au courant de rien.

Jim, qui connaissait bien la douairière, lui rendit son sourire, et s'en fut.

— J'en vais maintenant vous exposer mon plan, reprit le marquis quand le serviteur se fut retiré. Il y a quelque temps, j'ai fort inconsidérément vanté devant Dorothea la beauté du lac de Hazelmere au lever du soleil. Dorothea en ayant parlé à Cecily, toutes deux n'ont alors eu de cesse que Tony et moi le leur fassions découvrir. Le spectacle étant plus beau par matin clair, nous étions convenus, pour nous rendre à Hazelmere, d'attendre que les conditions météorologiques soient favorables. Or, cette nuit est magnifiquement claire, ce qui nous promet une aube splendide. Tu as dit quelque chose, Tony ?

— Tout cela est très bien, leur réputation sera sauve. Mais que fais-tu de la nôtre ?

Hazelmere esquissa un sourire.

— Je doute que nos amis se laissent abuser. Pour ce qui est des autres, nous verrons bien. Console-toi en songeant à la reconnaissance de Cecily quand elle saura que tu t'es sacrifié pour préserver sa réputation.

Lady Merion se demanda à part elle si Hazelmere s'attendait à ce que Dorothea en fît également montre.

— Où en étais-je ? Ah ! oui... Donc, s'avisant que cette nuit était celle qu'elles attendaient depuis des semaines,

Dorothea et Cecily se sont excusées auprès de lady Rothwell qui les recevait et nous ont fait passer un message au White. Tony et moi les avons immédiatement rejointes à Merion House, et nous sommes partis. Etant donné que Dorothea et moi sommes fiancés...

Hazelmere s'interrompit à la vue des regards interrogateurs qui, à ces mots, s'étaient tournés vers lui.

— Non, avoua-t-il, vaguement abattu, je ne lui ai pas encore demandé sa main. Néanmoins, j'ai l'accord de Herbert. De toute façon, après ce soir, elle n'aura plus loisir de m'éconduire. Aussi serons-nous fiancés lorsque nous regagnerons Londres.

Comme tous se gardaient bien de faire le moindre commentaire, il poursuivit :

— Etant donné, disais-je, que Dorothea et moi sommes fiancés, nous avons pris la calèche — que conduisait Jim — cependant que Tony et Cecily suivaient dans le carrosse, avec Betsy pour les chaperonner. Et puisque la saison connaît un creux momentané, nous avons décidé de passer tous quelques jours à la campagne. Voilà comment tout est arrivé... et exactement ce qui va se passer.

Un long silence s'ensuivit, tandis que chacun réfléchissait à part lui à l'histoire qui venait de leur être servie. S'efforçant de ne point trop le laisser paraître, lady Merion exultait. Elle eût aimé être présente quand Hazelmere informerait Dorothea qu'elle n'avait pas d'autre solution que de l'épouser.

— Voyons à présent quelques points de détail, reprit le marquis. Tony et moi allons partir immédiatement pour Tadworth afin d'arracher ces jeunes ladies aux griffes de Buchanan. De là, nous nous rendrons chez nos parents respectifs. Lady Merion, vous resterez ici et veillerez à faire taire les rumeurs. Quant à toi, Ferdie, je te confie une mission — probablement la plus essentielle — dont j'entends que tu t'acquittes avec ton efficacité coutumière.

Ferdie se renfrogna. Le préambule ne lui disait rien qui vaille...

— Quelle est-elle ?

— Tout d'abord, tu vas faire passer un avis dans la *Gazette* annonçant mes fiançailles avec Dorothea. Tu devrais avoir le temps. Ensuite, tu iras rendre visite à Ginger Gordon et tu lui raconteras, sous le sceau du secret, bien entendu, notre romantique escapade.

Sir « Ginger » Gordon était un impénitent pipelet. Le principal rival de sir Barnaby Ruscombe, en fait. Il suffisait de lui glisser quelques mots à l'oreille pour être assuré qu'ils feraient en quarante-huit heures à peine le tour de Londres.

— Maintenant, allons-y, Tony ! Ne vous inquiétez pas, milady. Nous vous ramènerons vos petites-filles saines et sauves.

Ainsi que d'autres avant lui, Edward Buchanan avait eu tôt fait de découvrir que Cecily était d'une nature particulièrement obstinée et qu'elle ne s'en laissait pas conter.

— Ce n'est pas une façon de traiter votre futur beau-frère, lui dit-il comme, alors qu'il venait de la libérer des liens qui lui entravaient les jambes, elle lui assénait un coup de pied.

— Vous êtes fou ! répliqua-t-elle. Jamais Dorothea ne vous épousera.

— Voulez-vous parier ? Songez au scandale si, après avoir passé la nuit en ma compagnie, elle ne m'épousait pas.

— Que faites-vous de Hazelmere ? Il s'est absenté pour ses affaires, mais on l'attend d'un jour à l'autre. Quand il apprendra que vous avez essayé de faire pression sur Dorothea afin qu'elle vous épouse...

— Il sera trop tard ! interrompit Buchanan. Votre sœur et moi serons promis l'un à l'autre.

— Alors, il vous tuera ! affirma Cecily. Hazelmere est capable de tout lorsqu'on se met en travers de son chemin.

Buchanan était sur le point de répliquer quand on frappa à la porte.

— Ce doit être votre sœur, ma chère, dit-il en allant ouvrir.

C'était elle, en effet.

La tête haute, Dorothea pénétra dans la pièce et, sans même un regard pour l'homme qui lui tenait la porte, elle s'avança vers sa sœur, les bras tendus.

— Ma chérie !

Les deux jeunes filles s'étreignirent longuement, puis Dorothea fit volte-face.

— Monsieur Buchanan, dit-elle avec un profond dédain, j'avais espéré que vous recouvreriez vos esprits et que vous m'éviteriez cet entretien.

— Ma chère mademoiselle Darent, je me rends compte que les événements de la soirée ont dû vous causer un choc. Mais réfléchissez. Vous êtes là, avec moi. Votre seul recours est le mariage. Et je ne suis que trop heureux de vous obliger.

— Vous êtes l'être le plus abject qu'il m'ait été donné de rencontrer. Mais fussiez-vous le dernier homme sur la terre, monsieur, je ne voudrais pas de vous !

— Allons, allons, épargnez-moi les grandes phrases. D'autant que vous changerez d'avis, j'en suis certain. Vous ne voudriez pas que l'on sache que, plusieurs heures durant, je suis resté seul avec votre ravissante jeune sœur. A votre avis, quelle sera la réaction de Fanshawe ?

— Vous n'oserez pas !

— Et qui m'en empêcherait, je vous prie ?

Dorothea écarquilla ses grands yeux.

— Eh bien, mais... Hazelmere, évidemment.

— Mis à part le fait que tout le monde sait que vous

vous êtes querellée avec le marquis, il se trouve que je sais, moi, qu'il n'est pas en ville. D'ici à son retour...

— Vous êtes mal renseigné, monsieur. Sachez qu'il a regagné Londres aujourd'hui. Et pour ce qui est de nos relations, apprenez que lord Hazelmere m'a fait demander de le recevoir... demain matin.

— Je doute que vous puissiez honorer votre rendez-vous, ma chère. Il faudrait, pour cela, que je vous laisse partir. Or, je n'en ai aucune intention.

— Je me fais fort de vous convaincre, monsieur, rétorqua alors une voix calme.

Tous trois se retournèrent d'un seul mouvement. Le marquis de Hazelmere se tenait sur le seuil.

14.

Comme pétrifié, Buchanan vit le marquis s'avancer et, tout sourire, venir baiser la main de Dorothea.

Fanshawe pénétra alors à son tour dans la pièce, fermant la porte derrière lui. Cecily poussa un petit cri et se précipita dans ses bras.

— Avant que de poursuivre cette stupide conversation, dit Hazelmere, peut-être devrais-je vous signaler, Buchanan, que Mlle Darent, une fois mariée, conservera le contrôle de ses biens.

Ces paroles firent à Buchanan l'effet d'une douche glacée.

— Eh bien... Voilà qui est... J'ai été scandaleusement abusé ! s'écria-t-il finalement. Lord Darent m'a trompé ! De même que sir Hugo !

Cecily, Fanshawe et Dorothea accueillirent ces intéressantes révélations dans un silence fasciné.

— Précisément, acquiesça le marquis. Cela étant, je pense que vous allez avoir besoin de vacances pour vous remettre de vos... efforts, n'est-ce pas, Buchanan ? De longues vacances. Sur vos terres du Dorset, peut-être ? Je n'éprouve nul désir de vous revoir à Londres, ou n'importe où ailleurs, du reste. Que cela arrive, ou que j'apprenne que vous vous livrez de nouveau à vos fâcheuses activités, et vos lettres — dont l'une, fort obligeamment signée — ainsi que le récit circonstancié de ce que vous avez fait seraient immédiatement envoyés aux autorités compétentes.

— Mais... le scandale...

— Je crains, Buchanan, que vous n'ayez pas bien compris. Les demoiselles Darent sont en route pour rendre visite aux Eglemont et à ma mère, accompagnées de leurs femme de chambre et cocher. Retenus en ville, Fanshawe et moi, nous nous sommes arrangés pour les retrouver ici. Insinueriez-vous qu'il y ait quoi que ce fût d'inconvenant dans tout ceci ?

Edward Buchanan blêmit.

— Oh ! non... Non, bien sûr ! Je n'ai jamais voulu dire pareille chose. Il... il commence à se faire tard, ajouta-t-il en s'avisant que l'heure de la retraite avait sonné. Je vais devoir vous laisser. Serviteur, mesdemoiselles, milords...

Et il se dirigea vers la porte devant laquelle se tenait toujours Fanshawe, Cecily serrée contre lui. Ceux-ci, sur un signe de tête de Hazelmere, s'écartèrent. Et le triste Buchanan s'empressa de disparaître.

— Je pense que nous devrions quitter cet endroit sur-le-champ, dit Hazelmere quand ils se retrouvèrent tous les quatre. Il y a beaucoup trop de monde à mon goût, ajouta-t-il avec un sourire à l'adresse de Dorothea.

La jeune femme le lui rendit, ignorant le délicieux frisson que suscitaient ses paroles et son intonation. Elle était prête à faire n'importe quoi pour un seul de ces sourires si délicieusement provocateurs...

Les deux couples se séparèrent dans la cour de l'auberge.

— Ne pouvons-nous tout simplement rentrer à Londres ? s'enquit Dorothea après que le marquis lui eut exposé — sans les lui expliquer — les dispositions prises pour la suite de leur voyage.

Il exhala un soupir.

— Non.

Elle songea un instant à regimber puis, se ravisant,

grimpa sur le siège du cocher où avait déjà pris place Hazelmere. A peine y était-elle installée que les chevaux s'élancèrent.

— Allez-vous enfin me dire ce qui se passe? demanda-t-elle au bout d'un long moment. Et pourquoi cette hâte?

— Il nous faut arriver au plan d'eau de Hazelmere avant l'aube.

— Pourquoi?

— Parce que c'est la raison présumée de cette équipée nocturne. Et pour le cas où quelque curieux — comme, par exemple, Sally Jersey, qui le connaît — s'aviserait de vous en réclamer une description...

— Qu'est-ce que cette histoire? Vous feriez bien, si je suis censée persuader lady Jersey ou qui que ce soit d'autre, de tout me raconter depuis le début et en détail.

Hazelmere s'exécuta, omettant toutefois de révéler à la jeune femme qu'ils étaient fiancés.

Ils avaient traversé Dorking et approchaient maintenant de Hazelmere.

— Quels étaient les autres messages envoyés par M. Buchanan? lui demanda alors Dorothea.

Il se souvint d'une remarque de Ferdie à propos de l'habitude qu'avait Dorothea de poser les questions de sorte qu'il fût impossible de les éluder. Il se résigna donc à l'inévitable.

— Il a tenté par deux fois de vous enlever. Chose que je n'avais pas prévue quand j'ai résolu de convaincre le Tout-Londres de l'intérêt que je vous portais.

La lune avait à présent complètement disparu, et le soleil n'allait plus tarder à se lever.

— Je suppose que la première c'était lors du bal masqué des Bressington.

— Oui. Il n'est rien que vous ignoriez de cette tentative — excepté que je soupçonnais qu'il ne s'agissait point d'une plaisanterie. C'est la raison pour laquelle je me suis montré si ridiculement prévenant, allant même jusqu'à me rendre à cette ennuyeuse réception du dimanche soir. Heureusement que j'étais au fait de vos engagements ! Saviez-vous que l'un de mes valets de pied courtisait votre femme de chambre ?

Comme Dorothea levait vers lui un regard fasciné, il sourit.

— La seconde tentative a eu lieu lors du pique-nique auquel vous vous êtes rendue avec Ferdie. Il a oublié de vous donner la lettre que lui avait remise, à votre intention, un domestique. Il l'a retrouvée le lendemain et, comme il n'y avait pas de nom sur l'enveloppe, il l'a ouverte. Elle était censée être de ma main, mais Ferdie connaît mon écriture ; il me l'a donc apportée. Tony se trouvant avec moi à ce moment-là, nous étions trois à savoir que l'on projetait de vous enlever.

— Quand vos autres amis l'ont-ils appris ?

— Je les en ai informés au cours d'un déjeuner. Je devais m'absenter, et Tony et Ferdie ne pouvaient, à eux seuls, vous surveiller tout le temps.

— Ne vous est-il pas venu à l'esprit de m'en parler ?

— Si. Mais je ne voyais pas ce que cela apporterait.

Voyant Dorothea froncer les sourcils, Hazelmere soupira.

— Nous n'avions aucun moyen de déterminer quand aurait lieu la prochaine tentative...

— Savez-vous que vous êtes abominablement autoritaire ? s'exclama la jeune femme.

Il esquissa un sourire.

— Oui, j'en suis conscient. Mais uniquement animé des meilleures intentions.

La calèche était à présent parvenue au sommet d'une petite colline. Hazelmere fit s'immobiliser les chevaux juste au-delà de la crête.

— Et voici le fameux plan d'eau de Hazelmere ! annonça-t-il.

Sautant à bas de l'attelage, il prit Dorothea par la taille et la déposa délicatement sur le sol. Avec le soleil qui s'élevait à l'horizon, le paysage qui s'offrait à leurs yeux était d'une beauté à couper le souffle.

Ensemble, les deux jeunes gens descendirent une volée de marches creusées dans le roc. Elles menaient à un plateau où un banc de pierre se dressait à côté d'un vieux chêne.

Devant eux, en contrebas, la vallée s'étendait à perte de vue. Le plan d'eau de Hazelmere était un immense lac d'agrément bordé de saules. En son milieu émergeait une île, elle aussi plantée de saules, et un pavillon d'été, peint en blanc, était visible à travers les feuillages. Des cygnes croisaient lentement au gré du courant.

Après quelques minutes d'un silence recueilli, Dorothea se tourna vers son compagnon.

— Je n'avais jamais rien vu d'aussi beau, murmura-t-elle, les yeux brillants. Et il se dégage de cet endroit une telle sérénité... Je crains que lord Fanshawe ne puisse faire autrement que d'y amener Cecily, en fin de compte.

— Vous le lui direz vous-même ! Car je crains, après que je l'ai contraint à passer deux heures dans ce carrosse avec Cecily et votre Betsy, qu'il ne me tienne plus en très haute estime... Mais je voulais être seul avec vous, ajouta le marquis en lui prenant la main.

Dorothea, soudain très émue, avait baissé les yeux.

— Dorothea ?

La voix de Hazelmere était dénuée de son habituel ton moqueur.

— Voulez-vous me faire l'insigne honneur d'être ma femme ?

Bien qu'elle s'attendît à cette question, la jeune femme eut l'impression que le sol se dérobait. Elle leva la tête, cherchant ses mots.

— Milord, je suis sensible... très sensible à votre... proposition. Toutefois, je... ne suis pas certaine que nous ayons à nous marier de raison... valable.

Hazelmere crut avoir mal entendu. Comment diable en était-elle arrivée à cette extraordinaire conclusion ?

— Vraiment ? Et pourquoi donc croyez-vous que je veuille faire de vous ma femme ?

— Eh bien... J'imagine que vous avez besoin d'une épouse pour diriger votre maison et vous donner des héritiers. Quelque jeune fille accommodante qui n'entraverait pas votre actuel mode de vie, ajouta Dorothea après une courte pause.

— Il n'est rien dans mon actuel mode de vie, comme vous dites, qu'un mariage avec vous perturberait.

Cette déclaration, censée la rassurer, eut sur Dorothea l'effet contraire.

— En ce cas, dit-elle, je pense réellement qu'il n'y a pas d'entente possible entre nous.

Hazelmere en resta sans voix. Puis, prévoyant des moments pénibles s'ils continuaient de la sorte, il décida de trancher dans le vif. Le temps n'était plus aux atermoiements ! S'emparant des mains de la jeune fille, il l'obligea à lui faire face.

— Il est bien entendu que je ne vous presserai pas. Mais si vous voulez me persuader que ce que vous dites est vrai, il va vous falloir me regarder, mon amour, et me dire sans baisser les yeux que vous ne m'aimez pas.

Comment l'aurait-elle pu ? En proie à la plus terrible des confusions, Dorothea se contenta de hocher la tête.

— Dorothea, reprit Hazelmere d'une voix douce, ne pensez-vous pas que vous me devez au moins une explication ? Allons, ma chérie, pourquoi refusez-vous de m'épouser ?

— Parce que *vous* ne m'aimez pas, lui répondit-elle enfin d'une voix si faible qu'elle en était à peine reconnaissable.

Hazelmere la considéra un long moment en silence, puis il partit d'un grand éclat de rire.

— Oh ! ma douce, dit-il, soudain sérieux, en l'étreignant de toutes ses forces. Vous êtes merveilleuse ! J'ai fait tout ce qui était en mon pouvoir pour convaincre le Tout-Londres que j'étais éperdument et irrémédiablement amoureux de vous, et la seule personne qui ne s'en soit pas aperçue, c'est vous !

Mais Dorothea ne voulait pas en démordre.

— Vous ne m'aimez pas ! répéta-t-elle.

Les bruns sourcils de Hazelmere se soulevèrent cependant que ses prunelles noisette, toujours rieuses, se faisaient interrogatrices.

— D'où tenez-vous cela ? Soit dit en passant, ma chérie, je me sens obligé de vous faire remarquer que si j'avais cherché une épouse docile, je n'aurais certainement pas arrêté mon choix sur une lady qu'il m'a fallu, à deux reprises, sauver d'une situation pour le moins scabreuse.

— Oublieriez-vous Mlle Buntton ? insista Dorothea.

— En quoi Mlle Buntton me concerne-t-elle ? Ah ! je vois : Susan s'est encore mêlée de ce qui ne la regardait pas, n'est-ce pas ?

Dorothea opina du chef.

— Il n'a jamais été question de quoi que ce soit entre nous, lui affirma alors Hazelmere. Dieu m'en préserve ! Mais revenons à nous. Si je ne vous aime pas, comment expliquez-vous que j'aie déjà l'autorisation d'Herbert de vous faire ma cour ?

— Vous la lui avez demandée ?

— Ma chère Dorothea, il serait vraiment temps que vous vous débarrassiez des idées fausses que vous entretenez sur mon compte. Je ne vous demanderais pas votre main si je n'avais, pour ce faire, la permission de votre tuteur.

— Et qu'en est-il de vos maîtresses ?

— Sachez que j'ai rompu avec la dernière dès mon retour à Londres en septembre dernier, après vous avoir rencontrée. J'ai eu assez de maîtresses pour toute mon existence. C'est une épouse que je veux. Ma chère, ma délicieuse et *stupide* Dorothea, regardez-moi, je vous prie ! J'essaie, apparemment sans succès, de vous convaincre que je vous aime. Le moins que vous puissiez faire, alors, est de me prêter attention !

Ayant épuisé toutes ses questions, Dorothea leva la tête.

— Bien ! acquiesça Hazelmere. Pour votre gouverne, ma chérie, sachez que je suis tombé amoureux de vous à la minute même où je vous ai vue cueillant des mûres dans les bois de Moreton Park. Eh, oui... Et si vous estimez que j'ai quelque pouvoir sur vous, apprenez que vous en avez tout autant sur moi !

Le sourire qui illumina alors le ravissant visage de Dorothea amena Hazelmere à resserrer son étreinte.

— A présent, ma douce, que puis-je encore dire ou faire pour vous assurer de mon amour ?

Pour toute réponse, Dorothea lui offrit ses lèvres. Lorsqu'ils se séparèrent et qu'elle exhala un long soupir satisfait en se lovant contre lui, Hazelmere l'obligea de nouveau à le regarder dans les yeux.

— Cela signifie-t-il que vous acceptez de m'épouser ? demanda-t-il.

Dorothea eut un petit sourire rêveur.

— Ai-je le choix ?

— Pas vraiment. En outre, l'annonce de nos fiançailles va paraître dans la *Gazette* d'aujourd'hui. Un démenti serait du plus mauvais effet.

Elle se redressa, le foudroyant du regard.

— Oh ! comment diable... ?

— J'ai demandé à Ferdie de la faire insérer. Cela rassurera les vieilles commères.

— C'est donc pour *cela* que vous insistez tant pour m'épouser !

Le bras qui l'enlaçait l'attira de nouveau à lui.

— Ah ! ne recommencez pas ! ordonna Hazelmere

d'un ton faussement sévère. Je vous épouse, incrédule que vous êtes, parce que je vous aime ! A présent, remettez un peu d'ordre dans votre tenue. Telle que je connais ma mère, elle doit nous attendre avec impatience...

SÉRIE ROYALE

prochains rendez-vous le

1er

août

DE GRÉ OU DE FORCE

de Helen Dickson • N°249

Comment Katherine aurait-elle oublié Blake Russell, le seul homme qui lui ait jamais paru digne d'être aimé ? Le destin, qui les avaient séparés, les mettait de nouveau en présence... Malheureusement, les circonstances de ces retrouvailles ne laissaient guère d'espoir à Katherine. Blake ne l'avait-il pas surprise dans les bras d'un autre?

ROSE ROUGE, ROSE BLANCHE

de Julia Byrne

Depuis qu'elle s'est installée chez son cousin — et futur époux —, Eléonor est victime de curieux accidents : cette chute de cheval, puis ce lustre qui manque l'écraser... Quand Rafe Beaudene se présente à elle et lui propose de fuir, elle hésite. Ne s'expose-t-elle pas à d'autres dangers en acceptant de courir les routes en compagnie de ce séduisant gentilhomme ?

Ce mois-ci,
découvrez trois

BEST-SELLERS HARLEQUIN.

LE TRIANGLE DU DIABLE, de Heather Graham Pozzessere (N°42)
Non loin de Seafire, une île des Caraïbes, l'épave du *Beldona* et son fabuleux trésor ont déjà coûté la vie à d'intrépides aventuriers... Dans ce cadre idyllique où seul le soleil n'est pas trompeur, Samantha Carlyle, qui détient quelques précieuses informations sur le *Beldona*, tente d'échapper à des chercheurs d'or sans scrupules, déguisés en charmants vacanciers. Avec, pour indéfectible protecteur, un homme qu'elle a jadis passionnément aimé, mais dont le regard laisse lui-même parfois deviner de lourds secrets...

TABOUS, de Nora Roberts (N°43)
Le Tout-Hollywood tremble en apprenant la nouvelle: Eve Benedict, cette star adulée, cette légende vivante, s'apprête à révéler dans une biographie fracassante les secrets qui ont tissé sa propre carrière mais qui, surtout, menacent la réputation des artistes et des personnalités qui l'entourent. Que sait-elle *exactement* ? Que cherche-t-elle en brisant les tabous qui, jusque-là, protégeaient son image et celle de ceux qui lui sont proches? Que gagne-t-elle à s'attirer ainsi l'hostilité de tous, et à mettre son existence en danger? Julia Summers, la journaliste chargée par Eve de rédiger cette biographie aussi inattendue que dangereuse, a quelques mois pour comprendre. Et pour découvrir la terrible vérité...

L'AMOUR BLESSÉ, de Penny Jordan (N° 44)
Depuis vingt-sept ans, une passion exigeante et jalouse lie Jay Soames à son père Bram, coupable de l'avoir eu à quatorze ans dans des circonstances honteuses. Aussi, quand une femme trop sensible, trop mystérieuse, Taylor Fielding, vient menacer l'équilibre instable de leur relation, Jay décide-t-il d'écarter l'intruse de leur chemin, par tous les moyens. Sans se douter que sa jalousie maladive va lever le voile de vérités intimes, fatales à plus d'un...

JEU

*Un an de lecture Harlequin à gagner**

LES PEINTRES CÉLÈBRES

Jouez avec nous au jeu des peintres célèbres et gagnez, peut-être, **un an de romans Harlequin ou un bijou !**
Comment jouer ? Rien de plus facile ! Il vous suffit de nous renvoyer la liste des 12 noms de peintres célèbres que vous aurez devinés d'après le tableau ci-dessous accompagnée de vos coordonnées dans une enveloppe **non affranchie à** l'adresse ci-dessous :

Harlequin Service Lectrices
Libre réponse N° 3260- 75646 PARIS Cedex 13.

Il y a un an de lecture Harlequin
et des dizaines de bijoux fantaisie à gagner !

LES PEINTRES CÉLÈBRES

La grille ci-dessous cache les noms de 12 peintres des XIXe et XXe siècles. Retrouvez-les en assemblant correctement les groupes de lettres utilisés une seule fois chacun.

DA	NET	NNE	GALL	MA
PI	GAU	MO	DE	REN
CE	GLI	LI	A	MA
DI	SSE	OIR	ZA	CO
NET	GAS	MO	GUIN	SSO
ROT	TI	CA	CHA	NI

BON DE PARTICIPATION À RETOURNER À :

Harlequin - Service Lectrices - libre réponse n°3260
75646 PARIS cedex 13

Liste des 12 peintres que j'ai devinés :

------------ ------------ ------------

------------ ------------ ------------

------------ ------------ ------------

------------ ------------ ------------

❑ M. ❑ Mme ❑ Mlle

Je suis abonnée à une collection Harlequin : ❑ *Oui* ❑ *Non*

Nom ....

Prénom ....

Adresse ....

....

Code Postal |_|_|_|_|_| *Ville* ....

Un tirage au sort parmi les bonnes réponses désignera le gagnant d'un an de lecture à Harlequin, les 50 suivants gagneront un ravissant pendentif-perle.

Date limite de participation : 30/09/96 (le cachet de La Poste faisant foi).
* en jeu, un abonnement d'un an à la collection Prestige, 2 volumes doubles tous les deux mois. Chaque volume est relié, muni d'un tranche- file et d'un signet rouge.
Participation limitée à la France métropolitaine et à 1 bon par foyer (même nom, même adresse).

Conformément à la loi Informatique et Libertés du 6 janvier 1978, vous disposez d'un droit d'accès et de rectification aux données personnelles vous concernant. Par notre intermédiaire, vous pouvez être amené à recevoir des propositions d'autres entreprises. Si vous ne le souhaitez pas, il vous suffit de nous écrire en nous indiquant vos nom, prénom, adresse et si possible votre référence client.

RC Paris. Siret 31867159100010

Composé sur le serveur d'EURONUMÉRIQUE, À MONTROUGE
PAR LES ÉDITIONS HARLEQUIN
Achevé d'imprimer en juin 1996
sur les presses de la Société Nouvelle Firmin-Didot
à Mesnil-sur-l'Estrée (Eure)
Dépôt légal : juillet 1996
N° d'imprimeur : 34652 — N° d'éditeur : 6158

Imprimé en France